LOCUS

LOCUS

LOCUS

LOCUS

to

fiction

to 27　愛情的謎底

The Confessions of Max Tivoli

作者：安德魯・西恩・格利爾(Andrew Sean Greer)

譯者：穆卓芸

責任編輯：林毓瑜

美術編輯：謝富智

法律顧問：全理法律事務所董安丹律師

出版者：大塊文化出版股份有限公司

台北市105南京東路四段25號11樓

www.locuspublishing.com

讀者服務專線：0800-006689

TEL：(02)87123898　FAX：(02) 87123897

郵撥帳號：18955675　戶名：大塊文化出版股份有限公司

總經銷：大和書報圖書股份有限公司　地址：台北縣五股工業區五工五路2號

TEL：(02) 89902588 89902568　FAX：(02) 22901658

排版：天翼電腦排版印刷股份有限公司　製版：源耕印刷事業有限公司

初版一刷：2004年6月

定價：新台幣280元

Printed in Taiwan

The Confessions of Max Tivoli
愛情的謎底

Andrew Sean Greer 著
穆卓芸 譯

文學理論，請閉嘴！

郭強生

出版社寄來美國小說家安德魯・西恩・格利爾（Andrew Sean Greer）甫於二〇〇四年二月出版的小說《愛情的謎底》（*The Confessions of Max Tivoli*），他們已購得了中文版權，希望我能作一篇類似導讀的序文。我三天內一口氣讀完了原著，因爲好看；然而眞正準備下筆時，我發現自己面臨一個以前從未遭遇過的問題：這其實是一本讀者愛怎麼看就可以怎麼看的小說。台灣這些年一直盛行著「導讀」觀念，在某些情況下它似乎有其必要，面臨多元文化與全球化席捲，小小的台灣每年翻譯來自世界各國不同語系的作家作品，數量驚人，而每部作品自有其文化背景與思想脈絡，但在此間便會出現時空錯亂的現象。六〇年代的《發條橘子》會與九〇年代的《酸臭之屋》同時登陸，艾德蒙・懷特（Edmund White）與果維達（Gore Vidal）年近古稀，卻成了新人首度亮相，這當中的文學評論觀點與論述架構已幾經轉折，作品與作品之間又互衍傳承，加以釐清說明似乎是導讀的必要任務。但在此同時，我們很難不去注意到愈來愈多的導讀只是在長出資訊的標籤，指A作是後殖民論述，B作是後現代拼貼，或架起許多文類框格，將作品歸檔在女性主義、同志文學、偵探推理、幻奇驚悚……下進行介紹。這樣的導讀是不是限制了閱讀小說的樂趣呢？而同時另一個普遍的現象是，許多小說竟然都如此恰好地符合某種論述或文類，剔除了當中不言而喻的主題，剩下的皮肉十分貧瘠無味，那麼究竟它算一部好作品還是壞作品呢？

閱讀這本《愛情的謎底》恰恰印證了我長久對閱讀小說所有的一些反思。

首先，作者安德魯・西恩・格利爾是一個全新的名字，雖然按照作者介紹，他曾出版過一本短篇小說集與一部長篇小說（後者在九一一事件該周上市，成了書市砲灰），但從未引起過任何書評或讀者的注意。正因我對作者的一無所知，以至於更加強了當初願意讀這部作品的欲望。難道我們不該是憑藉自身的修養與評賞能力來閱讀小說，而非倚仗理論意見而人云亦云？

三天內讀完這本小說，主因是作者的文字相當優美、流暢而自信（這點在翻譯過程中勢必有減損，不能當作導讀的重點）。另外即是情節非常懸疑曲折，讓人不能釋手（這點亦不能討論，在主題與情節如此緊密糾纏的情況下，洩露了任何一部分故事，都將使閱讀樂趣失色）。被文字與情節吸引之際，我又無法不去挑剔故事假設上的一點瑕疵（一個出生時已是七十歲身軀的嬰兒，隨著時間進展，他的生命跡象卻一路倒行，逐年回春。但是主角家人面對他出世的異象並不驚慌，在主角第一人稱的敘述中，他總是如此輕易地瞞過了身邊的人這個祕密）。即使如此，這本小說的格局在揉合了羅曼史與愛倫坡傳統外，又強烈透露了對歷史的懷舊（舊金山的今昔滄桑、服裝時尚的嬗變），對性愛、身體、欲望的探索（一生最親密的兩個人，終生的摯友與無緣的情人，中間充滿了祕密與不可說，但是我又怎能確定這是同志情欲書寫的符碼化？）在英文中有一個字眼「guilty pleasure」），指的是對通俗煽情的作品，有時我們也不可避免地從中獲得一種帶有罪惡感的享受，我很意外自己在傾慕作者文采煥然的同時，亦強烈有此念頭。該作強烈的通俗特質即在它的熟悉性，時光倒流的主題被作者巧妙地重新包裝，主角在人生不同階段與同一位女子相遇，對方卻不識得他的眞正身分，亦有《一位陌生女子的來信》的影子。

對於一本好看卻完全無法歸類的小說，究竟該如何導讀呢？我們時常混淆了文學評論、導讀、書評的不同功能，如果我此時是在寫一篇書評，我可以不心虛地推薦，因爲它有諸多優點，不會讓讀者讀後無所獲。如果拿它來寫一篇研究報告，我可以去找出其他時光倒流爲主題的小說，作一分析類比。但是爲文導讀，一本不知名的作者的小說，我這樣開誠布公我在閱讀時種種看似矛盾卻又彼此呼應的感想，其實就是想打破以特定觀點閱讀的策略。評論也好、導讀也好，都不應該被讀者當成結論的指標，讀一本小說是一路斟酌比較咀嚼的過程，它不需在翻開第一頁時便先有了概念的印象，也不是在闔上最後一頁時便塵埃落定，隨手已有標準答案就緒。

所以我在讀完小說後才開始閱讀相關的資料，主要是因爲好奇別人會怎麼說。果然不出所料，這本小說成了暢銷書，三十三歲的格利爾嘗到了一夕成名的滋味，在一篇專訪中他亦公開了他的同志身分，他有一個同卵孿生的異性戀兄弟，他在對方身上看到自己原來可能擁有的一種人生，他的寫作常是從這種想像中得到驅力。讓他最感驕傲的大概是這部小說能獲得美國文壇巨擘約翰·厄普戴克的青睞，特別撰寫了一篇深入的書評，當中將他與普魯斯特相提並論，亦說該作有納博可夫《羅麗泰》的味道。但是厄普戴克也指出，《愛情的謎底》是F·史卡特·費滋傑羅在一九二二年一篇短篇小說「班傑明巴頓特案」(*The Carious Case of Benjamin Button*) 的改寫，而在二〇〇二年亦有一位小說家蓋柏利歐·布朗斯汀 (Gariel Brownstein) 寫過相同的故事，篇名爲「班傑明巴頓特案，3W公寓」。

作爲讀者的我需要同意厄普戴克的話嗎？《羅麗泰》那部分我有同感，至於普魯斯特，我想有些溢美了。然而這部小說之所以有趣也在於此了。無論是厄普戴克的話，或是這本小說暢銷後廣大讀者的意見，它們都提醒了我們一件事，小說的多樣性。一本既暢銷又文學，像普魯斯特又像納博可夫，愛情部分令人心碎、懸疑部分教人齒冷，似神話又科幻的小說，究竟該怎麼讀呢？如果你已是習慣了先瞭解作者身分地位、先翻尋評論家暗示之後才能安心打開一本小說的讀者，這本《愛情的謎底》將宣告你此種小說閱讀方法的無效，因爲它既沒有知識體系、也沒有風格實驗，它所提供的趣味如芬芳四溢（如果這是爲何厄普戴克覺得它有普魯斯特之風的話），而且「天機不可洩露」的情節是小說藝術幾乎失傳的祕方，單此就值回票價。可以讓文學理論閉嘴的小說，如今還真不多見。

獻給比爾・克雷格

愛……從來不曾滿足，總存在於將來未來之際

——普魯斯特

第一部

一九三〇年四月二十五日

每個人都有人用一輩子去愛。

我要一開頭便寫下這句話，免得自己在把告白寫完前就被人發現，免得我的話讓你難以承受，而在我還來不及向你述說偉大的愛情和謀殺故事之前，你便將這本筆記扔進火裡。但即使如此，我也不會怪你，因爲有太多因素阻擋旁人聆聽我的故事：有具屍體需要解釋，有個女子讓人愛了三回，有朋友遭人背叛，還有個讓人找了好久好久的小男孩。因此，我決定先寫下結論，告訴你：我們每個人都有人用一輩子去愛。

這是個晴好的四月天，我坐在這裡，看著四周景物不停變換。陽光游移，時而在孩童和樹木身後拉出長長的影子，時而浮雲飄過天空，又將影子一一收回。草地瞬間漲滿金光，轉眼色澤盡失。小學操場讓陽光灑得斑斑駁駁，熠熠發光。我置身在這直逼絕美的境地，不禁屏息，但其他人卻視若無睹。女孩圍成圓圈坐著，漿洗過的衣服窸窸窣窣，彷彿在竊竊私語。男孩有的在棒球場上，有的在樹林裡玩倒掛金鐘。頭上，飛機轟隆作響，機尾曳出粉筆似的白煙，讓我驚異不已。飛機耶，天空不再是我過去所熟知的樣子了。

我都快六十歲了，還坐在沙坑裡。對小一點的孩子來說，被冷風吹硬的沙子有點難挖；再說陽光實在太誘人了，因此其他人都跑去追逐陰影，只留我一個待在這裡。

還是先道歉吧：

你手上拿的這本筆記，像只哀傷的骨灰罈，裡面裝著我的故事。筆記紙很容易撕壞，但我也只能偷到這樣的本子。這些筆記和漂亮的槓桿水筆，就擱在老師桌上，我垂涎了好幾個月，覺得非拿不可。不過紙上的沙粒，實在沒辦法避免。當然，我還犯了更重的罪行：失落的家庭、背叛、還有帶領我到這塊沙坑裡的種種謊言欺騙。但我只求你寬宥一件事：我孩子般的字跡。

誰都討厭自己長大的模樣，不只我一個。我見過婦女在丈夫離席的時候，盯著餐廳鏡子裡的自己，沈迷於鏡裡陌生的身影。我見過戰後歸來的男子將額頭貼在店家的櫥窗上，彷彿在感受著皮膚下面的骨頭。他們全都以爲自己能夠甩脫年少時的厄運，從增長的年歲裡得益。然而，光陰卻如沙子般淹蓋了他們，埋沒了他們曾有的想望。我的故事和他們很不一樣，結局卻大同小異。

此刻，我坐在沙坑裡憎惡自己現在的模樣，部份原因是爲了一個男孩。我找了這麼久，尋尋覓覓尋尋，欺騙辦事員和神甫，好拿到城裡和郊區的孩童名單。我編造荒謬可笑的假名，在汽車旅館房裡哭泣，不知道自己到底能不能找到你。他們把你藏得眞好，彷彿童話裡躲避怪物的年輕王子：藏在樹幹裡、多刺的樹叢中或缺乏魅力的無聊處所。躲起來的小山米。然而，最終最終，怪物總是會找到孩子的，對吧？你這會兒不就在我眼前了嗎？

親愛的山米，你讀到這裡，可不要厭惡我。我只是個可憐的老頭，從來沒有傷害你的念頭。別把我看成童年的惡魔，雖然我確實是。晚上，我會躺在你房裡，傾聽你沈重的鼻息。我曾經在你夢中，對著你的耳邊低語。我的父親老說我是個怪胎、惡獸，我的確是。別的不說，我這會兒雖然在寫字，卻還是（請你見諒）盯著你看。

你正在和朋友玩棒球，陽光在你金黃的髮上來來去去。你曬黑了，顯然是男孩裡的老大，他們對你又愛又恨。看到他們這麼愛你，感覺眞好。輪到你上場打擊，你卻伸手示意，有東西惹惱了你。可能是身上發癢吧，因爲我看你的手在脖子根拚命甩動。一陣狂抓猛搔之後，你大叫一聲，比賽繼續。男孩，你們不是生來給人驚奇的，但卻眞教人驚喜。

你沒發現我。不過，你也沒理由發現我吧？對你，我只是坐在沙坑裡的朋友，正在信手塗鴉。讓我向你揮手試試：看吧，你只是放下球棒，朝我也揮揮手，長滿雀斑的臉上揚起微笑，對於周遭的一切既天眞又無知。這些年來，我克服種種困難，才來到這裡。但你卻一無所知，也毫不懼怕。你看著我，只覺得我和你一樣，是個普通的小男孩。

小男孩？沒錯，我是個小男孩。有太多地方需要解釋，但首先請你相信：

在這副可悲的軀體裡，我越來越老，但我的外表——除了心和靈魂——卻越來越年輕。

沒人說得出，我是怎麼回事。我的細胞在顯微鏡下歪歪扭扭朝著錯誤的方向成長，不停分裂再生，它們絲毫不曉得自己走錯了路。對此，醫生百思不解。但我卻認為，自己是受了遠古的咒詛。哈姆雷特將波隆尼斯像只氣球般戳穿時，對他下的也是這個咒詛：

我就像隻螃蟹，倒著前進。

§

因為此刻，我手寫著故事，模樣卻像個十一歲的小孩。都快六十歲的人了，褲子裡還有沙粒，帽緣也沾滿泥土，笑起來乾澀得像個蘋果核。但曾幾何時，我也年輕俊美過，二十出頭是持槍、戴著防毒面具的年輕軍人。在那之前，則是三十多歲的男人，在地震時尋找愛人。再往前，是辛苦工作的四十多歲中年人。接著是恐怖的五十歲。越接近出生，我就越顯得老。

「誰都會變老。」父親抽著雪茄，四周煙霧朵朵時，他總會這麼說。但我呱呱墜地之際，長相卻像來自生命的另一端。之後，我身體外貌隨著時間漸漸倒轉，眼旁的皺紋抹平了；白髮漸漸變深，轉成灰色；手臂肌肉變年輕了，皮膚也越來越潤澤；個頭先拔高，又漸漸縮小，到現在，我終於變成沒頭髮也沒威脅的小男孩，在這裡塗鴉著虛軟黯淡的告白。

我是個白癡、醜小鴨，和人類徹頭徹尾脫了節，這常激得我佇立街頭，在心裡憎恨每個戀愛的人、每個服喪的寡婦和所有讓可愛的狗兒牽著跑的小孩。我用琴酒將自己灌醉，滿口粗話，朝每個誤認我眞實身分的路人吐口水——我小的時候老，現在老了卻變成小孩。但我後來學會了同情，甚至還有些可憐起身旁的路人，因爲我比誰都淸楚，他們未來的生命會是如何。

§

一八七一年，我在舊金山出生。母親出身卡羅萊納豪門之家，在南園當地的上流社會長大。南園原本只讓南方仕紳居住，但因爲南北戰爭南方落敗，後來連辦得起海鮮晚宴的人也能定居。當時，在我出生的城裡，已經不再以錢來區分人——康史托克的藍銀灰土讓太多窮人一夜致富，成了腦滿腸肥的闊佬——而是重新分成兩類：南方貴族和北方寒士。我母親屬於前者，而父親則是落魄的後者。

也難怪他們兩人在山居旅館游泳池畔，隔著區分男女的薄網遙遙相望時，會第一眼便愛上了對方。兩人當晚再次碰面，母親避開她的女伴，在陽台上幽會。別人告訴我，母親當時戴著法國當季的時尚飾品：活甲蟲。甲蟲翅膀閃閃發光，用金鍊別在她的洋裝上。「我要吻你了，」父親朝她低語，渾身因爲愛而顫抖。綠光熠熠的甲蟲在母親裸露的肩上奔逃，試著振翅起飛。「我要吻了，我眞的要吻了。」父親只管說著，卻動也不動。於是母親托著他的絡腮鬍，將他的唇拉近她的嘴邊。這時，甲蟲掙扎著拖動鎖鍊，降落在她的髮上。母親的心彷彿就要炸開來了。

一八七一年，從冬初到冬末，丹麥裔的父親和初嘗戀愛滋味的母親不時私會，他們在新建的金門公園中約好的地點碰面，當著附近圍欄裡哞哞低叫的野牛，親吻愛撫。然而，激情就像攀延的藤蔓，不是攀上某處，就是凋萎乾枯。而我父母最後攀上的地方是：百花岩爆破典禮。爆破是城裡的大事，母親想辦法從外婆身邊溜開，離開南園去會她的丹麥愛人艾斯加，同時欣賞爆破儀式。百花岩是金門地區的一處淺灘，過去一百年來不斷有船隻在此擱淺。爆破百花岩是城裡有史以來最大的爆破工程，漁民樂觀地認爲，這會是他們百年來最大的豐收，因此全都摩拳擦掌。然而，科學家卻悲觀地警告，爆破引來的巨大「地表波」將會橫掃美洲大陸，將地上建築摧毀殆盡，讓民衆落荒逃跑。事後證明，民衆還眞的跑了，只不過他們是跑到最高的山頂上，搶最好的位置好盡情觀賞世界末日。

因此，當我父母親來到電信山，這才發現上頭早就擠滿了成千的民衆。他們倆怕被發現，便衝進老舊的日光傳信站，好私下獨處。我可以想見，母親穿著粉紅絲質洋裝，坐在通信員那把舊椅子上，手指貼著窗戶抹去上面積留的塵土，劃個橢圓朝外望去。她看見群衆穿著黑毛衣，朝海面凝視。她雖然感覺父親的手指爬上洋裝的蕾絲，卻還是看著窗外的少年朝鶴立雞群的大禮帽扔擲蚌殼。「親愛的，」她的愛人呢喃著，解開她身上成排的鈕扣。她沒有轉頭讓父親吻她，卻因爲他觸碰她的肌膚而顫抖。母親自出生之後，便幾乎不曾赤身露體。即便沐浴盥洗，她也總會穿著白色的長睡袍浸入溫熱的水中。我未來的父親像剝開珍貴蚌殼似的褪下她的衣物，而她也忸怩得宛如海蚌。母親覺得涼，忍不住啜泣，不光出於愛——「吾愛，吾愛，」父親用丹麥話低語著——也爲自己即將失去貞操而鬆了口氣。

一點二十八分，就在警告槍響從艾卡崔茲傳來之際，母親的童女之身算是正式結束了。冷冽空氣裡一聲輕輕的喘氣聲，站房彼端幾片日光通訊板驀地一閃，父親湊近她的耳邊，語帶顫抖，呢喃著言不由衷的話，那種唯有在憤怒的家長逼迫下才會說出的話。母親很冷靜，看著煤污點點的窗外歡樂的男孩子。群衆騷動著，卻十分興奮。而母親——誰知道全天下做母親的在父親佔有她們身體的那一刻，心裡是什麼感覺？

接著，兩點五分正（我那年輕又性急的父親還眞有勁），她的愛人大叫一聲後高潮了。這時，空中傳來一陣巨響，母親從右邊窗外見到她失去童貞之際最出奇的景象：一道六十公尺寬的黑玉色水柱，朝金門的乾冷空氣裡竄，直搗天際。百花岩給炸得四分五裂，巨大的碎塊讓水柱頂在空中，這景象簡直像希臘神話的泰坦巨人揮拳猛打浮雲，那麼有力、那麼懾人。母親身旁的世界轟隆作聲，讓她幾乎聽不見身旁年輕男子的嘶喊。蒸汽船笛聲大作，成千成百的人對空鳴槍，黑水柱落回水面，立刻又是一道水柱竄起，再度讓她驚嘆屏息——此時，她愛人的喘息也再次加重——水柱落回黝黑奔騰的水面，激起陣陣圓形巨浪，掃打海上的每艘漁船。

年輕的父親總算平靜下來了，靠著她的鎖骨熱切呢喃著她聽不懂的話。「是啊，親愛的，」

母親應著，第一次回眸望向愛人。父親像個孩子在她胸前啼哭，她輕觸他金黃橙亮的頭髮，他仍然嗚咽著，強壯的雙手顫巍巍地在他扯壞的蕾絲邊上游移著。父親躺在母親肩上，定住不動，彷彿兩人初吻當晚的晶亮甲蟲。此刻，母親有點著慌，她想起鄰居女孩因爲犯了同樣的錯而從此消失，而她可以從愛人的嘆息聲中聽得出來，他對未來完全沒有概念。

於是，在歡愛後的耳鬢廝磨之間，在入夜的金門海面波濤漸息之際，在岩石碎塊落入黝黑的海底永遠安息的片刻，在玻璃工和漁民得不到期盼的戰利品而哽咽哀傷之際，在群衆瘋狂拋擲帽子、高聲歡呼、對空鳴槍和拉響汽笛的某個瞬間，我來到了這個世界。

但問題是：讓群衆爲之瘋狂的百花岩爆破，眞的能讓我的細胞爲之反向生長嗎？還是爆炸聲讓母親太過震驚，還是因爲她自己太過哀傷，所以才扭轉了我微小的存在？這話聽來可笑，但是母親直到死前，都對自己爲愛所付出的代價而憂愁煩惱。

§

據我母親說，我出生那天早上，接生婆用法蘭絨毯子將我裹著，遞給她的時候悄聲說：您最好別讓這孩子活下去，醫生說他有點不對勁。我長得實在難看：滿身皺紋，不停顫抖，張著看不見東西、蒙著翳的雙眼，號啕大哭降臨這個房間，我敢說母親肯定嚇壞了，甚至尖叫了。但父親站在牆角，雙臂交叉，抽著他從不離手的法國甜菸。他見到我，絲毫沒有驚恐的表情，只是湊上前來，透過夾鼻眼鏡瞅著我，發現我正是他兒時在丹麥聽聞過的神話人物。

「啊哈！」他大喊大笑，又抽了口菸。母親瞪著他，接生婆把我抱開。「他是尼斯！」

「艾斯加……」

「他是尼斯，親愛的，他是個幸運兒！」父親傾身親吻她的前額，又在我額頭吻了一下，只不過別人需要多年愁苦才會生出的皺紋，卻誤生在我頭上。他朝妻子微笑，接著語氣堅決地對接生婆說：「這是我們的孩子，我們不會放下他不管。」

他錯了，我才不是什麼幸運兒。他的意思其實是，我長得像藏身在丹麥鄉間地底的小老頭，我長得像侏儒，像怪物。不是嗎？

§

我連味道都不像個嬰兒。母親說她哺乳時便發現了，只是從小的教養讓她不肯說我壞話，即使在洗我爬滿老人斑的手臂時，她也把它們當成最柔嫩的嬰兒肌膚。母親承認，我身上的味道好聞極了，帶點霉味，像是舊書，但卻不對勁，絲毫不像她抱過的其他嬰兒。我的身材比例也與眾不同：骨瘦頭小，手長腳長，鼻子挺得出奇，肯定把產房裡的其他嬰兒嚇哭過。嬰兒哪來的鼻子？任誰都會這麼說。可我卻有。不光如此，我還有下巴，和一張象皮臉，上頭鑲著兩枚鈕釦似的憂傷的藍眼睛，蒙著翳什麼也看不見。

「他是怎麼回事啊？」外婆用她的北卡口音輕聲問道。她穿著黑色的斜紋衫，黑色的面罩，這套裝扮深深烙印在我的記憶裡。

醫生把提袋裡能用來檢查我的東西全拿出來了——心音皮管、海離香滴劑、球根牽牛、甘汞，還在我全身抹滿膏藥——但最後卻只能搖搖頭束手無策，向外婆說：「還不清楚，里歐娜。」

「是老天的咒詛嗎？」她低聲問道。她在問是不是蒙古症。

醫生用拳擊掌駁斥了這個可能。「是犀牛症，」他說。我敢講這個詞是他當下捏造出來的，但外婆卻聽進去了，因爲這樣她禱告的時候，起碼有個病名可以向上帝說。

後來，到我十三歲，雖然模樣難看，但在點著煤氣燈的房裡看起來就像五十多歲，總算不致讓人起疑。然而，我出生後的頭幾年，要說我到底是什麼，未來會長成什麼樣，實在不清楚。因此，怎麼能怪可憐的保姆瑪麗（每天三回）幫我洗澡的時候，不停用愛爾蘭語低聲禱告，眼淚簌簌落在我的頭上，一次又一次將我像片鹽漬鱈魚那樣浸在乳液裡呢？又怎麼能怪母親和外婆在召喚日——每個月第二和第四個星期五——小心準備，因爲擔心有重要的女性訪客上門，而刻意在母親胸房上塗抹鴉片，又輕柔餵我奶，使我昏迷，中毒般癱睡在樓上，不哭不鬧，好讓她們穿著條紋長裙坐在小沙發上候客呢？我把她們的話當成最大的恭維：她們在滿是橡樹、石材豪宅和洋傘的美國南方基督教世界裡，從來沒見過像我這樣的東西。

日子一天天過去，我外貌的改變就和其他小孩同樣驚人。但給人的感覺，卻像身體倒過來長似的，越來越年輕。我出生的時候，乾乾枯枯，像活了幾百歲，但沒多久，就變成滿頭白髮、六十多歲模樣的嬰兒。母親還剪了我幾綹鬈髮，收在紀念本裡。但我不是老頭，而是個孩子；我只是外表越來越年輕。我看起來就像神話人物，但內心裡卻和其他男孩沒兩樣——好比現在，我雖然頭戴棒球帽，穿著燈籠褲，像個小男孩，心裡卻是充滿悔恨的老人。

這份筆記或許會有醫生讀到，所以我應該說得更精確一點。從外表看，我老化的方向和世上其他人恰恰相反。怪的是，我的實際年齡和外表年齡加起來永遠是七十歲。因此，二十歲的時候，五十歲的女人會和我調情，以爲我和她們年齡相當。等我五十歲，卻是街上的年輕女人會朝我彈泡泡糖。我年輕的時候老，老的時候年輕。我說不出原因。親愛的醫生，原因就交給你們了。我只能告訴你們我的一生。

§

我這樣的人很罕見。我翻閱過去幾百年世界各地的醫療檔案，只找到幾個跟我相像的案例。悲哀的是，就連他們都和我不盡相同。

文獻記載，第一起時間逆轉的病例是法布尼耶雙胞胎。她們姊妹倆一二五〇年生於拜昂子爵領地的小村莊裡，一個叫艾芙琳，一個叫芙瑞兒，生下來很不幸模樣就像老女人。兩人還是嬰兒，就被帶到英國和法國國王面前，甚至還見了教宗，因爲外界推斷這對雙胞姊妹並非惡魔之子，而是上帝差來的信息，告訴世人耶穌即將再臨。於是，朝聖者紛紛前來觸碰她們，傾聽姊妹倆牙牙亂語，希望聽見末世來臨的預言。然而，她們和我不同的地方是，她們的外表不會隨年紀改變，因此等她們長高長大了，旁人便把姊妹倆當普通老農婦看待，漸漸把她們給忘了。只有醫師和虔誠的信徒偶爾還會來拜訪她們。後來，艾芙琳和芙瑞兒到了和外表相當的年紀，兩人並肩躺在共用的床上，手牽著手，就這麼死了。當時的情景還有恐怖的木刻畫為證，這畫之前就掛在我的床頭上。

另一對雙胞胎，翊和侯，因為十八世紀一系列的梅毒防治手冊而大大知名。他們倆的一生就和我比較接近。其實，說像也只有其中一個：可憐的受詛咒的侯。據手冊上說，翊和侯的母親是上海的妓女。翊生下來是個流著口水，粉嫩嫩的正常娃兒，侯卻和我差不多，彷彿從生命另一頭過來的。翊開始學爬、學說話的時候，侯卻和翊相反。不過，侯的病雖然和我相同，卻打出生起就是殘障，始終都像木乃伊似的躺在床上。即使他後來變年輕、變正常了，還是只能僵硬癡傻地躺著，喝牛肉濃湯，嫉恨兄長的好運。後來，兩兄弟年近三十，外貌才算比較接近，也從這時候起，侯體內冰封許久的生命終於得以融化。兩人生日當天，翊告別妻小，離開村莊去探望胞弟。他走進弟弟的房間，靠到床邊傾身準備親吻他的時候，侯突然拔出預藏的小刀，將兄長刺倒在地，接著舉刀自盡。兩人倒在血泊中，這才成了真正的雙胞胎，沒人分得出誰是誰來。兩人合葬在一起，墓碑上寫著：一人蒙福、一人遭詛，但莫之能辨。

我找到的最後一個案例，年代比較近些：艾德加・豪爾。他這個案例很特別，連外婆都記得曾經聽過。他是威尼斯商人之子，直到三十歲都沒顯出任何病症。然而三十歲一過，他的外表便和我一樣開始反轉了。直到過世之前，他的模樣是越來越年輕。我仔細研究他的資料，希望能找到有關他死亡的蛛絲馬跡（我自己大限就在眼前，因此現在最讓我感興趣的就是這件事）。但他還眞走運，五十歲生日之前死於流行性感冒，留下妻子摟著他十一歲男孩模樣的屍體在床邊哭泣。

就這樣，沒別的了。都不是什麼走好運的故事。

§

我該解釋身上的僞裝。說我因爲長得像十一歲男孩，所以便扮成這副模樣，實在不成理由。但事實就是如此。我滿臉雀斑，個子小又孤單，燈籠褲上有補釘，每只口袋都有青蛙。唯有仔細觀察，才會發現我身上褪去的疤痕太多，瞇眼的表情太兇，偶爾還會不自覺撫摸柔軟的下巴，彷彿那裡長了鬍子似的。這些都不像十一歲的男孩，但從來沒人看得這麼仔細。我知道這麼說很難說服人，但我說自己是誰，世上的人就信我是誰。這不光是因爲經過多年的慘痛經驗，我變得很會模仿，而是因爲根本就沒人會注意一個穿著邋遢的小男孩。像我這樣的小傢伙就跟塵土裡的一粒沙差不多。

這個鎮上的人只知道我是個孤兒。街頭巷尾傳聞，幾個月前，春天湖上起霧的時候，我和父親走散了，獨自一個人來到這裡，無依無靠。我待在鎮上一個男孩家裡，他母親出於善心收留了我。山米，那男孩就是你，你是一無所知的共犯。男孩的母親就是你那藝術家媽媽，蘭西太太。我從那時候住到現在。

啊，山米，這會兒你認出我了，對吧？你以後會想，就是這個憂傷的金髮孤兒害我小時候得和他分享寢室。那個睡在下鋪的怪小孩。我敢說，你已經記得我的鼾聲了。等你讀到這份筆記，年紀應該大些了，或許會原諒我吧。

不過，為了扮好我的角色，我還是得每天到學校去上那些蠢課。就拿今天來說吧。今天上美國地理，老師便告訴我們一堆謊話，其中一個就是世上所有的地形景觀在加州（我出生的地方）都找得到。我得咬住我最好的泰孔德羅加鉛筆才能忍住不插嘴。那火山咧？還有莽原和凍原咧？但十一歲的小孩是不應該知道這些辭彙的，而我必須不顧一切不讓僞裝揭穿。

不過，為什麼要扮成小男孩呢？為什麼不像畸形侏儒那樣，騎在馬戲團的大象背上直接進城呢？為什麼不老老實實，穿著皺巴巴的老人服和老人帽呢？有兩個理由。第一是「規矩」，這我稍後會說；第二就是山米你。而我有這麼多年的時間可以不斷思索怎麼找你，怎麼進入你的生活，怎麼鑽進你臥房的下鋪，傾聽你夢裡的哭喊。

§

聽說，最先了解我是怎麼回事的人不是哪裡來的醫生，是家裡的女僕瑪麗。我們家常拿瑪麗開玩笑——外婆最愛向訪客提起，瑪麗因爲太習慣倒著爬下農場的梯子，所以這可憐的年輕女人連到現在在屋裡下樓梯都倒著走——其實，瑪麗既脆弱又神經質，容易嫉妒又愛哭，聽見別人讚美或恭維，就咯咯直笑。聰明的男人都知道她這樣的熟蘋果最好到手。而瑪麗也眞的和愛爾蘭民謠裡說的一樣，走岔了路。我還在襁褓當中，瑪麗就被人送走了——她被送走，因爲她的無名愛人留給可憐的瑪麗的就只有一個待產的孩子，一副薊草手環和一個破碎的諾言。接替的保姆——心思單純、滿頭紅髮的瑪姬——和瑪麗相像得嚇人。此後，家裡除了父親之外，再也沒人提起過她。父親和其他男士呑雲吐霧的時候，總愛拿瑪麗說笑，不過他說的當然是另一種笑話。就這樣，瑪麗從南園大道九十號的家族記錄裡抹除了。

可是，幾年後，瑪麗回來了。她從後門進來，直到樓上走廊，才被外婆撞見。

「瑪麗！」年邁的外婆大喊，一手緊握著黑玉胸針。

「艾諾德夫人，我——」

「妳怎麼進來的？」

瑪麗已經失去年輕女子的風姿了。她的臉蛋依然年輕粉嫩，卻有著果實未熟的生硬。她的雙眼過去滴溜打轉，像房裡興奮的小狗，現在卻拴上了街頭生活的重軛。她穿著體面，甚至有些花俏，但仔細一看就會發現，衣服的顏色褪得厲害，彷彿每天都穿洗似的，而她雙手的肌理則卡滿城裡工廠排放的煤煙。當時的名媛淑女全都戴著手套，就是因爲世界一片髒污。但瑪麗沒有手套，也不再是女僕，她得自個兒對抗髒污。顯然，瑪麗墮落了。

瑪麗微笑，她住家裡的時候從來沒這樣笑過。「約翰讓我進來的，」她指的是廚師，我們都管他叫中國佬約翰。「有件小事，眞的不——」

「瑪麗，抱歉，但是妳已經捲鋪蓋……」外婆勃然大怒，開始上天下地說她那套大道理。這時，護士剛帶我向母親請過安，走出房間。我那時雖然快三歲了，還是讓護士抱在懷裡。從當時拍攝的少數幾張相片看來，我正處在最醜陋的階段，碰見瑪麗的時候，全身還裹著蕾絲。平常，我總被簾幕隔開，除了外婆、母親和護士，很少見到其他人。我當時肯定興奮得尖叫了。

「啊，您瞧瞧他，」瑪麗大喊，把外婆嚇壞了。年邁的外婆伸手試著攔她，但瑪麗逕自朝我走來，摸了摸我葡萄乾似的臉，直直望著外婆吃驚地說：「這是怎麼回事？他看起來像我爸，而且白頭髮全掉光了！」

外婆口氣僵硬：「瑪麗，我得請妳把所有口袋翻出來。」

「嘿，這小孩越長越年輕。」

外婆和護士都湊上來瞧個仔細。她們得靠這雙不在我身邊的眼睛，才能看出我和嬰兒當時疙疙瘩瘩的模樣相比，肌膚變滑順了。眼前這位困惑的愛爾蘭少女很快就被掃出家門，（她為什麼回來呢？為了偷竊？求情？還只是為了讓我們不安？）但沒人能否認她的話對這個家的影響。一堆醫生都沒發現的事，一個不潔的女人一眼就看出來了。

外婆拿陳年白蘭地當禮物，把醫生請來。「我想，她說的恐怕沒錯，」這會兒，醫生坐在樓上的會客室裡，啜飲白蘭地，同時四下打量，彷彿自己是繼承人。「不過，無論他是什麼，都健康得像條豬似的。」

養育我的是外婆。她照料我吃住起居，為我開窗，希望城裡吹來的寒霧能治癒我的病。母親後來告訴我，年邁的外婆不讓她照顧我，因為她覺得我終究會讓人心碎，頂多再過個把月便會和其他夭折的小孩一樣，化成小小的墓碑。但我要感謝外婆把我留在身邊，在她簡陋的閣樓房裡。因為她很寂寞，她希望能多少愛我一點：愛她生命裡最後一個老男人。

§

外婆人很怪，我對她只剩下淡淡的印象，但我愛她。我喜歡盯著她鬆塌的鼻子，和從鼻樑往兩頰擴散、羅馬蠟燭似的血管瞧。我喜歡她戴的古怪無邊軟帽，看拉緊的絲帶綳進她鬆弛的下巴，等她脫下帽子，留下一條長長的紅色痕印。我愛她，因為她是我唯一的伴侶，因為人都會愛上陪在自己身邊的人。

我敢說，你私底下一定算過了。一八七一年生的男孩，出生時像七十歲，可以活多久？七十歲，這還用說。要是你和我外婆一樣坐在搖籃邊，拿項鍊上的珍珠當算盤，你除了得到上面的數字，還會得到另一個結論，同樣很明顯：我會死在哪一年。外婆她就算過了。她裹著皮草站在窗邊，研究搖籃裡身軀溫暖發皺的我，發出的咿咿呀呀。

外婆算出日期之後，便找母親過來，要她跑腿，害得穿著緊身褡的可憐媽媽差點喘不過氣來，彷彿在爲童話裡的王子賣命。你大概會想，這老女人愛我勝過一切，她把算好的數字收集起來，當成毯子裹住我柔弱的年少時光。但她眞正愛的是神。外婆和家裡冷風颼颼的福斯姊妹一樣，想從我體內的風箱聽出聖靈的叩擊聲。因此，她耗費巨資，請人設計搥打的金墜飾，要送的人其實不是我，而是神。金墜飾掛在我醜惡的頸間，好證明她眼睛沒有瞎，終究見著了上帝。

外婆下葬當天，我哭了。因爲他們說，我不能去參加葬禮。但我記得很清楚，一輛四輪馬車停在宅前，家人站在門邊，他們全都手拿花圈，蒙著面紗一身縞黑。母親彎下身來向我解釋，爲何我不能去。爲了安慰我，她遞給我那方被她淚水沾溼的黑邊手帕。父親對我揮揮手，摟著母親肩頭離開了。我掙脫護士的懷抱，爬上黃楊矮凳，臉抵著窗，抹去上頭的煤渣，啜泣著目送車隊駛離。馬匹都插上羽飾，車也上了漆，裝上平板玻璃。車隊緩緩沿著南園的橡樹林前進，終於消失在模糊的窗邊，只剩我一個，總是如此。

那個墜飾我還留著。我愛過的東西都沒能留住——不是被賣了，就是被拿走或焚毀了——但這副金光閃閃的墜飾，儘管我恨它恨了一輩子，卻從未離開我的身邊。天使拋棄你，魔鬼卻總是常相左右。喏，我在這一頁把墜飾拓印下來，你要是還記得手札開頭的日期，現在就可以看看外婆爲我鍍上的命運預言：

出生交代了，註定的死期也提過，現在總算可以來講我這一生了。

§

有個男孩打斷了我的書寫。山米，是你。

你還是和平常一樣，風也似的跑了過來，彷彿十個男孩全往操場上的沙坑衝，差點略過了埋在悲傷沙堆裡的我。女孩和鳥兒在林間唧唧喳喳，你平常戴的報童帽甩落在樹叢裡。待會兒，嘮叨的操場管理員會要你把帽子找回來，惹得你心不甘情不願的。不過，此刻的你，頭髮在風中自由翻飛，飄揚閃爍猶如乍現的靈光。你的燈籠褲釦子鬆開了，褲管捲得老高，襪子已經沒了彈性，滑得低低的。背心、褲子、襯衫，你身上所有的東西全都沾滿塵土，像是奶油裡滾了一圈的麵包捲。你跑到我面前，我敢說你現在的模樣比我這輩子任何時候都來得生龍活虎。

「你想玩球嗎？」

「我可以守二壘嗎？」我問道。守二壘可是很大的榮耀。

「我們需要右外野手。」

「喔。」

「你行嗎？」你問，口氣已經不耐煩了。

「不行。」我答道：「我在寫字，你看，」我從筆記本上撕下一頁，接著說：「寫東西給你媽媽。」你像小女孩咯咯直笑，接著便飛也似的離開了。山米，你眞是隻猴子，像猴子一樣爬上前來不斷尖叫，但只要有人靠近，你就會跳到樹上咆哮。當我靠近你的時候。因爲我是個假貨、贋品，而你是覓食的動物，聞得出眞相，面對發臭的野獸，無論這野獸外表看起來再怎麼像個小男孩，動物的本能還是會讓你觳觫瑟縮。所以，你現在從我身邊跑開，回到打打鬧鬧的那群男孩身邊。男孩個個精疲力竭，望著團團塵霧發呆，一聽到你大喊，便急切地抬起頭來。他們才是貨眞價實的男孩子。

先寫到這裡吧。敲上課鐘的老巫婆已經站在門邊大聲嚷嚷了。剩下這幾頁，我只得藏起來改天再寫。九九乘法表正在等著我呢。

§

我這一生要從艾莉絲講起，我認識艾莉絲時是我最畸形的時候。然而，要瞭解艾莉絲，知道我幹嘛這麼需要談戀愛，就得先聽我講伍華園和休吉的事。不過，在這之前，你得先知道「規矩」。

事情發生在冬天，當時外婆剛過世不久。那天晚上，房裡煤氣燈的嘶嘶聲把我吵醒，燈光彷彿魔法般忽明忽暗，我看見爸媽坐在床邊，漿洗過的絲質衣服沙沙作響，華麗得有如戲服。我不曉得他們怎麼了，是目睹什麼悲劇，還是剛向哪個知名催眠師傾訴過，總之，他們兩人彷彿是降靈會裡把死者召來的殺人兇手，滿臉悔恨。父親轉動旋鈕，將燈調亮，房裡登時一片瑰紅，同時空氣裡微微帶著苦味。母親屈膝湊近我寫滿倦意的臉龐，告訴我「規矩」。她沒有解釋，只是不停重複，讓我知道這不是夢，是她在教我東西。這是她施下的魔咒，而我要是聽話，就會乖乖讓她編織魔網。父親站在燈旁，出於宗教上的憂懼而閉上眼睛。後來，我就睡著了，什麼也不記得了。我這一生，行爲舉止多半讓「規矩」控制。它簡單明白，省了我做重大抉擇的麻煩，也讓我走到原本無法企及的地方：我從家鄉一路來到冰冷的沙坑，任由沙粒淹沒我赤裸的腳趾。

「別人當你是誰，你就是誰，」那天晚上，母親眼角泛著淚光，對我喃喃低語：「別人當你是誰，你就是誰。別人當你是誰，你就是誰。」

媽，我照做了。結果讓我心碎，但也把我帶來這裡。

§

外婆死後那段日子，家裡所有的一切都爲我而改變了。我們搬到山上，到新興的納博丘。房子變小了，卻更有格調。母親雖然感傷，卻不得不承認，南園是「沒落」了。附近的新房子不再用石頭，而改用木材建造，而且還隔間。過去時常見到戴無邊緞帶軟帽的維多利亞老貴婦，撐著黑陽傘散步，現在卻由商人和新婚夫婦取而代之了。我們也把舊房子隔間租出去，樓上租給一對夫婦，樓下則是猶太寡婦和她女兒。之後，我們便隨其他有錢人家搬到納博丘。他們說那裡視野好，其實那屋子幾乎長年籠罩在白鼬色的濃霧中。

另外，我自由了。我和母親到過外頭幾次，去公園或上市場。不過，我的冒險之旅多半侷限在育嬰室視野所及的景物——母鵝帶小鵝、裝滿野餐食物的敞篷四輪馬車；秋老虎肆虐的日子，送奶工人拿溼毛毯裹住牛奶罐，好讓罐子保持陰涼；還有經過我身邊的小貓小狗，牠們抬頭看我，總是讓我渾身打顫，覺得自己就像見到月球上的生物朝他微笑的太空人。

因此，有天早上，母親坐在梳妝台邊，說要帶我去伍華園，我感覺就像聽到天使在報佳音。當時我八歲，比小孩略大一些，但外表完全不像。母親拈著髮夾，在燭火上熱著，好燙捲睫毛。我則專心拔她梳子裡的頭髮，塞進收髮的瓷盅裡。說來奇怪，但我就喜歡厚厚一團死髮盤曲糾結的樣子。我從梳子上將頭髮拔起，放進瓷盅之前，最愛用手感覺她的長髮，那麼纖細、飄逸，在瓷盅裡顯得烏黑而糾結。母親以前會拿頭髮編織。她用外婆的頭髮編成手鐲，外婆下葬的時候還戴著它。後來，她又用父親的頭髮和綠緞帶編了一只手鐲，就戴在她手腕上，上頭還有父親的琺瑯小肖像，直到父親離世多年，她還戴著。

「什麼是伍華園？」我貼著母親問。

她牽著我的手，憂傷地笑著：「是個公園，在外頭。」

「喔。」

「不過，我得警告你，那裡有小孩哦！」

不是「其他小孩」，是「小孩」。

「喔。」

「小熊寶貝，」她柔聲喊著。我永遠是她的「小熊寶貝」。我把最後一綹頭髮塞進小洞裡，抬頭緊張地看著她。那時，她眞年輕，美貌有如雨過天青般閃閃動人。

「你不想去嗎？」她問，聲音又甜又年輕。

山米，全世界我就想做這件事。

§

伍華園

西方伊甸園

環諸美洲大陸　無出其右者

自然、藝術及科學圖說

以教育、休閒和娛樂爲宗旨

入園費二十五美分　孩童十美分

表演免費

滑雪場全日開放

現在活著的人當中，肯定還有人記得伍華園。每年五朔節，靠梅格碼頭歡樂屋大賺其錢的伍華園，都會讓孩童免費入園。這時，城裡的小孩便會成群結隊到伍華園的後院玩樂：毛茸茸的迷你單峰駱駝排排站，眼旁有兩道乾涸的棕色淚痕，載著小孩和戴圓頂禮帽的青少年玩；有個湖，湖上有東方式的橋和涼亭；跑道、五朔節的花柱、池塘裡擠滿了嘶吼的海獅；小池塘裡的迴轉船，樣子像甜甜圈，小孩可以輕鬆駕著玩；還有各式各樣新奇有趣的發明，像動物顯相機、自動風琴和愛迪生的說話機。一座鳥籠，年輕夫妻可以躲進樹蕨林裡，頭上頂著滿天飛鳥，纏綿調情；成群的鳾鵼、鴕鳥和食火雞。「幸福家庭屋」裡的猴子不是坐著，就是學人類擁抱和親吻。然而，那天我印象最深的是兩個奇觀，一個往下看，一個往上。當然，還有一件事也很重要，就是遇見休吉。

我家的雙騎馬車慢慢駛近十三街和傳道路交口那面高籬笆的時候，我幾乎喘不過氣來。「海豹在那裡，」父親的話穿過鬍鬚飄了過來。鬍鬚像掬起的雙手，讓他說出來的話帶著洩漏祕密時的興奮和輕細：「還有鸚鵡和白鸚。」是啊，父親可愛公園了。爲了紀念像這樣的一座園子，他不是還特地改名了？艾斯加．凡達勒記得，多年以前，他離開丹麥，旅途中曾在一個地方聽見天鵝宛如德國池中女妖的歌聲。他覺得，在這個到處都是史密斯、布雷克和瓊斯的新國度，自己的名字很不合適，便依照當年那座燭光閃爍的公園將自己改名：堤弗利。

「天鵝！」父親朝我大喊，同時露齒而笑：「和有名的表演熊！」

「熊？像我一樣的熊嗎？」

「沒錯！」

我們是怎麼進去的，我一點兒也不知道。父親的解說太讓我分心了，路旁跟在女老師後頭排隊的小孩子，還有嬰兒車、民衆和樹叢間的塡充朱鷺和火鶴，也讓我目眩神迷，絲毫沒注意一個傷人的小細節：我跑過草坪的時候，父親正把三張紅色票根放進口袋。他買了三張成人票。

那時候，我的「老人」外表顯然還不夠有說服力——我沒長鬍子，個子就成人來說太矮，就孩子來說又太高——不過，他們只瞄了我一眼，就讓我過去了。反正也沒什麼好看的。我正試著適應別人對我的好奇，突然一陣鈴響，有人宣佈熊圈裡的斷鼻吉姆就要開始表演了。我望著爸媽，眼裡帶著懇求，母親收緊包住下巴的面紗，點頭答應。幾分鐘之後，我們便坐在圓形劇場的松木板上，周圍擠滿了小孩和盛裝的夫婦。空氣裡瀰漫著小孩身上常有的混著爆米花和塵土的味道。這時，有人出現在下方的圈欄裡，宣佈「恐怖的大熊來了，牠之前由印度主人帶著，在城裡街上跳舞。不料有一天，大熊竟然扯斷鼻環，把主人給殺死了！大熊放街上太危險了，因此伍華先生特地把牠買來，娛樂各位。」話剛說完，斷鼻吉姆便踉踉蹌蹌走了出來。

對於小時候曾在馬戲團看過獅子或鬣狗的人，一頭老熊當然沒什麼，但我從來沒見過這樣的龐然大物，因此尖叫了兩次，先是害怕，再來是欣喜。只見老吉姆跌坐地上，嗅嗅鼻子，不停朝我們點頭，彷彿他是個紳士，走進餐廳發現到處都是熟人。

老熊耍了幾個爛把戲，換來一粒花生，之後便沿著桿子爬到高高的平台上，神情憂傷地趴著休息。馴獸師大聲嚷嚷，說吉姆當年在黃石公園草地上閒晃，有多危險，說牠是怎麼被捕，現在又要爲大家表演什麼神奇的特技，他每說一回，我們就拍手鼓掌。這時，吉姆便會坐起身來靠著欄杆，將花生頂在沾滿灰塵的斷鼻上，之後便像工人一樣做起白日夢，直到主人甩動鞭子，告訴牠必須表演好掙吃的爲止。我好愛老吉姆，同時有些同情牠。我完全了解，牠住在牢籠裡，既孤單又困惑，只有看管牠的人是牠的朋友，那是什麼感覺。不過，小孩子的同情心有限，小孩子會難過、會心癢，總是想像有人能馬上拯救被壓迫的人，而且就是他們自己。因此，我善變的小小心靈開始想像，自己救了牠，帶牠回家，在納博丘的堅固家園裡展開新生。他可以躲在樓梯間的樹蕨叢裡，或鑽進小型升降機，潛入收藏老酒和洋芋的地窖，用那雙疲憊的眼睛看著我睡，總而言之，就是讓我的生活充滿恐懼和冒險，而當初他們就是因此將牠送進牢籠。我會拯救吉姆，讓牠對我又愛又感激，用牠黑色大靴子般的舌頭舔我的前額。我解救牠，而牠也會拯救我。

看完熊圈之後，父親要我們去玩溜滑輪，但母親覺得玩這個傷風敗俗。因此，我們順著指標走到飛天區，這裡母親雖然玩得額頭冷汗直冒，卻也不亦樂乎。

父親看著氣球嘆了口氣，臉上浮現微笑。他兩手叉腰，抬頭盯著天上的銀色龐然大物。父親就愛科技和新發明，尤其是電器。要不是母親提醒他，電話非常非常昂貴，而且全美國只有三百個人他可以打電話連絡，也只有這三百人可以打電話給他，但是他們的身家背景我們一無所知，不然，我們家可能是最先擁有電話的家庭。家裡不讓父親沈迷於科技發明，但我記得伍華園之行多年後的某天晚上，他出於對母親的愛，或對新事物的喜好，送她一支鑲著電子珠寶的圍巾別針。他裝上小電池，將針別在母親的翻領上，別針在翻領上閃爍美麗的奇異光芒。父親告訴我們這是最新流行，並解釋別針功能的時候，母親只是微笑，轉頭望著他，眼裡充滿同情，說：「艾斯加，謝謝你，但我眞的不能要。」同時讓父親知道，就像她穿法國時裝一樣，誰都有嘗試新東西的權利。

這是父親最後一次犯規，卻不是第一次。到了我可以出門的年紀，他已經學會把喜歡的新奇玩意兒藏起來——比如有一天，我在他書房的中空地球儀裡，發現一只明亮的尖形鎢絲燈泡，像玻璃蜥蜴剛生的蛋似的躺在棉花床上——或是沈浸在吸引公衆注意的東西裡頭，我們眼前見到就是一個例子。

「小老頭，你看！」父親用他的怪腔怪調跟我說：「你看那個！」

馬丁教授的襯墊銀球，晶亮亮地高掛在天空，俯視著地上一圈又一圈的觀衆，就連阿拉伯條紋大鳥籠帳篷和它相比，都像侏儒一樣。巨大的氣球在空中靜靜搖擺，彷彿來自異次元的生物，像從地球往天空垂下的大雨滴，晃晃悠悠。這時有個人大聲招徠群衆，宣傳氣球的神奇，並表示教授已經準備就緒，隨時可以升空。

「哇塞！」我身旁傳來吱吱喳喳的聲音。我爸媽從來不說這樣的話，我只聽護士說過。「哇塞！那是什麼？」

正巧，我也在心裡問自己那是什麼。園裡好玩刺激的東西太多了，我根本忘了四周的群衆。然而，最新奇最不尋常的東西，這會兒就站在我身邊：一個正常的小男孩。

我知道自己和別人不一樣。父親之前已經要我在他昏暗的起居室裡坐著，聽他在呑雲吐霧之間告訴我，醫生常常來訪，其實不大正常，但他說，這只是因爲我「好像中邪了」。母親喜歡用「小老頭」或「小熊寶貝」之類的暱稱喊我。有天早上，她邊抹木蘭精油邊向我說，我跟其他小男孩不一樣，跟父親小時候不一樣，跟僕人或廚師小時候也不一樣，我跟誰都不一樣。不過，每個小孩都聽過這樣的話：你好厲害、你好特別、你好難得等等。因此，要不是僕人太多話，讓我有一回躲在地窖裡，身體抵著板牆，偷聽到瑪姬跟護士說她有多可憐我，因爲我生下來「雖然很可愛卻完全不對勁」，我還眞不知道，自己確實和別人不同。

現在，小傢伙隔著飛沙盯著我看。他長相和我不同，滿頭紅髮，跟著當時的流行穿了毛衣，頭戴窄邊黑軟帽，打扮得像個小大人。這毛衣之前肯定脫了又穿過，而且還穿反了，上頭全是天鵝絨邊和毛球，看上去像變了形的微笑。他用藍眼睛瞅著我，皺了皺發紅的鼻子，顯然是昨天曬太陽貪玩的紀念品。我不知道他覺得我像什麼，但我覺得他眞是我見過最奇怪的東西。我知道其他小孩長得就是這個樣——我每天都在窗外看到他們，不是拘謹地坐在長凳上，就是朝著朋友吐髒話——但我從來沒有近距離看過他們，不曉得他們原來這麼畸形。我骨頭僵硬，走起路來讓地板咯吱作響，睡在吊床上歪歪斜斜，眼前的小男孩卻像鳥，像一袋細枝，四肢可以任意彎曲，很誇張，就像東方的神奇箱，緞帶邊做得很有技巧，可以無限次地折折疊疊。我看著驚訝得說不出話來。

男孩等得不耐煩，又問了一次：「那是什麼？」他很好奇，而我這個「大人」就在身邊。我結巴了一會兒。這時，父母親正在低聲爭論——我後來才知道，原來父親想買鋁箔包香蕉給我，兩人在吵買這麼個怪東西會不會太過分——因此都沒發現我有麻煩了。那天，我能這麼容易就和其他小孩混在一起，只不過是因爲見到新東西太高興了，自我就像蒸汽一樣消失無蹤。但就在這個空檔，就在教授拉繩子、檢查火焰的同時，我感覺自我又從我逐漸冷卻的心裡冒出頭來。

「我……我不知道。」

「才怪！」男孩不放棄，更仔細地打量我：「你是侏儒嗎？」

「什麼是侏儒？」

「我有一次在博物館看過侏儒。他和一個女侏儒結婚。那裡還有全世界最高的人，那兩個侏儒結婚也和他結婚了。」

他這番話對我毫無意義，就像道迦瑪射線直直穿過我，不留痕跡。那是我頭一回出門，我在緊張困惑之餘，忘了父母親的命令，這是我這輩子第一次壞了「規矩」，說出眞相（我從小到大只犯過三次，這是頭一回）：

「我其實是小孩子。」

「才怪！你是侏儒。你從歐洲來的。」他顯然以爲侏儒都是從歐洲來的。

「我是小孩子。」

他笑開了，露出齒間的縫隙：「你騙人！」

「才沒有，我今年六歲。」

他舉起雙手比出數字，大聲說：「我才是六歲！」說完突然覺得，關於他自己六歲這件事，他之前怎麼沒想過，於是對我的好奇心瞬間消失了。「我可以從一數到一百，因爲我爸爸是老師，他教我的。」

「我可以數到五十。」外婆覺得我這個年紀數到五十就夠了。

休吉想了一想，彷彿覺得很有道理，他抬頭看著身穿厚重黑衣，身邊來來去去的人潮，似乎看得很專心。後來我才曉得，那是因爲他覺得自己有魔力，只要懇求得體，就能讓草地對面的樹木搖晃。接著，他轉頭看我，臉上帶著下定決心的表情。

「我吃紙哦！」

「眞的嗎？」

他點點頭，驕傲溢於言表：「我天天吃。」

我就不拿剩下的對話煩你了。據說在東南海的部落，族人遇到陌生人，都會按習俗引述長長一串祖先姓名。我們小孩碰面也會來這一套，因此我和休吉兩人行禮如儀之後，決定當朋友，不當敵人。其實，我們還眞的像部落居民一樣，吐口水決勝負。我贏了，因此，休吉對我始終保有一份親愛，即使時有衝突，兩人的友誼依然維持了五十年而不輟。

「開始啦！」招客的人站在螺旋塔上高喊。

奇蹟發生了。

馬丁教授將砝碼往下面沙坑丟，熱氣球便晃晃悠悠升空了。氣球像水銀做的月亮，帶著小個子教授往上飛，而小個子教授則在氣球底下不斷往火焰裡餵東西。只見人和氣球越升越高——不過，氣球牽了幾條繩子在晃，底下都有壯漢拉住，免得教授飄走——這時，教授轉身扯開一個裝滿玫瑰花瓣的袋子，撒向歡呼的群衆。玫瑰花雲散去之後，衆人發現教授飛得更高了，他抛下巨幅彩帶，底下每個人都伸手去抓。奇蹟不停地往上飛。地球上沒這種東西，動物裡沒有，我沒聽過，童話和寓言裡也找不到，就連我在夢裡都沒見過。這是人類想像力的實現，跟它相比，渴望自由的鳥兒也黯然失色。動物當中，是不是只有我們人類必須逃離自己？因爲看著氣球，我不禁想像，困在這副塵土老朽之軀裡的我的靈魂，就這樣熊熊燃燒著，升空離我而去，就像這樣嶄新發亮。

我感覺有人拿東西戳我，遞給我一根包著鋁箔，陰莖似的東西。

「小熊寶貝，來吃香蕉。」

§

多年以後，我和休吉都倦了，事情也記不清楚了。我們倆聊到參觀伍華園那天下午，兩人在馬丁教授的神奇熱氣球底下，首次相遇的事。當時，我們正在路邊的餐館吃晚飯，休吉讀著地方報的體育版，嘲笑那些高中球隊，他的眼鏡落到了鼻尖。我越說越餓，休吉放下報紙，皺了皺眉。

「氣球？」他問：「沒有吧。」

「有！那個氣球很大、銀色的，你還問我那是什麼咧。」

他想了想。那時，我們倆都五十好幾了。休吉那頭漂亮的紅髮已經掉光，還有一邊膝蓋有毛病，老讓他不舒服。「不對，是我父親去當你的家教，我們才認識的。」

「休吉，你越來越健忘了，我看你是老囉！」

「彼此彼此。」他挑明了說。當然，他說得對，但對我來說，變老其實是變成滿臉雀斑的小男孩。我擺出招牌傻笑，低頭繼續喝我的奶昔。

「氣球，是因爲氣球，我們才變成朋友的。」

「不對，是因爲我在樓梯間表演魔術給你看。」

「我不記得你有表演過紙牌魔術。」

他挪了挪眼鏡。「我和父親一起去的。你打扮得像穿水手服的羅斯福參議員，但卻像個娃兒想躲到門後面去，眞扯。我從樹蕨裡變出黑桃皇后，你就崇拜我到現在啦。」

「是哦。」

「是啊。」

我們同時望向窗外的停車場，彼此都對旅行感到厭煩不安，因此希望見到熟悉的景物。我們倆繼續看報，讓肚子嘰咕直叫，整整一小時沒有再跟對方說話。老朋友就是這樣的。

§

我們家確實請過休吉的父親來當家教。我猜，這絕對是那天在伍華園神奇氣球底下，兩家在談話之間講定的。鄧西先生週一到週五來。不過，事後回想起來，最讓人意外的是休吉也會一道過來。我覺得母親的想法是，有錢人家的小孩應該只接受一種教育，但父親最後說服她，讓她明白，我再怎麼樣都不可能是一般的有錢人家小孩。爲了享受生命，我需要學習不同的事物。教育當然不可或缺，但語言和藝術也應該學。不過，我或許還得學著怎麼當一個小男孩。

然而，當個小男孩這檔子事，休吉一堂課也沒上就學會了。他來我家的時候，小西裝小帽子，笑容彬彬有禮，但一看我手拿著書出現在走廊，就立刻變成憤怒的公牛，朝我的肩膀猛衝，一下把我撞倒，白紙在打過蠟的地板上撒得到處都是。「好樣的！」他總是興高采烈地說：「好樣的！」接著便開始撿紙，同時問我過得如何。這些在在讓我驚訝，我實在想不出什麼更好的反應，便用詩集在他頭上敲了一記，再用捆書帶抽他手臂。當然，我那時候比他高大，比他強壯，可以把他高舉過頭，甩到我家後院籬笆外頭，後面房子的仿東方庭園裡。不過，我都會小心把他朝厚草叢裡摔。啊，他總是又叫又笑，蹦蹦跳跳地跑回來，耳朵後面還夾著睡蓮。儘管如此，我始終覺得他比我強壯。那時候，我整天都想著要怎麼讓他大開眼界，我希望和他一樣聰明、一樣野。雖然有好些年，我都跑得比他快，但我還是趕他不上。

一個小男孩竟然願意接納怪物做他的玩伴。你一定會說，我很幸運能有他這個朋友。但他顯然也是我唯一能找到的對象。他有點瘋瘋癲癲的。不過，我很好奇休吉爲何這麼快就接納了我。肯定是他自己也有點怪，搞不清楚現實，或者是他這小孩只顧自己，連我這麼笨重、長了一對狗眼的傢伙，他都不看在眼裡。說不定他也覺得很幸運，有我這個朋友。

不過，他到底覺得我是什麼？

「哦，你是麥斯啊，」這些年，他不知道說了幾遍：「我不知道耶，就是麥斯嘛，就像媽媽是媽媽一樣，誰曉得？哎，你不是東西，不是狗也不是玩具，我曉得你是人，但又不像孩子，也不像大人，而是另外一種人，誰曉得？反正我也不在乎。你就是麥斯嘛，白癡。把菸拿給我，不對，是比較好的那種。」

§

童年是寫在骨子裡的，不是心裡。我沒辦法確切告訴你，哪天發生什麼事；告訴你是在我幾歲生日的時候，休吉用緞帶綁住青蛙，放牠在杯盤之間亂跳，嚇得瑪姬高聲尖叫，手裡的牛奶摔到地上；又是在我幾歲的時候，母親不願配合父親的喜好，換上低胸洋裝，父親眼看說不動她，便拿著糖罐將糖一股腦兒地往她露肩裝裡倒，逗得她呵呵直笑。我也說不來是哪一天，父親帶我到梅格碼頭，結果遇見女僕瑪麗，濃妝豔抹的她手裡拿著紫蘿蘭，跑上前來低聲說我年輕好多：「你現在看起來沒那麼老了。小可愛，再過一陣子，你就要走運了。」但父親只是牽著我往前走，連聲招呼也沒打。我還記得，瑪麗看著我們離開，手裡的紫蘿蘭落在人行道上，彷彿凍結的吻。

我不可能如實重述童年的往事，因爲當時我還沒有時間觀念。大人說星期六要帶我去採莓子，我每隔幾分鐘就會問：「現在是星期六了嗎？」那時候，生活沒有從前和以後，還不是一捆纏好的線，可以完好無缺地從抽屜裡拿出來。

因此，對於那時候，我只記得鄧西先生來訪，休吉用粉筆在他鞋子上畫畫，瑪姬和護士在走廊上嚼舌根。還有我鼻子緊貼玻璃，看著培養槽裡的烏龜一隻一隻生生死死。我記得送蔬菜的人每天早上敲後門，和碾磨車的歌聲：「有舊刀要磨嗎？有舊刀要磨嗎？」。我記得碼頭邊蒸汽船冒出陣陣白煙，馬廄裡的蒼蠅和馬身上的辛辣味，我記得牠們痛苦的表情，而我又是多麼同情牠們。我記得房裡晾著我的睡袍，那股溼溼的毛料味。我記得街上的老婦人頭上戴著嚇人的假髮，身穿蓬蓬裙，彷彿來自過去的年代。我記得母親和她搽的精油，父親捻鬍子的刺耳聲響，還有夜裡煤氣的味道。這一切的一切都發生在我遇見艾莉絲之前。

§

我想註明一點，我現在每天都睡不好。

山米，睡你的下鋪，如果我是小朋友的話，晚上要做惡夢或讀牛仔故事書都沒問題，但我這個老頭實在沒辦法。還有，牆角那盞奇怪的小夜燈，貼在牆板上發出虛假的光芒，除了浪費電，還時時讓我想起父親當年想裝在母親珠寶盒上的電子寶石。整間房子既現代又有效率，沒有壁紙，光溜溜的，白天看起來很好，到了晚上卻魅力盡失，躺在乾枯無味的四面牆之間，讓我覺得很孤單。不過，這也有可能是因爲我在記述往事的緣故，就像搔癢，越搔痛苦就越難消失，所以我才睡不著。

幾星期前有天晚上，我下床，盡可能小心別吵醒你，偷偷溜進浴室。浴室裡有扇天窗開著，我站在馬桶上，望著天上的星星，試著按父親的教導，將星座一一辨認出來。我看到人馬座，人馬座最好找了。我還見到北斗七星，和佈滿血絲的火星。我試著說服自己，雖然我的手已經縮得像軟綿綿的海星，天上的星星卻沒有改變，綻放的光芒依然在宇宙間穿梭。要是我目不轉睛，讓星光落在我的眼裡，或許閉上眼睛，就能將星光留住，像含在嘴裡的牛奶，將星光留在我體內片刻。這樣，或許能讓我重拾過去的感覺，覺得自己充滿光芒。然而，現在的天空已不是我過去熟悉的天空了，現在的天空有一顆新星，綻放著過去不曾見過的光芒。冥王星吧，我想他們是這麼叫它的。冥王星，地府之星。要是我闔上眼，眼裡便會有它，一滴紫色的毒藥蒙蔽了整個穹蒼。

「嘿？」燈亮了。

我回頭見到母親。

不，山米，是你母親。蘭西太太一手按著開關，燈光落在她身上顯得不太自然，映出了她臉上的每一道線條。她表情堅毅，彷彿想起我是她的對手。她站在那兒，瞪著臉上寫著「失眠」的我，讓我差點以爲她逮到破綻了，在我臉上找到不是十一歲小孩該有的神色。不過，我隨即發現，她臉上寫的不是恍然大悟，也不是對不該失眠卻失眠的怪小孩的同情。她臉上寫的是哀傷。她的負擔已經夠多了，現在我這小傢伙站在馬桶上望著天空，她的負擔又多了一個。五十多歲的女人，年紀跟我差不多，午夜時分獨自在走廊上哀傷踟躕。我比她以爲的還要更了解她。

「對不起。」我只能擠出這一句。

蘭西太太微笑，她先前的神情消失了：「你在這裡幹什麼？」

「我不知道。」我知道小孩子都會這麼答。

「我也是耶。」

蘭西太太拖著身子走進來，也朝窗外的星星望了望。她的睡袍開到頸間，露出胸前點點如星的雀斑。「你想喝牛奶嗎？」她問。我點點頭，牽住她的手。

§

父親消失那天，那是好多年前了，當時我們還住在舊金山。那天，我從沒整理的床上醒來，發現窗外也有一張凌亂的床，雪落在地上鋪成的床。就好比講求健康至上的母親，之前三餐只給你穀粒和薄餅，某天早上竟然因爲嘴饞，烤了個奶油糖霜蛋糕，老天爺那天也出乎意料，給了我一個下雪天。我在書上讀過雪，也聽過父親回想他小時候在丹麥，綿綿白雪裡出現的城堡和飛龍，和他怎麼跟其他男孩坐在木板上一路滑到俄羅斯。但我沒想過會眞的見到雪。我老是以爲，雪會像玩具一樣停在院子裡，不曉得雪原來會把世界整個蓋住，變成易碎的一張白紙。我往外看，原來的房子都不見了。馬匹、雙座四輪馬車、工人也都不見了。天空沒了，城市也沒了。於是，我做了見到稀奇事物的人都會做的事，我喘氣、屏息。

那時候我已經不是小孩了。我十六歲，有點悶，對自己的悲慘命運徹底自憐。我被迫穿上老式服裝，這樣扮起五十四歲的大人才比較有說服力。當然，休吉他想穿什麼就穿什麼：寬鬆短上衣、寬褲子和大螺旋花紋衫。我只能向別人炫耀自己像詩人一樣，有副濃密性感的鬍子。早上我會修鬍子，把它黏在下巴，晚上再拿它當寵物在鏡子前面拍拍打打。鬍子最後連原本的灰色都褪掉了（雖然染劑也幫了點忙。染劑是理髮師興奮推薦的。）但我怎麼說都算不上是貨眞價實的小男孩。

不過，撇開外表不談，我才十六歲，既寂寞又是個書呆子。就跟其他人一樣，惴惴於歲月流逝，甚至感受更強。但不知怎的，雪卻把一切打平了。我從窗子往外看，見到穿著禮服大衣的男人和戴著無邊軟帽的女人互相丟擲雪球。四輪馬車下面墊板子，登時變成雪橇來來往往，實在神奇。夫妻情侶穿著皮草躺在馬車裡頭，笑容滿面。我穿著最破最舊的衣服，吻了身後拉著窗簾，神情困惑的母親，接著便朝對過去不聞不問的新世界走去。小孩讓人帶著，目眩神移沿著施了魔法的小徑，在死氣沈沈的水晶世界裡漫步。大一點的男孩子（比我實際年紀大，已經成了粗野又英俊的小夥子）想起小時候讀過的故事書，便捏起雪球，再準準命中納博丘老仕紳的高帽子。那天早晨，世界既不老，也不知疲憊。

而我那天，至少在生命中有這麼一次，既不老也不知疲憊。我臉上貼著染成棕色的少年鬍髭，咧嘴微笑，那些小流氓沒人拿我當目標。幾個男孩把舊的冰刀鞋釘在木箱底下作成雪橇，我用這副外表把雪橇唬來，就這麼一路向下滑到加州街。加州街上，車輛還是照常行駛，來來去去地把一早上的積雪全碾成了髒兮兮的雪泥。

他們說，有幾個年輕人，年紀比我大，在雪球裡藏石頭，丟政治人物和高等法院法官，就連我們親愛的市長龐德先生也照丟不誤。他們還說，稅務員和陪審員在市政府的走道上打雪戰。他們告訴我，華人走出中國城就會被帶石頭的雪球痛砸。為了報復，所有穿街鑽巷，溜進中國城找菸抽或找小少女的白人，全被揪出來用竹條痛打。他們說，金門公園裡的野牛身上白兮兮的，像是戴了假髮，總算回復牠在老家的模樣。他們說了這麼多，但我什麼也沒看到。我只曉得，我遇到休吉，他正在多樂利教會旁的墓園裡滑雪橇。他跟我一樣，功課沒做就跑出來了。於是，我們倆一老一小，雙腿被紫花黃花刺得傷痕累累，胡亂踏上潔白的雪丘，興奮地大吼大叫，直到喉嚨發痛。

他們說，那天雪下得最多的是金門，足足有三十公分厚。城裡只下了大概八公分。後來，我開始旅行，特別是那回在科羅拉多遇上大雪，淹到臀部，我才知道當年那場雪根本沒什麼，不過是霜大了點。但在當時，我和休吉都覺得幸運極了，能有雪這麼白、這麼厚。

§

那天晚上，大部分的雪都融了，順坡而下往海灣裡流，我在又溼又潮的黃昏裡步履蹣跚，回到家的時候發現，屋裡只有微弱的煤氣燈光，和幾張憂愁的臉龐。母親披著圍巾坐在後面的起居室裡做女紅，在她身後有一只養金絲雀的鳥籠，和冬樹一樣空蕩蕩的。

「麥斯，」我才進門，母親就對我說：「你父親沒回家，不知道去哪兒了。」

「他工作晚了。」我猜想。

「我們差了小廝去找他，他不在。」她臉上浮現無窮的耐心，這副神情在我回來之前幾小時就練習妥當了。我瞥見她拇指上有血。就在我進門之前，她剛扎了手。

「我想他一定沒事，可能因爲下雪吧。」她告訴我。

突然，伍華園在我心裡浮現。我見到父親走過身披白雪的單峰駱駝，尋找讓他著迷的銀色大氣球。不過，我知道這很荒謬。

母親拉著我的手，說：「別擔心，約翰已經把晚飯準備好了，你吃完就去寫鄧西先生派的功課，因爲他要明天才能過來……」

「要是下雪呢？」

「雪已經融了。」母親口氣平淡地說。我見她被針刺的地方還在流血，小珍珠似的赤赤泛光，在皮膚上輕顫。但她什麼也沒做，只是望著我。「父親晚點兒就回來，你不必等他。」

「媽。」

「小寶貝，你該去睡了。」

「媽。」

「來，吻我一下。」她輕聲說道。我吻了她，鬍鬚沾了點她的妝粉。離開起居室，我步向燈光昏暗的走廊，同時似乎聽見針落地的聲音，之後是吸吮拇指的細微聲響。

父親沒有回家，他從此再也沒有回來。

§

頭幾個月，我們儘管心灰意冷，卻仍抱著一絲希望。然而，警方蒐集到的證據卻都證實了他們原先的推斷：父親消失當天，根本沒去工作。他穿著黑毛衣，戴了高禮帽，卻沒拿拐杖。他先到克雷，在平常光顧的店裡買了根頂級雪茄；接著到史塔克頓，在銀行匯兌所點了威士忌，享用免費午餐；之後在總圖書館外頭，對法官扶帽致意，然後便不見蹤影了。把這些地方和我家串連起來，還是推斷不出什麼端倪，不過就是一條線，筆直地的從舊金山直通大海。沒人發現屍體，也沒有發現屍體的消息或跡象。我記得，自己當時還想，父親在雪地上留下靴印，我爲什麼沒留下半點足跡。

然而，半年過去，變成會計師來的次數比警察還多。會計師會到起居室，坐在我和母親身旁，他們中產階級的額頭讓壁爐的火蒸得滲汗。不知道該不該服喪的母親一身深紫，聆聽會計師說話，我則用筆尖敲著桌子。（會計師以爲我是趁機來佔便宜的姻親。）「堤弗利夫人，事情很複雜。」會計師說。父親理財顯然喜歡冒險，賺來的錢總是立刻拋進新的投資，很少存著。現在舵手沒了，這些神奇的小型投資就像船艦失去方向，有的甚至已經石沈大海。除此之外，父親的工作津貼很快就會用罄，屆時，我們家便沒有收入，再加上如果找不到屍體，我們便領不到保險金，因此，會計師透過油亮的眼鏡看著我們，說：「按帳冊看，你們如果照現在的樣子在這間房子住上一年，錢就會花完了。」他們要我們想辦法把房子賣了。

這天，會計師走後，母親跟我說：「麥斯，我實話實說，他們講得沒錯。」我沒正眼看她，因爲我正處於醫師所說的叛逆期。我頭靠著石膏像，感覺突起的罌粟花頂著我的太陽穴。但她還是繼續說，幾綹秀髮掙脫髮簪，有如雪茄的煙霧般盤曲著垂落下來。「我們必須把房子賣掉。還有二樓起居室的雙人沙發和搖椅，時鐘和燈也統統得賣。你父親書房那幾件傢具，書桌、椅子和飛蛾標本，晶洞可能也得賣。還有複製銀器。我想，瑪姬應該跟著我們。要是她願意住到南園的話。」

「南園？」

「不然還能住哪兒呢？再說，我得待在家裡。」有這麼一會兒，話語彷彿占卜字母板上的字盤，不受母親控制，而父親那奇特的輕鬆語調，就這麼從她口中冒了出來：「麥斯，我得跟你說實話。」

她向我解釋，但話語彷彿來自遙遠的星球，清楚、明白，卻遲了。這些新計畫我們做得又急、又慌，又不切實際，得有人來搞定才成。因爲，母親體內有隻蓄勢待發的鳳凰，或是按小鎭上賢妻良母的說法，有了「奇蹟」。山米，套用你們二十世紀的粗俗說法：她懷孕了。

§

「我喜歡你們變窮。」我們搬家當天，休吉對我說。

「我們不窮。」

我不想和他說話。家道中落，我覺得很丟臉。我站在院子裡，身旁是從前就在的鐵狗裝飾，母親則從樓上的窗戶往下看。這回輪我們住樓上了，另一戶也是失怙家庭，姓李維，在樓下安安靜靜沒什麼聲音。我撇頭不去看南園，因爲它變了太多。矮牆和籬笆都沒了，只留給周圍房子一片踩禿的橢圓形草地，如同我家的庭園，完全失去了往日的美麗風采。園子裡的樹看起來也不一樣了。楓樹和白楊少了，桉樹多了，最近一窩瘋的換樹熱，讓整座城聞起來像個大藥箱。其實，南園連名字都沒了。有些新來的人還風涼地幫它改名叫「廢地」。

休吉微微一笑，說：「嗯，反正你們之前不就住這兒嗎？納博丘跟你不合，你這小老頭都快變成銀行總裁了。」

「你咧？你像音樂廳的駐唱歌手。」

這話讓他笑開了。他一身淡紫雜灰，服裝品味之差，一看就知道是口袋有點錢的十七歲紈褲子弟。他身上那件背心，我不知講了幾回，只會讓他看來像個街頭手風琴藝人，但他一點兒也不在乎，還是照穿不誤，就爲了激怒我。

我發現樓下有動靜。只見白色洋裝一閃，倏忽即逝。我眞希望到我們再次搬家之前，樓下的鄰居都躲在家裡不要出門。我最不想遇到的就是那幾個房客。我發現，上回離開之後，屋簷底下已經結了一個黃蜂窩。

我說：「你知道我媽怎麼跟別人說嗎？」

「不知道。」

「她說我是她小叔。」

「好笨喔！這樣的話，她不就是你哥哥的老婆？」

「她說我是她小叔，特地從東岸過來幫她理家，因爲父親不在了。」

「好笨喔，你之前不是住過這兒嗎？你這個小怪胎，難道他們都認不出來？」

「沒人認得我。我離開的時候，身高才一百五十公分，而且滿頭白髮。現在咧？」現在的我剛滿十七歲，身高超過一百八十公分，條理分明的鬍髭，還有滿頭棕髮，看起來確實有總裁的架式。我穿著父親留下的舊衣服，感覺自己也沾了點歐洲血統的光，忍不住雙手拇指插進背心口袋，洋洋得意地說：「我覺得自己變帥了。」

他眨眨眼：「是哦，你很快就會變成英俊的老頭了。」

「至於你嘛，會變成醜老頭。」

休吉朝飛過的黃蜂狠狠打去——黃蜂繼續飛——接著，他轉身對著望向窗外的母親大喊：

「堤弗利太太，您好！」

「醜人，別喊！」我告訴他。

「我才不醜。」他說，同時把背心弄平。

彷彿靜止不動的母親晃了一下，一手摸摸頭髮，一手朝下揮了揮。

「她還好嗎？」他問道，目光始終停留在正在撫平洋裝的母親身上。那是母親最好的一套黑色洋裝，她特地爲了老家穿的，彷彿去赴老情人的晚宴約會。這時，母親消失在樓上的暗處。

「異教徒。」我說。

休吉這下可感興趣了：「怎麼說？」

我踢了踢乾草，說：「她在玩塔羅牌，而且整晚在房裡點酒精燈。」

「我猜她可能還有很多話想跟你爸說。」

「喔，她都不說話，她在聽。」

「你爸說了什麼？」

「沒有，」我堅決地說：「他沒死。」

休吉雙臂交叉，再度轉頭望向南園，頷首說道：「我也這麼覺得。」

我們兩個都認為，（雖然警方不以為然）父親的遭遇就跟當時其他男人一樣，踅進巴貝里灣的海上酒吧裡，喝了罐摻麻藥的啤酒，整個人嗑藥似的恍恍惚惚，結果一不小心踩空地板，摔到正在等人的官船上，黑夜裡被載到在金門外海，那裡有艘快速帆船等著，費用付清之後，便往遠東駛去。父親醒來，發現自己已經在撒滿陽光的海上，成為捕鯨船隊的一員。船長迎著強風下達命令，這時渾身刺青、蓄著馬尾的船員便會盯著父親，蹣跚地從他身邊走過。一切彷彿重回他青澀的年少時光。換句話說，他被硬逼著當上船員了。

不過，我私底下的想法更低級、更異想天開。我幻想父親被施了古代北歐的魔法，沒辦法回到我們身邊；我幻想有個老鬼來到洪恩角攝住父親，像大法師梅林將美麗的妮莫莫鎖在大樹的年輪裡那樣，將他圈在綠色火堆中間，等待我唸出正確的咒語破除魔法。應該是這樣才對。

「哈！」

聲音來自我們身後。有個女孩從一棟房裡走出來，年紀和我差不多，這會兒正痛苦地倒在草地上。我實在不知道她在幹什麼。她一身白蕾絲，一手扼住喉嚨等待著，彷彿在傾聽時光流逝。聽見她古怪的叫喊聲，我和休吉面面相覷。這時，女孩滿臉驚恐，緩緩將手移開，只見一，她頸子上有個鮮明的痛苦之吻；二，在她張開的手掌裡是已經成了黃黑渣渣的黃蜂屍體。

艾莉絲，你讀到這裡了嗎？那個少女就是妳！

§

當然，我之前就看過女孩子。除了從育嬰室往外看，可以見到女孩子穿著小號的淑女服，對著鳥兒指指點點，我們搬到納博丘之後，我還見過上學途中的女孩子，互相踢石子玩，互相嘻笑。還有年輕女子搭著心愛情人的輕型馬車，過了門禁時間才回到家。甚至有幾回，我瞥見南園裡有情侶接吻，直到他們發現有個滿臉狐疑的老頭在看，才躲進更隱密的樹叢裡。我愛上了平凡的女孩：報攤旁的女孩，唇上漾著光；賣鳳梨的女孩站在堆成金字塔狀的水果後方，眼神悲哀；還有德國屠夫的女兒，她每天都跟著父親從後門走進我家，充當翻譯。但我從來沒跟他們倆說過話。我只會站在廚房裡朝他們點點頭，拋耍銅板，然後急匆匆地跑開。那感覺眞是痛苦，讓人顫抖。

我還沒遇到對的女孩。其他的十七歲男孩都已經打扮得有模有樣，準備好好談場戀愛。我卻被禁錮在這副可怕的軀體裡，註定只能愛上第一眼見到的女孩。

§

「我被螫了！」

艾莉絲，我也被螫了，就在第一眼見到妳的時候。那眞是我這輩子運氣最背的一刻：我心跳得太快，竟然說不出話來。

休吉跑到她身邊，問：「妳還好吧？」

她眯著眼，頸間的膿包越腫越大。「我以前沒被螫過。」她只擠出這句話。

「妳會沒事的，」休吉說：「躺下來。」

她不肯躺下，還是坐著，看她手中放毒的兇手。「很痛。」

「呃……」

「比我想得還痛。我媽有一次也被螫了，我那時覺得她大驚小怪，但現在……喔，眞痛！」

「而且還腫了。」

這會兒，她那雙溫柔、永不顯老的棕色眼睛，轉向了我。「先生，您兒子心地眞好。」

我試著開口，但莫可奈何。我是個沈默的老頭。她目光移開了。

「媽！」她大喊，接著又望了黃蜂一眼。「可憐的小傢伙。」

「嗯。」休吉說著站起身來。

「你要把我留在這裡嗎？」她說。

那一刻，我眞希望自己能夠開口，把這一分鐘裡我想說的話全吐出來。她似乎發現我欲言又止，便轉過頭來看著我。我眨眨眼，總算把話說了出口：

「他不……他不是我兒子。」

然而，我的話卻被屋側傳來的喊叫聲給蓋過了。我一看，發現不過就是個女的，是她母親。可是，艾莉絲，妳卻轉過頭去，完全沒聽見我說了什麼。

我很想說這是命，但說它是機會更恰當。因爲上天在我心地最溫柔的時候，讓妳在院子裡出現。我想，自己很幸運遇到妳，而不是其他冷血的人。然而，艾莉絲，就算當時出現的人不是妳，我還是會愛上她，而且愛得很深，到我長大成熟，到我五十九歲。然而，我從來不曾被妳的雙眼咒詛。

§

「堤弗利先生！」

她母親衝出房子，跪在瘦成皮包骨的女兒腳邊，用布覆上她緇緊的頸間，按壓那柔滑的肌膚，她的動作彷彿護士般有效率。她眞是好女人，穩著又叫又鬧、拳打腳踢的女兒，動作非常自然。她始終穿著寡居這些年的衣服，有著年長女人那種小心翼翼的美。她上了妝，戴著珍珠項鍊，有些地方絲毫不顯老：細細褶曲的裙擺展露了她的女性曲線，縐摺襯衫凸顯她驚人的上圍。我不大會看人的年紀，她那時幾歲呢，艾莉絲？四十五？四十六？暗紋讓她的臉看來像顆榛子，髮際線後退，雙唇沒有血色。替女兒抹藥的時候，她邊笑邊罵，卻沒看著她，而是張著她那雙深棕色的女性雙眼，直直盯著我瞧。「堤弗利先生，眞好，總算見到您了。艾莉絲，別往後退，沒那麼冰。」

艾莉絲，這下我終於知道她的名字了。這下我對她的認識就比我對其他女孩多一倍啦。

「希望您弟弟的舊家您還住得習慣。我們都很喜歡這裡，對吧？妳這傻小孩在幹嘛？妳摑牠，牠螫妳，是吧？希望別腫起來，不過，腫起來也可以給妳一個教訓，對吧？艾莉絲，坐好。妳已經把洋裝弄溼了，這下只好拿去曬了。堤弗利先生，我見過您弟媳，她眞是迷人，可惜啊，可惜。」

休吉暗暗竊笑：「是啊，堤弗利先生，您弟妹眞可愛。」

這全是艾莉絲的母親在自導自演。我站在那兒看著艾莉絲，越看她的影像就越大、越清楚。我看著她眨眼揮淚，氣得滿臉通紅，母親撫摸她的頭髮，又讓她嘆息。然而，艾莉絲的母親卻違背我的意思，把我往另一個方向推，剝奪我的權利，不讓我擁有學生的心，反而點出我這副老皮囊，被螫的艾莉絲是不可能愛上我的。

「艾莉絲，別吵，他是房東堤弗利先生。他可是個老南園了。對吧，堤弗利先生？」

她竟然當著她女兒的面把我給毀了。我覺得帽子好緊，這才想到帽子不是我的。應該是不知道參加哪個宴會的時候不小心拿錯的。

「不，李維太太，我一點兒也不老，」我回答，接著又說：「嗨，艾莉絲。」我的話對她完全沒有影響，她正牢牢盯著某個地方。不過，那老女人倒是珍珠串落地似的，咯咯呵呵笑個沒完。

艾莉絲終於回頭看我了。「我希望你們不要像上對夫妻那樣，吵得像群牛似的。」

李維太太發出蟲子似的聲音教訓她女兒。「還有，堤弗利先生，我發現你們從納博丘的舊家帶了幾條地毯，很漂亮。你們家一定非常溫暖又可愛吧！」

李維太太說話很有魅力，而且當時我才十七歲，所以只能被她牽著鼻子走。我說地毯來自布魯塞爾，同時形容了一下顏色和觸感。在這場又是灰塵又是毛料的對話裡，我舌尖幾乎可以嚐到地毯的味道。這段時間，我大可以問艾莉絲學校的事，問她鋼琴和旅行的事，可以趁機傾聽她的聲音。然而，我卻只能眼睜睜看這甜美的少女望向他處，看她更加陷入沈思。在母親照料之下，或因爲我低吼的說話聲太平淡，她的刺痛顯然消退了。年輕可愛的艾莉絲不斷往下、往下掉入心裡的異想世界，而我多麼渴望置身其中。

「……我覺得，我覺得家裡有地毯還不錯。」

艾莉絲：「嗯！」

「還有，我還看到幾張花緞雙人沙發，」李維太太的語氣驕傲得好像沙發是她們家的。「提弗利先生，我眞意外，沒想到您這麼在意傢具，尤其您又是個男人。」

我還不是男人哪！她禮貌地沈默片刻，我正想這麼說，她已經開口問起我身邊的人。而我竟然完全忘了他的存在。

「我是休吉・鄧西先生。」他極盡溫文有禮地說，同時扶帽向李維太太和她瞇眼魂遊物外的女兒致意。

「喔，休吉。」艾莉絲複誦。

「他是我們家的至交。」我說。

李維太太摟住女兒的腰，拉她靠在身邊，彷彿拿著裁過的花放進花瓶裡。「眞是太好了，太好了。我得帶可憐的艾莉絲進去，處理她的脖子。鄧西先生，希望您有空來造訪我們，當然，還有提弗利先生，我們希望很快就有機會請您和您的弟媳共進晚餐。」

鞠躬、點頭、微笑，還在擔心蜂毒的少女被帶進房裡，而我就像院子裡的裝飾鐵狗一樣站住不動。身後公園裡有人一陣騷動。模糊中，我似乎見到有個男人邊走邊揮舞旗子，要大家當心，而蒸汽船則是兜著圈給人欣賞。周圍有人叫囂、有人嘲弄。但這些一點也引不起我的興趣，因爲我正忙著思考，如何支開母親，好單獨拜訪樓下，找到艾莉絲，跟她說我眞實的身分，以及，如何讓她相信。

休吉愉悅的聲音出現在我身邊：「堤弗利先生，我想您戴的是我的帽子。」

§

突然，生活變得像漂亮的碎玻璃。我無時不刻都因爲艾莉絲就在樓下，而感覺痛苦。偶爾當我在起居室裡，聽母親在酒精燈旁說明帳目，或憂愁細數她夜裡的經歷，我都會不停換地方站，心想艾莉絲這會兒是不是就在地毯正下方？或是現在？我就像是西洋棋盤上的騎士，在起居室裡不停地變換位置，希望自己就站在艾莉絲的正上方，和她站成一直線，這樣我便能感覺到她的體溫和秀髮的香氣，透過天花板傳上來。

休吉覺得我這麼做像個傻瓜。「別想她了，」他說：「她才十四歲，頭髮垂著沒紮起來，說不定還在玩洋娃娃。她不懂愛啦。」說完，他又朝房間那頭的帽子裡彈了一張紙牌，同時向我透露他對感情事務的全部認識（我們十七歲那年常這麼做）。

但我就是克制不了。夢中，她在沼澤水族槽裡像條美人魚優游著。我開著窗，躺在床上，希望聽見她在樓下廚房對母親尖叫——「這個家把我逼瘋了！」——希望她的叫聲像甜蜜的毒藥傾入我的耳中，抑或聽見微弱的腳步聲，讓我可以想像，我心愛的女孩穿著黑襪、白洋裝，伸指點了點剛烤好的巧克力蛋糕偷嚐，並且試著湮滅罪證。有幾週、甚至幾個月的時間，我聽她在樓下發出的聲音，然後在心裡想著千奇百怪的念頭，我聽著她像魅影女郎對著自己唱歌，或是尖叫一聲從惡夢中醒來。我在想，或許可以用修屋子當藉口。當然，這種事我們通常都請當地人幫忙，不過我也許能說服母親，找我就行。聽了我的打算，休吉簡直嗤之以鼻，聳聳肩說也許能成吧。修補牆上的老鼠洞或補漆，工程再小都沒關係，只要能接近她就好。

就算接近她了，情況還是沒有好轉。我有如占星家般嚴謹，追蹤記錄她的一舉一動。我知道她每天早上八點整會紮著蝴蝶結，唇邊還留著蛋糕屑，準時離家到葛利莫夫人女子學校上課，下午兩點整回家。偶爾她會晚點回來，跟兩三個戴眼鏡、紅褐頭髮的女孩子搭黃色馬車回家。就我所見，她只有和朋友在一起的時候才眞的開心，一旦揮手告別朋友，情況就完全不同了。她只要揮別朋友，回到黑石砌成的南園九十號，對著房子，臉上就會出現稚氣未脫的疲憊表情，腳步也變得拖泥帶水，不甘不願。我常常算準她回家的時間，想辦法到院子裡等著，但從來沒抓準過，母親總會把我叫進屋裡處理雜務。

不過，有一回我時間倒是抓對了。我從班克拉夫先生那兒面試回來，假裝自己在修鐵門。這份工作我做了二十多年，幫班克拉夫先生撰寫出版的三十卷《西洋史》整理文件資料。我站鐵門邊往街上看，發現艾莉絲正悶悶不樂跺步沿著用破舊木板鋪成的人行道走來。我眼前突然亮光一閃。

「堤弗利先生，您好。」

「嗨，艾莉絲，學校的課怎麼樣？」

那時，我眼睛已經沒那麼朦了，可以見到她的髮型正是我最愛的式樣：麥糖色的鬈髮，上面漂著一朵蓮花。她嘴角浮現一抹擰笑。

「堤弗利先生，很白癡，」她說：「每堂課都是。」

「眞……眞可惜。」

「不過，我決定不結婚了。」

「啊……永遠不結嗎？」

她搖搖頭，嘆了口氣：「永遠不結。我們在讀莎士比亞，我覺得《馴悍記》眞是悲劇，白白糟蹋了一個好女人。」

「是啊。」我說。我還沒讀過《馴悍記》。

「索多芙夫人卻不這麼認爲，所以我報告必須重寫。眞是瘋了，我看她才是悍婦。」這時，她突然像在跟我講悄悄話：「堤弗利先生，我想問您——」

「麥斯！」母親在門口喊我。「你在那兒幹嘛？鐵門又沒壞。嗨，艾莉絲，妳別跟麥斯閒混，我想妳母親應該有話跟妳說。」

艾莉絲翻翻白眼，哀鳴一聲，便步履沈重地進屋去了。母親站在門口微笑，對自己做了什麼毫不知情。那一刻，我眞想把她殺了。

§

我剛才有地方沒說實話。我把自己的心形容得像漂浮在一碗清水上的山茶花，其實它又黑又脹。每天早上，我的艾莉絲從窗下走過，卻從來不曾出於好奇或溫柔瞧瞧上面的怪物，我看在眼裡痛在心裡。每天晚上，我在床上幻想，心中浮現的她也不是髮間繁星點點的模樣。我沒這麼想過，我的幻想總是回到那個卑劣的片刻。

時間是深夜。晚飯之後，我溜到後院的角落，因爲我讀不下書，也沒法思考，只得到玫瑰花叢把花捏碎。艾莉絲，妳來的時候，我已經啜泣了一會兒。妳穿著寬鬆的大衣和馬褲。我猜想，妳可能之前掉了什麼在後院，也許是價值不菲的別針或胸針，擔心被母親責罵，所以從後門溜出來，小心把門關好，再衝到漆黑的草地上，喃喃自語，每株草都不放過，卻不知道從何找起。我屏住呼吸，站在幽暗的角落，見妳跪在後院像貓一樣伸臂摸索。從妳寬鬆的大衣領口，我可以看見一抹肌膚。妳轉身，在妳的一方陰影裡痛苦掙扎，而我也轉過身去，在我的一方陰影裡掙扎痛苦。在妳抱著希望扭動身體四處尋找的時候，我看著妳的雙腿伸展、繃緊。女人家穿馬褲在當時可是離經叛道，馬褲在跨下有兩片布料交疊著，只要動作稍不留意，布料就會岔開，讓我瞥見妳腿間柔弱誘人的藍色血管。後院有隻貓蹦出來，妳愣住不動，一邊肩膀從寬鬆大衣裡露了餡。之後，妳總算向命運屈服，肯定先想好該說什麼樣的謊脫困，這才跑向後門，將門打開。地上浮現一方光明，妳將門在身後關上，門外一片黑暗。親愛的，那一晚，我徹夜幫妳找首飾，只發現一根髮夾、一粒鳥蛋和兩圈被妳膝蓋軋平的草皮。

那天晚上，我眞是痛苦啊！見到妳的血管讓我眼中的一切都染上了藍色。從此之後，我每晚都得先驅走妳的種種才能入睡，活過另一天。山米，摀住耳朵。這時候，我會用最明顯、最男孩子氣的方法解決。山米，我知道你一定覺得世上的人都和你不同。在我那個時代，陷入愛河的年輕男孩夜裡都會用狼人鏈綁住雙手，直到天明。你錯了，我們就和其他男孩一樣脆弱。艾莉絲，請妳原諒我沒教養。我確實沒教養，不過妳現在和我當年一樣老了，希望妳想到我躺在床上，像看法國明信片那樣盯著自己的回憶，看星光漏進妳衣服裡的幽暗處，會覺得受寵若驚。

我沒從棚架爬下去透過窗子窺看她，也沒在樹上偷藏鏡子，夜裡趁她無聊望著梳妝鏡的時候，透過反射看她甜蜜的秀髮絲絲分明。我不曾潛進車廐，觸碰馬車上她方才的位子，感覺我那坐立不安的女孩留下的懾人餘溫。這些我全幻想過，卻不曾做過。是啊，我只能站在地毯上試著感受她靈魂的顫動（該死的布魯塞爾地毯）同時將我自認最接近愛的那一刻的記憶，抓著不放。

「別這麼說，」我和休吉騎著搖搖晃晃的腳踏車，他對我說：「你會有人愛的，我敢說，你得到的愛會比她所給的還好。我有幾本書可以給你看，可是不能看太久，因爲我猜我爸知道我把他的書拿走了。」

我把書讀了。它們都跟愛扯不上關係，卻讓我夜夜失眠。其中一本，鄧西先生收購的時候或許自認爲了研究，結果竟然是記述夢遺的短文，害我心驚肉跳了一個星期。不過，其他幾本都充滿偉大的知識和魅力。我尤其喜歡圖片。後來我把書還給休吉，彼此都沒說什麼，只是交換了相互理解的眼神。這些書起碼讓我分心了，但卻沒有將我朝愛推近一點。

結果，我夢寐以求的機會是李維太太她給我的。失眠讓我全身紅腫變醜，絕望心痛之餘，我決定冒險一試。我非得拿到一張相片，才能在臥室裡撫之愛之。因此，我匆匆決定用修理房子這個點子試試。我穿上襯衫，胡亂打了條領帶，邊下樓邊想，就說要檢查她女兒房間的漏水。

§

「堤弗利先生！」

李維太太開了門站在門邊，若有似無地笑著，同時摸摸中分的頭髮。她的頭髮兩側意外地竟然有點凌亂，不過，她用經驗老到的巧手撥弄幾下，秀髮立刻整整齊齊。接著，她稍微站開，難為情地示意歡迎我的來訪。陽光曬紅了李維太太的臉，她一身綠色裝扮，沒有守寡的味道，老式裙撐高高束在裙後腰間。她似乎察覺自己的矯揉做作，便稍稍克制。不過，見她站在門口微妙地調整自己，倒是讓我忘了她輕快睿智的說話方式：

「……今天晚上感覺很莎士比亞，您說是嗎？置身在林間，就像他筆下的亞頓森林，不是嗎？不曉得這樣的感覺會不會變，不知道一百年後的人會不會也站在門邊看著樹，心裡浮現滑稽的感覺，覺得自己戀愛了。」

她又把自己變回原來那位李維太太了，同時又小露那一手珠落玉盤似的笑聲。「我真傻，堤弗利先生，請進請進，我想艾莉絲見到您一定也很開心。」

「我來檢查油漆。」我才開口，就發現自己已經進到屋裡了。走道的漆色要比從前黯淡些，還有壁紙、護牆板和中楣穿插其間，跟過去差別之大，彷彿老友特地打扮——參加國宴或海鮮晚宴——結果變化太大，你儘管瞇眼細瞧，終究還是轉身離開了，客氣否認眼前這位陌生人是你熟稔的臉龐。我聞不出絲毫過去童年的氣息。這跟走在陵寢金字塔裡敲打遺跡的感覺不同，是全新的體會。有人把瓷像打破又修好了。這裡是艾莉絲博物館。因爲她就在這裡。

「艾莉絲，堤弗利先生要來檢查……呃，您說油漆是吧？小可愛，過來問好，妳是不是該先去洗手啊？謝謝。」

艾莉絲深棕色的頭髮紮了起來，模樣像個女人。她從小沙發上起身，放下手邊的書（書名是《從地球到月球》。親愛的，這正是我們倆之間的距離）。

「嗯，啊，哈囉，堤弗利先生。」她裝模作樣地說，同時微笑和我握手。這些動作全都稀鬆平常至極，對其他人對我都是一樣。我熱切搜尋任何跡象，證明在她制式應對裡暗藏對我的親切，但她很快便坐回沙發，拿起書來。她穿著特別古怪的薄紗緞洋裝，在燭光下也許察覺不出這衣服的歲月光澤。洋裝上有幾根細髮，一邊袖子上的金飾磨得發亮。燭光一條條纏繞在她髮間，她秀髮中分，優雅的鬈髮覆蓋著頭，或許是爲晚宴做的造型。但我和母親今早見她們上猶太教堂的時候，卻不是穿成這樣。她們肯定在衣櫥旁邊試衣服玩兒，互相替對方做頭髮。原來，安息日的時候，寂寞的女人就是這麼打發時間的。

「你們兩位看起來都很漂亮。」我說，同時扮個鬼臉，試著把嘴裡的麻布袋給吐出來。

李維太太心照不宣地朝艾莉絲笑了笑，這時艾莉絲總算對我的出現有點反應：她臉紅了。她摸摸頭髮，嘆了口氣四下張望，就是不看我和她母親，彷彿在找出口逃離這個房間，逃離她剛剛和老母親在玩盛裝遊戲的地方。是我讓她這樣的，是我在她皮膚底下燃起一點火苗。我將這一刻咯擦一聲剪下來捲好，收進心底的琺瑯小金盒裡。

李維太太坐了下來，也示意要我坐下。她轉向渾身發燙的女兒，說：「艾莉絲，妳說現在手上要是有杯茶，可不就太好了，對吧？」

艾莉絲回答：「嗯。」之後便生氣瞪著書看。

李維太太目光熱誠地看著我。她坐著動也不動，姿勢很可愛，膝蓋側向一邊，讓洋裝可以塞進椅子。我發現她已經將裙撐鬆開了，讓它自然些。這應該是件舊衣服，是李維先生多年前追求她的時候在費城買的，如今猶然閃爍著當年的青春浮華。

她還是看著我，眼神深處暗示著什麼。我再度望向艾莉絲，她在沙發上發悶氣，之後我又看了看李維太太，和她臉上神祕的微笑。

「堤麗呢？」我問。堤麗是她們的女傭。

李維太太搖搖頭，說：「家裡有急事，我猜是有人過世或快過世了，在索諾馬。所以只剩我們兩個。」

她頭微微一傾，同時眨了眨眼。她到底想說什麼？

「需要我去泡茶嗎？」我試探地問。

房間頓時鬆了一口氣。李維太太再次微笑，艾莉絲也被逗得噗嗤出聲，頭上的烏檀木環顫動著，髮間的絲絲燭光也不停晃動。

「那眞是太好了，對吧，艾莉絲？」

「是啊，媽，棒透了。太好囉。」

她母親狠狠瞪她一眼。「堤弗利先生，就麻煩您了。」

我走進廚房，完全摸不著頭緒。茶具已經擺好放在銀盤子上了。站在老舊的廚房裡，我點起爐火，過去我常坐在中國佬約翰身旁，看他和從後門進來的麵包師父或魚販討價還價。我將水煮開，泡好茶，李維太太就站在我身邊，輕聲不知低哼著什麼。她完全袖手旁觀，在她珠玉似的眼神鼓勵之下，我回到起居室站在艾莉絲面前將茶具擺好。她只呼口氣表示感謝，就開始朝櫻桃蛋糕進攻了。我回到座位，發現她們倆已經在起居室裡坐了一下午，只顧著試衣服弄髮型，弄得又累又渴，還有點餓。

我眞是個傻子。我見的世面太少，完全不曉得猶太安息日對李維母女是什麼意思。休吉倒是不知從哪裡聽過一些，他告訴我，李維母女必須找非猶太人來做她們不能做的事。他聳聳肩說，她們不能自己熱茶倒茶。休吉認識的男孩知道更多，他說他在貝斯艾爾猶太教堂裡當「燈童」掙零用錢。「他們付錢要我幫他們把燭火弄熄，」他笑著說：「或收票，眞是瘋了。他們甚至不會直接付錢給我，而是把錢放成一小堆，好像有人忘在那兒似的。」男孩（紅髮、很瘦、休吉很喜歡他，但我記不得他的名字）告訴我，猶太的聖書甚至禁止李維母女享受我點的燭光，除非我是在她們進房之前點亮的。我幻想，艾莉絲在她黝黑的房裡等我進來，假裝我是爲了自己把蠟燭點著的。她會坐在那兒，估量燭光給我多少快樂，之後再自己享受它——難道這稱不上愛嗎？我敢奢求的只是這樣。

其實，我在李維家能做的事非常有限。她們家女傭堤麗雖然是愛爾蘭天主教徒，持起家來倒是明察秋毫。只要你瞄一眼或身體微微一動，她就曉得壁爐的火需要添柴，或是該把煤氣燈調亮一些。什麼手勢要茶，頭髮怎樣甩表示要放洗澡水，她都知道。儘管我偶爾會聽見李維太太逮到堤麗用泡牛奶的湯匙攪拌牛肉湯，氣得大吼大叫，接著跺步走出後門把玷污的食物給埋了，然而，她讓李維母女享受到的中產階級的舒適，絕不比住在樓上，是清教徒，週六可以隨興泡茶的我們來得差。不過，我很納悶，她們家究竟有多虔誠。我曉得她們有些誡律守得特別鬆，而且兩個人都不信神。儘管如此，她們依然信守安息日的規矩，即使（說實在的）她們根本不需要我幫忙。

不過，記憶偶爾會顚三倒四。固定的瑣事縮成小點，不尋常或意外的機遇卻像墨跡在回憶的紙頁上大肆暈染。因此，雖說那段日子在南園，樓下的李維母女不常需要我，我卻次次記得。

我通常會找休吉一起，好當見證；有一回，就連母親也來了，和休吉陪我到李維家用餐。她那時甚少出門，因爲妹妹再過幾個月就要出生了。我們倆悉心打扮，下樓前還啜了幾口雪利酒。那天，幸運終於降臨到我身上了。不知怎的，兩位女士完全讓愛說笑話的休吉給吸引了，艾莉絲總算開始注意到我。她坐在我和我朋友中間，絲毫沒聽他在講什麼，只顧著在她的洋芋泥上寫字。我也開始學她，直到我發現我們倆像孩子正在玩遊戲。於是，我假裝她在寫信給我，只要稍微留心，她或許會寫下對愛的強烈渴望。

「艾莉絲，妳在幹嘛？還有堤弗利先生，您眞該不好意思。都這把年紀了，還在玩遊戲。不過，只要您跟大家說說您脖子上那條墜飾的來歷，我們就饒您一次。」

艾莉絲湊過來，摸了摸我的墜飾。「一九四一，那是什麼意思？」

「沒什麼。」

「世界末日嗎？」

休吉插話進來，說那是我當傳奇詩人大盜黑面巴特之後會搶的驛馬車的數目。她們都笑了，不再留意我頸上的小金墓碑。我把墜飾藏在領帶底下，從對話當中跳開。鏡子在兩扇窗之間，因此，我可以同時見到後院的景致——草地上有隻橘色的貓兒蜷曲著——和我們每個人的身影：

先是母親。她戴著珍珠，身穿深灰色洋裝附上衣。這衣服是她按《戈蒂淑女指南》裡的樣式改的。襯著房裡的輝光，母親身上散放著優雅的沈靜，絲毫不像處境艱困的婦人，而像是穿著女僕衣衫避國他去的女爵。窗上浮現影像，是貓兒用腳掌抓草。再來是李維太太，一頭羅馬式的鬈髮，頭和身體前傾，兩手交握，睿智的雙眼掃過每個人，彷彿儀式。這會兒，她正用旋轉煙火似的閃爍眼神看著我，再望向母親。在下一扇窗，橙紅的貓尾巴似乎在找尋什麼。休吉臉色紅潤，微微出汗，全身白胡桃色，像個反抗軍或去野餐的人。他不停去摸去調整小得奇怪的領結，那動作不曉得是出於不確定，還是驕傲。窗上，貓兒爬上了籬笆停在那兒，考慮該不該一躍跳進隔壁闃黑的後院。最後是艾莉絲。她穿得很樸素，修長的頸子宛如鳥羽，頭髮盤了起來，很有女人味。她把玩著借來的耳環，雙手上了指甲油，躲火似的避開休吉的笑話。我突然一愣，試著別讓她發現我看到了：鏡子裡的艾莉絲從旁看了我，終於。貓跳開不見，彷彿另一道地獄之火。

§

我想解釋為什麼墨水會湮開。不是眼淚，是昨夜的暴風雨。

我老家舊金山沒有暴風雨。我現在住的平原小鎮，東邊的山丘像張網子將我們這群接電點燈的住家給罩住了。希望這麼說沒有曝露我目前所在之處。暴風雨讓我很不習慣，想和他們家裡的狗一樣，縮成一團狺狺低吠。這麼做還算有點幫助，可以加強我裝成孩子的說服力，但我不想當這種小孩。山米，我想和你一樣大吼大叫，想和你一樣當個勇敢的小孩。但這會兒我和巴斯特躲在床下，渾身顫抖寒毛直豎，直到女家長過來把燈點亮。我討厭閃電，是不是表示我是老古板？

昨夜，就是閃電破門而入，闖進我的夢境。當然，夢裡我還是和艾莉絲一起，沈浸在愛河裡。醫生，細節我就不說了，反正夢中蓮花池裡都是艾莉絲，年輕的、老的，穿圍裙的，穿洋裝戴珍珠的。我非常開心，直到閃電一刺，讓我的夢境染血。

「艾莉絲？」我脫口而出。

「閉嘴。」山米在上鋪喊了一聲，又轉頭回去睡了。

閃電將天花板照得白亮，我和狗都僵住了，等著世界末日降臨。你等了又等，再怎麼等，還是措手不及。閃電突如其來——逮到你啦！——鮮明一如仇恨。

我肯定叫了出來，山米咕噥一聲，臭罵了我一句。

瘦巴巴的巴斯特這會兒在我床上，抖得像支音叉，用小女孩似的眼睛望著我。牠身上有垃圾味，但我趕不走牠，只好把牠拉近我。看得出來，牠很感謝，卻因爲緊張站立不穩，整個趴在我身上，我們倆痛得大叫，顧不得面子，急忙在下一波「雷霆追殺」之前躲進被子裡。閃光、霹靂，我們兩個是一對傻子。

走廊的燈亮了，起碼還有電。「你們還好吧？」你媽媽的聲音傳了過來。

「嗯。」我說。

山米：「下面那個豬頭尿褲子了。」

她走過來握住我的手，身上還帶著睡意、乳霜的香氣和電毯微微燒焦的味道。她在我耳邊低聲呼喚一個男孩的名字，在我手臂上拍三下，便帶著渾身發抖的巴斯特離開了。那一刻，我覺得之前的一切都值得了。

「天哪。」山米，我聽見你的聲音從上面傳來。你嘆了口氣又沈沈睡去，隨即發出我再熟悉不過的鼾聲。閃電讓我直打哆嗦，輕微但久久不散。

我會寫下去。這不是眼淚，不是眼淚。

§

李維太太總會讓我知道堤麗離開的時間。她方法很多，但通常是用撕了一角的卡片。每週六，我們回家經過前廳的銀色收信匣，我總希望見到她留的卡片。我只要一見到卡片，就會直奔下樓，這時通常（但也不盡然）會見到她們兩個迫切需要我這位紳士微不足道的協助，把事情解決。

比方說，有個星期五晚上，我和休吉在科尼街吃晚飯，希望見到舞蹈家蒙特絲一面。事後，我回到家，瑪姬爲我開門，把卡片匣拿給我看，因爲她知道我總是希望裡面有留言。我猜，她曉得這跟女孩子有關。我發現有卡片，頗爲興奮，但還是先到縫紉室找母親，交換生活心得。在她的縫紉鳥上還掛著最近才染成黑色的金禮服。我聽母親說話，不時點頭，好不容易告退之後，我立刻飛奔到李維家門口，但卻沒人應門。我按了幾次鈴，正要放棄的時候，聽見屋側附近傳來一絲微弱的聲音。「堤弗利先生，我們在後面這兒！」

在舊金山涼涼夏夜裡，她們倆坐在後院，穿著最保暖的衣服，景象令人傷感：她們從起居室移駕到後院來親密交談，同時趁著月光刺繡。李維太太身上那件漂亮皮草，我之前從來沒見她穿過。她還戴了頂好大的帽子，是八〇年代婦女流行的樣式。用來裝扮的羽飾像黑色龍捲風，卻配上不搭調的淺白麂皮手套。艾莉絲也穿著皮草，用薄薄的海豹皮作成，但卻大太了。一頂皮草帽子讓她的雙眼在月光下彷彿從號角星座摘下的珍寶。她們倆一見到我便放下手邊的刺繡，同時露出微笑。我後來才知道，她們在這裡已經好幾個小時了。

我們都不知道是哪裡出錯了。她們曉得堤麗外出探視病危的親戚，因此艾莉絲在日落之前點了煤氣燈，兩人坐下來享用美味的安息日雞胸肉晚餐。突然——可能是瓦斯沒了，或從打開的窗戶吹進一陣微風——所有的燈全熄了，她們倆頓時置身在冰冷的黑暗當中。她們連火都忘了生，只得到外頭來。她們太累了不想外出訪友，但又覺得待在黑漆漆的房裡，隔著牆和我外公外婆的沈默鬼魂說話太無聊，便拿出家裡最保暖的皮草，將兩人的交流帶到月光照亮的後院，繼續她們的晚間活動，在清新的夜裡談笑，說故事給對方聽。

「我想，我能幫兩位將煤氣燈點亮。」我說。對於這種事，我已經學會該怎麼措詞了。

「哦，不用了，」李維太太反對，神情比以往還要認眞。「不用了，堤弗利先生，這樣很好，倒是您自個兒該去拿件外套穿上。艾莉絲，你說這時候要是能喝杯熱咖啡，不是太棒了嗎？」

「是啊，是啊。」艾莉絲裹著皮草氣喘吁吁地說。

我走上樓，找到最好的連身外套，上頭有黑絲撚成的鈕孔，我想在月光下應該會閃閃發光吧。我煮好咖啡，倒進桌上的東方式電鍍壺裡。我走到外頭，只見李維太太已經離開沙發，站在月光照亮的地方，身上的皮草似乎還帶著動物的本能，獸毛根根豎立著。

「堤弗利先生，你看起來眞是迷人極了。」她說著靠在樹旁微笑，彷彿要高唱詠嘆調似的。我將咖啡倒進她們家的古怪玻璃杯裡，兩位女士不約而同（感覺很恐怖）伸手作出類似摘花的動作，端起杯子啜飲起來。我喝著咖啡，心滿意足得嗯嗯出聲，她們又笑了，自在享受渴望已久的咖啡。李維太太動作猶如鬼魂，說道：「請坐，就坐艾莉絲旁邊，她是團火球。」

「我不能……」

「外套弄得我好癢。」艾莉絲說。

「堤弗利先生，請坐。您工作了一整天，連晚上都不得清閒。」

我覺得，現在的人已經不再享受這樣的對話了。將親暱對談帶來人間的小神祇肯定被罰。在帶著溼氣、月光淸亮的夜裡，這樣的私密對話發生在一張S形的沙發上。沙發用兩張扶手椅拼成，扶手挨著扶手，只是位子方向相反。你得自己去想像：兩個人耳朵對耳朵，手套貼著手肘。因此，我按李維太太的建議坐下來，正好對著身穿皮草渾身發癢的艾莉絲。我從來沒這麼接近過她，一陣風吹來，一根頭髮從她帽子裡掙脫出來，在空中飛舞，最後停靠在我的下唇上，像條魚線定在那兒。我似乎感覺魚鉤在嘴裡鉤出血來。不過，艾莉絲似乎沒有察覺，也不在乎，逕自微笑著。

李維太太靠著樹，身上的皮草開了口，露出守寡不宜的鮮紅色衣服，這套衣服是她最近幾週才換上的。在她身旁，茉莉花盛開著。「今晚也很莎士比亞，堤弗利先生，您說是吧？」我不敢動，不敢說話，只是瞇眼直直望著李維太太。我發現，今晚月圓，她的動作在草上留下陰影，就像在白天一樣。她說話的時候，我驀然想到，她正站在自己親手埋的湯匙上面。這時，幸運之神降臨了。屋前傳來聲響，李維太太作戲似的鞠了躬，接下來的動作卻讓我始料未及：她告辭離開，留下女兒一個人和我這個年邁和藹的鄰居獨處。

艾莉絲說：「我覺得我可能生錯時代了。」

「什麼？」我試著把聲音放輕，免得唇上的髮絲滑脫了。

她撇過頭去，目光從我身上轉向月光點亮的林間。接著，她說：「就好比今天晚上，我很喜歡今晚的感覺。」

「話是沒錯……」

「完全沒有現代的東西。沒有煤油燈搞得東西都是味道，也沒有瓦斯燈傷眼睛。沒有人群擠在立體照相機旁邊，或擠在彈奏天殺的《祖父的鐘》的鋼琴旁邊。我希望每天晚上都像這樣無所事事，只有星光和燭火，有好多好多時間。」

我眞怕她隨時會轉身，把髮絲帶走，將我們兩人分開。我想講點什麼，好讓她繼續說話，繼續看著月亮，重回她的單純年代，但卻無話可說。我只是動也不動看著她的眼睛。

她用微微嘶啞的聲音接著說：「生活這麼不同實在很難想像，現在我們隨時都想到燈。您知道，從前冬天天色變暗，又沒什麼燈，所有事情都得在日落之前做完。當時馬路還沒有街燈，對吧？眞可怕。晚上只能靠燭光看書，但蠟燭又得留意省著點用，哪像我們現在。那時只能讀書，但又得靠自己。除了讀書，還能做什麼？那時候的人沒有起居室，沒有迷你溫室或萬花筒之類的鬼玩意兒，也沒有魔幻花燈展可以看。這些事他們都沒得做，他們只能……活著。你想想看！」

艾莉絲靜靜躺在沙發上，我振作精神想講點什麼：「他們可以去舞會。」

她搖搖頭，依舊面朝月亮。「我說的是很久以前，在有煤油燈之前。而且我說的不是像舞會那樣特別的日子，而是像今晚一樣，這種我們會在起居室玩遊戲打發掉的日子。」說完，我那年輕的愛人總算看了我一眼，我的胸膛因爲害怕而發冷。「我問您，在煤氣燈旁邊有誰能談戀愛？」

「怎麼不能談?」聲音從我們身後傳來。她母親回來了。

艾莉絲還是看著我。「眞的嗎，堤弗利先生?你小的時候，就只有燭火和漫漫長夜?」

「不是。」我輕聲回答。

「艾莉絲，堤弗利先生沒那麼老!眞的!妳知道，我小時候就有煤油燈了，還有鋼琴。」

艾莉絲眨眨眼，再度望著月亮。「眞可惜，我生錯時代了。眞希望每天晚上都像這樣。」

李維太太似乎在微笑。「我也很喜歡月光。」

艾莉絲沈思片刻，說:「還有黑暗、寒冷，」她說:「和沈默。」

最後這幾個字幾乎像道命令，於是我們都沈默下來。艾莉絲閉上眼睛在夜色裡呼息著，裹在油亮海豹皮底下的雙肩微微縮緊，帶走我唇上近乎隱形的髮絲。我又是一個人了。李維太太靠著樹站在我面前，仰頭看著星星。冷冽的夜裡，她的呼吸清楚可見，彷彿臉上戴著鬼面具。我們三個都在呼吸，也都戴上了鬼面具，伴隨著明亮的月光、皮草、帽子，加上腳底下的小湯匙充當觀衆，感覺好像在演戲。我不懂這齣戲在演些什麼。只見李維太太低頭微笑，艾莉絲張嘴對著星星呼氣，雙頰色澤繽紛。我察覺自己蒼老的手挨著她的袖子，渴望輕敲密碼給她。我看著月亮落進她的咖啡裡杯，像飛蛾不停掙扎。接著，她傾身向前，朝月亮崎嶇的表面輕輕送了飛吻，想讓月球靜下來。我看見月球爆炸了。

那天深夜，我點亮煤氣燈，走進李維家的起居室，幫她們生火。我在她們房裡點上短短的蠟燭，才上樓回家。這時，我見到瑪姬像縫紉鳥似的佇立著，手裡緊抓著一張封緘的便條紙：

麥斯：我再也忍受不住了。請您半夜到花園來。

——樓下的女孩

有些事太不可能，太美好，然而一旦發生，卻完全不讓人驚訝。因為這個「不可能」的念頭已經在你心裡千迴百轉，等你發現自己眞的走在渴望已久的月光小徑上，感覺雖然不眞實，卻很熟悉。當然，你會夢見它，宛如是你回憶的一部份。因此，我毫不遲疑，從瑪姬手上接過便條，扔進火裡。我換上體面的衣服，用溼手帕將臉上一天積下的灰塵擦乾淨，還把手帕給擦黑了。我還記得咖啡杯裡的月亮。

她在花園裡。月兒已經西沈，我只看見皮草底下泛出白光，她坐在樹下的長凳上。我走在漆黑的花園裡，腳下的細枝霹啪作響，她起身，靜靜看我走近。遠方的熱燃機低鳴冒著蒸汽，後院裡的仙人掌逕自開滿了花。我走近，聽見她的呼吸。我看見她雙手交握，我走得更近，她一見到我的身影，便攫住我的手臂在我耳邊低語，並親吻了我。我愣住了，嚇得說不出話來。那寡婦看我眼帶恐懼，忍不住笑了出來。她仰頭大笑，彷彿珠落玉盤。各位讀者，那時候我才十七歲。

§

親愛的李維太太已經辭世了，葬在舊金山南方科瑪的猶太人墓園。她七十多歲過世，死前在帕薩迪納臥病多年，孝順的女兒幾乎每天都去探望她。她晚年皮膚變得又蒼白又滿佈斑點，因此不准任何人拜訪。律師帶著文件找她簽字，她總會戴上當年守寡用的面紗。她死時名下沒有一毛財產，我想像，上了年紀的艾莉絲在母親床邊哭泣，握著她乾瘦到指環鬆脫的手。我頭一位愛人的冰冷的手。

我會小心。死去的人必須溫柔以對，他們沒辦法爲自己說話。因此我只想說，我們倆不顧南園深夜的危險，在漆黑花園裡共度的那幾個星期，她對我既仁慈又慷慨。她對堤弗利老先生的無知單純感到困惑，卻又感動。我猜想，她把我的顫抖和喜怒無常，看成是愛的表現。我們完事之後，我躺在地上顫抖喘息，李維太太總會盯著我瞧，不一會兒便淚光閃爍。她是女人，不是女孩，雖然她常常覺得寂寞，我們相聚的夜晚卻不是出於她的饑渴，而是「我心裡的一絲甜蜜」，她總是在我耳邊如此低語。李維太太，雖然妳口中不說，但妳可能眞的愛著我。妳待我仁慈，我卻惡形惡狀。我想，妳這會兒在地獄裡肯定面帶微笑，幫我選好接受煉火的位子。

爲什麼我會那麼做呢？爲什麼當我瞇眼注視花園，在鼠尾草叢間沒見到親愛的艾莉絲，而是她母親的臉龐，沒有當下回到屋裡呢？這樣就不會有人受傷了，事情很容易就能用緊張，甚至禮教來解釋，爲什麼有女人在夜裡出現，而無須多費唇舌。也不會有什麼神奇的事情發生。縷縷星光並沒有綁著我到那裡去，我隨時都能離開。但我還年輕。她以爲我是個年長的生意人，卻有著蝴蝶般的心，然而，我不過是個普通的十七歲少年，從來不曉得這麼近聞女人的頭髮，用手掃過她的皮膚，看她的臉因爲渴望而放鬆是什麼滋味。這幾乎算得上是另一種愛與被愛。熱情相同，只是出處不同。聲音相同，只是來自更高的窗口，而不是自己的心。勇敢或無憂無慮的人是不會懂的，就像山米你。但對我們某些人來說，不管年輕年老或寂寞，這都是個摸得到、碰得到的替代品，比我們手邊有的要好。我們置身愛外，卻和置身愛中的人在一起。他們多出來的做夢時間，通通給了我們。

試想：從來沒有人吻過我，而我這副老人樣，讓我怎麼也想不到會有女人願意摸我愛我。我對自己的身體毫無準備，休吉借我的書裡有教我那是什麼，卻沒告訴我會有什麼感覺，而且事情發生之快，讓我駑鈍的心不知道該如何應對。從李維太太在樹下攀住我的手臂開始，她的一舉一動都毫無遲疑——我出現就代表我願意——而我卻滿腹狐疑，追不上她手臂的動作，追不上她的親吻和折疊鳥般在我耳邊的呢喃低語。我追不上自己體內的熱度，追不上她指甲摳抓，解開我的襯衫鈕扣，也追不上自己夜裡赤裸的身軀。身體像隻蒼白的蜘蛛，把心靈迷昏，再用細絲團團包住，吊在角落，以便自由活動。我醒來，發現自己躺在夾竹桃樹間，幾乎不能呼吸，李維太太坐在我身上，眼神欣喜，蒼白如月的胸脯坦露著。她輕撫我的頭髮，喃喃低語：麥斯，眞好。別怕，你有一陣子沒碰過女人了，對吧？麥斯，你眞是個好人，眞好。

在樓梯間或信裡，我是堤弗利先生，但在她的懷抱裡，我是麥斯，親愛的麥斯，英俊的麥斯，性急又強壯的麥斯。我的名字從來沒被人喊過這那麼多次，有那麼多不同的喊法，而且全都是溫柔的、好的，彷彿我的名字——由我唸來總是像嘴裡有根硬釘子似的——意涵是那麼豐富，只能對著我耳朵裡的祕密前庭小心地靜靜訴說。這是我頭一回，也是少數幾回聽見有人這樣喊我的名字。雖然其他女人也會在我耳邊呼喊名字，都通常都不是麥斯。山米，你聽到了嗎？有人喊你喊了好多次——山米，「到這裡來」，山米，「你眞好笑」，山米，「出來玩」，山米，「別煩我」——然而，到你讀這份告白的時候，是不是已經大到曾經聽過愛著你的女孩對你喊出次次不同又讓你驚喜的「山米」呢？這回，對方不是喊你、知會你或跟你說話。這根本不是交談。她是爲了她的愉悅而喊，因爲你儘管在她面前，她喊你名字卻不是要呼喚過去在她心中的山米，而是像現在這樣吻她的未來的山米。李維太太心裡想的正是未來的麥斯，永遠躺在夾竹桃樹間，呼吸沈重的壯漢。我實在不習慣這種感覺，卻還是接受了。有那麼一段時間，我化身爲他，因爲我仍然會回覆她的便條，之後甚至學會了辨識她窗上遮陽板的記號：一上一下。神哪，對擁有年老身軀的年輕人而言，夜裡的目光一閃，這理由難道還不充分嗎？

§

我當然沒忘了艾莉絲。我拚命克制，才沒讓自己輕喚她的聲音傳進李維太太耳裡。當我在她母親懷裡顫抖，她的臉龐常常像阿拉丁神燈裡的巨人一樣出現在我心裡，我總覺得這對她是一種敬意。何況，我現在這樣讓我更有機會到樓下去，而我和休吉（我這位同謀總是一起過來）便在她們家渡過許多夜晚，切又肥又硬的烤肉，強撐著欣賞老李維唱的「聽那仿聲鳥」，好從小李維的南北戰爭鋼琴進行曲中得到樂趣。我們會齊聲唱著：豌豆！豌豆！豌豆！豌豆！艾莉絲一邊彈琴一邊引吭高歌，休吉也會放聲齊唱，同時向空揮拳打發心中的無聊。李維太太一字一句都像在朝我飛吻，而負責翻頁的老好人堤弗利先生我呢，則報以微笑充當和聲。我一手按著樂譜，一手有禮地貼著艾莉絲穿蕾絲的背部。在她的洋裝鈕扣底下，我感覺得到她脊椎的骨節。每唱一次「豌豆！」，她的身軀便會甜美地抽搐一下。

這些場合，母親都沒有出現。她離預產期只剩幾個星期，因此整天躺著，按日飲用威士忌，預防歇斯底里。我到李維家之前，會先端晚餐上樓給她，告訴她我在班克拉夫紅磚鯨魚肚子裡工作的情形，跟她說沒戴帽子、逗趣的白髮先生賣了本《呼召》給我，我在裡頭讀到，草市廣場那三個無政府主義者還在等候吊刑。我們倆會一起檢視卡片匣裡的卡片，她會跟我聊塔羅牌，我會唸《柯夢波丹》給她聽。她雖然可以自己讀，但總是要我唸，同時閉眼傾聽。起居室的娛樂活動結束之後，到倒在夾竹桃樹間翻滾之前，我會在母親唇上一吻，捻熄她身旁輕煙裊裊的蠟燭。

母親臨盆的時候，我被請出房子。於是，我和休吉便到一間老銀行酒吧，一杯一杯喝著麥酒。酒吧天花板有條印度紙蛇不停打轉朝籃子裡鑽，顧客不時會把它從籃子裡撿出來，讀上面寫的國際最新要聞。休吉剛蓄了鬍髭，一身黑色裝扮。他在南園的花卉溫室工作，這套黑衣是制服。

「妳看過『維多利亞女王』嗎？」這是休吉搭訕的最新台詞。維多利亞女王是他負責照料的大水蓮的俗稱。女孩聽他這麼問總會紅了臉。山米，你要知道，當時這麼說可是很下流的。

「大海獸還好吧？」那天晚上在酒吧，休吉問我。他老是用不入流的字眼稱呼我的好鄰居。

「別這樣……」

「在溫室工作的那群男孩子想知道，猶太女孩是不是真的是那樣。」

「你跟他們說了？」

「沒說細節啦！猶太女孩眞的最帶勁嗎？」

「休吉，我沒遇過女孩子，我其實一點兒也不懂女孩。李維太太是女人。」

「你不會還叫她李維太太吧？」

「我希望能喊她艾莉絲。」

「別講這個，講好玩的。告訴我，李維太太是不是……」

罪惡感折磨著我。我可以假裝這一切只是讓我能更接近艾莉絲，然而，每當我看她在草地上爲她凋萎的向日葵拔野草，每當她用那張爬滿憂慮的臉龐看著我，卻又覺得空虛。我背叛了我所要拯救的一切。我在這一頭織就的東西，卻從另一頭將它拆解開來。「眞難懂。」休吉會說。我想類似的故事應該不少，而我也不是頭一個把愛搞得一團糟的人。反正這從來都不重要，對吧？

不能在這裡跟你說的事，我全告訴休吉了。這麼做不是爲了炫耀，爲了青少年時期的自尊，而是因爲我不敢在有母親在的房子裡寫日記。我只好把回憶潦草地寫進他的心裡。比方說，李維太太爲了夜晚的私會，特地穿上某種海綿裝，只要一拉長線就能脫掉；她後來甚至用豬腸爲我做了套子。休吉聽得嘖嘖稱奇。他畢竟是我的最佳同伴，和我一樣對任何事感到驚奇。我們對性所知的一切，都來自他父親的書。但我現在知道，書裡寫的大多都有違常軌。當然，我是什麼也有影響。李維太太會爲了一個十七歲男孩寬衣解帶嗎？吸引她的是我的奇形怪狀，和溫馴的獸性。的確，休吉對我的生活向來瞭若指掌。呃，幾乎瞭若指掌。

收報機附近的男人正在咕噥抱怨東邊水庫碎裂的消息，新聞報導當地小鎭淹水達九公尺，數千人因而喪生。酒保問我要不要再爲自己和兒子點酒。

我開口：「他不是我——」

「我爸還要一杯，」休吉插嘴，接著咧嘴微笑對我說：「喝吧，爸，我有事要跟你說。」那一刻，我妹妹在家裡的閣樓誕生了。我可以很高興地告訴各位，除了新生的女娃兒之外，沒有人尖叫，唯一喘不過氣來的，只有憂慮的母親。面色紅潤的米娜降臨人世，像肺魚一樣大口呼吸，不停咳嗽。臍帶剪斷之後，她從此便像我們每個人一樣孤單。米娜大聲嚎哭，母親服用的氯仿藥丸效力還沒散去，她在眼前一片青霧當中，見到自己的孩子。這孩子是會變老的孩子，是會變漂亮再變不漂亮的孩子。她遺傳到母親的優雅，卻也遺傳到她的耳背和身材缺陷。她會太愛笑，太愛瞇眼，生命最後幾十年會想辦法去除年少留下的皺紋，直到束手投降，改戴珍珠項鍊來遮掩鬆弛的皮膚。這孩子有的是世上一般的憂傷。

我聽完休吉的故事，又變老了一點。他的話讓我心中不預期的寂寞鬆脫了。休吉一身黑衣黑褲，嚴肅地講著嚴肅的事情，只有偶爾停下來等人倒麥酒，再把酒上的泡沫吹掉，之後又會回過身來，用神殿貓兒般的柔和眼神看著我。「別氣，」他不斷強調，指尖敲著吧台。吧台上方，刻了瘋狂的心和帶刺的姓名字首。「眞的沒什麼，我發誓，眞的沒什麼。」在我們頭頂上，冒煙的紙片飄落到籃子裡，彷彿回到火源，彷彿世上除了我以外還有東西也是倒著走的。然而僅止於此。世界總是向前推進，向前崩解。

寥寥數語，杯觥交錯。嗯，當我和李維太太在花園角落嘻耍的時候，我親愛的艾莉絲墜入愛河了。她戀愛了，如此簡單，如此殘酷。跟誰呢？休吉。除了他還會有誰？

醫生，最新進展：

§

我今天下午平安通過體檢了。我盡可能躲避內科醫師，尤其我現在是個小男孩。不過，前夜的暴風雨讓我喉嚨痛，儘管我吃喉糖，面帶微笑試著掩飾，但後來連吞嚥蘭西太太原本就不怎麼順口的飯菜都沒辦法。我只能呻吟、一臉苦相。而山米你呢，卻無情地嘲弄我。於是，蘭西太太便帶我到鎮上高級地段的一間小別墅去，那兒沒有窗子，只有電影海報和一捲軸棉線可以玩。仁慈的蘭西太太出於關心，幫我洗澡，之後給我一個不帶感情的吻，說她還會回來。接下來一小時，就只有我和棉線，由電影海報當護士。我還記得她帽子上堆疊成垛的白雪。

沒想到，哈波醫師是個很風趣的人，古銅般的膚色，看起來像好萊塢男主角。他看看我的喉嚨，瞇了瞇眼睛，過了一會兒才對我說：

「你不舒服嗎？」

「我很好，只是喉嚨痛。」

他搖搖頭，做了點筆記。「不對，你的狀況很不一樣，我之前從來沒見過。」說完他淺淺一笑。

有可能嗎？整整半世紀，那麼多醫生讓我流血、起膿包、拉肚子、流汗，甚至電擊我都沒發現的事，他一眼就看出來了？我試過拉什學派、湯姆森學派、葛拉罕學派、弗萊契學派和佛洛依德學派——我這條湖裡的老鱸魚，從倒刺魚籠裡頭不知道溜脫幾回了，竟然會給小學生釣上來？不過，我是個老人了，不再像過去一樣了解世界。在這個新世紀，有人發現X光、Y光或Z光可以檢查出我的毛病，似乎非常可能。但話說回來，天地之大，這個人居然會在這裡出現？我按著想要告白的衝動，像孩子一樣端坐著。

「老傢伙，我得做幾項檢查。」說完，他神祕地笑了。

我打了個哆嗦。他量了我的身高、體重和骨長，接著又看了我的眼睛、耳朵，同時若有所思地聽著我不規則的心跳聲。這些我之前都量過，曉得醫師不知道我過去一年縮了兩公分，體重也減輕許多，生殖器也變得像隻小蝸牛。我編造自己的病史，讓我小時候動過疝氣手術，有慢性支氣管炎，還有一堆過敏症，就爲了讓他處於劣勢。檢查期間，他試著講點笑話，吸引我的注意，我卻心有旁騖，整個人漂浮著，因爲吞嚥困難洩漏祕密而驚慌失措，擔心這條線索會像兒童偵探小說寫的，讓敵人發現年輕英雄的蹤跡。

「老先生，症狀很明顯。我得找你父母親談談。」

「她不是我媽，我爸已經死了。」

「喔。」他說，這才顯得驚訝。

「你要跟她說什麼？」

他露齒微笑，撥撥我的頭髮。「我什麼都要跟她說。」

他們倆在辦公室待了整整十分鐘。我坐在外面的房間等，對周遭置若罔聞，想著要如何打斷兩人的會談（或許假裝自己染了黃熱病？）卻只能苦笑，因爲我心裡明白，不可能不洩漏自己的年紀：這種病在一九〇〇年就絕跡了。這時，我聽見走道有大人的笑聲，聽起來像電影在跑。他們出現了。蘭西太太看起來年輕、開心，臉紅通通的。她給我一顆紙包著的綠色糖果，接著在紙片上寫下推薦的小說書名。哈波醫師接過紙片，眨眨眼睛，鄭重揮了揮手向我們告辭。我糊裡糊塗跟著蘭西太太走到外頭，在我新落腳的城鎮，陽光總是這麼新鮮燦爛。我把糖果放進口袋，口袋裡還有我從檢查室小心偷來的藥。接著，她公佈了我的命運。

有哈波醫生這種人在身邊，我可以永遠放心。結果，他在我身上發現的是醫生所謂的耳下腺炎的早期徵狀。也就是腮腺炎。孩子才有的病。要是這庸醫說得沒錯，我接下來會腺體腫脹，發燒個幾天躺在床上。然而，他肯定錯了。有誰聽過快六十歲的人得腮腺炎的？

蘭西太太帶我到藥房，幫我買了巧克力棒、溜冰鞋和銀色的玩具槍。這隻槍跟休吉之前的那隻很像。至於山米你呢，她買了你喜歡的羅夫尼克口香糖。接著她到化妝品區逛，對著產品咯咯直笑，最後總算挑了一條顏色特殊的唇膏和兩種眉筆。我很肯定，她以前從來沒化過這些顏色。她檢視架上的香水，皺皺眉頭去找粉紅眼睛的店員，一問之下才知道她喜歡的古龍水已經不時興了，得特別訂貨。我問她是什麼香味。「苦根花。」她嘆了口氣回答。我捏造醫生開的處方箋，在上面加油添醋，她卻老實照買了。之後，我輕輕鬆鬆走到收銀台，從小兵搖身一變成爲驕傲的藥罐子，擁有鉀、奎寧和用可愛藍瓶子裝的嗎啡。這眞是黃金年代。

§

當時距離我要他讓她心碎約莫還有一個星期。艾莉絲，我說的是妳，是妳那如桃子般瘀傷處處的心。我這麼做並非出於怨恨，而是因爲絕對必要。現在回想起來，要休吉奔向她的懷抱，用康乃馨和廉價的鑽石誘惑她，在她耳邊說些濃情蜜語，可能還好得多。沒什麼比對愛情一竅不通更能讓女孩變心了。我想，要是這麼做，她肯定隔天就會甩了他，不是她笨或善變，而是因爲我們偶爾會害怕，裝炸彈的時候炸彈會在自己手裡炸開來。假使我眞的那麼做了，後果會是什麼呢？她會恨休吉，可能連帶也把我恨上了。她會去原本討厭去的舞會，愛上頭一個見到的英俊小子，跟他約會，最後會在某個午後，站在濃霧瀰漫的角落痴痴等待。她的心遲早會碎的。但至少這回心碎，是由某個關心她的人所安排的。

休吉同意照我的吩咐去做。他約她在花卉溫室碰面，她答應放學後過去。等到兩人碰面，他會像切割晶洞一樣啪的一聲將她的心一分爲二。他會溫柔行事，但卻果決了當，不會在她胸中留下絲毫愛意。她體內的荒謬情感會清除乾淨，將心重新開放給顯然年長許多，但也更加體貼的男人，甚至心存感激。休吉對我的計畫有意見。他覺得，這麼做對這麼漂亮的一個女孩未免太過殘忍了些。「漂亮？」我語帶懷疑：「你是不是……你是不是做了什麼才讓她有那種感覺？」他立刻否認，並且答應我指派給他的任務。我原本打算躲在蕨樹後面，觀賞這齣戲，但休吉說，這樣他會緊張，很可能會把事情搞砸。因此，我只好回家等著休吉告訴我，他已經爲我清除障礙。我坐在起居室試著讀書，但沒有辦法。我跟自己玩牌戲，卻不停地輸。最後，我找到父親的收藏品——玻璃瓶裝的猴子頭——盯著看了整整一個小時，藉它的古怪模樣讓我暫時分心。

四點整，前門鈴響了。我聽見瑪姬在走道和人說話，我之前告訴過她，除了來找母親的人，其他的門由我來應。這時，有人敲起居室的門。是瑪姬。她說有緊急的消息。我揮揮手，爲自己和休吉各倒了一杯威士忌。我望向窗外，試著鎮定自己。窗外有兩隻麻雀在打架。我聽見一個可憐的聲音：

「堤弗利先生，我需要您的建議。」

是艾莉絲。

十七歲的人是沒有心的。我們以爲有，我們以爲自己受到咒詛，擁有這樣一個神聖而腫脹的東西，會爲愛人的名字悸動抽痛。但那不是心。因爲它寧願捐棄所有——心靈、肉體、未來，甚至生命最後獨處的片刻——也不願失去自己。十七歲有的不是心，是蜂房裡喃喃自語的胖女王。艾莉絲走進房間時，是那麼沮喪、那麼急切，她跪倒在地痛哭失聲，熱淚沾溼了我的褲子。

那一刻，我眞希望自己有心，送她回到休吉身邊。我眞希望自己能摸摸她的頭髮（我眞這麼做了），用粗糙的手托著她的下巴（這我也做了）告訴她，他很快就會吻她。他畢竟是個男孩子，而她又是那麼美麗。我眞希望自己能說「他會愛妳的」或「還有辦法」，接著轉身走到房裡斜陽照到的地方，讓她抹去淚水，眨眨眼睛準備迎接另一場戰爭。我眞希望自己能放手，讓她離開。但我沒有心。人什麼時候才會長出心來？在我們需要它的二十年後？還是三十年？

我只是望著在我膝間顫抖的頭，盯著髮辮之間的蒼白頭皮，彷彿在尋找失落的河流。我等到時機成熟，便伸手碰她。我摸摸她的頭，一手摟著她的肩膀，她沒有推開，而是更往我懷裡鑽。不知不覺，我和艾莉絲都在召喚她父親，兩人各演各的——艾莉絲放懷哭泣，堤弗利先生在一旁安慰她、讓她安靜——眼看她擤鼻子、深呼吸，顯示事情就要告一段落了。

她開口說話：「堤弗利先生，是休吉。」我手指滑進她的緞帶髮圈裡。

「我知道，」我說。接著又用她聽不見的聲音說：「叫我麥斯。」

「她是個怪物，大怪物。他說……」

「他說什麼？」我手指一鉤，她的髮帶應聲鬆脫，我微微顫抖，但她沒有發覺。

「他說……他說他只想跟我做朋友。白癡！他說他不想破壞甜蜜的時光。」

我很緊張，啜了口威士忌。休吉脫稿演出了，他用街上的那一套對待艾莉絲。「你們在哪裡見面？」我悄聲問道，心裡納悶休吉倒底加油添醋了什麼。

她擤擤鼻子往後坐，我的手從她身上滑落，魔咒解除了。「我們在維多利亞女王那兒見面，每次都是在那裡，我和他。他通常可以溜出來一下，而且那裡很安靜，可以靜靜欣賞水蓮，我……我覺得自己蠻勇敢的，竟然問他什麼時候要約我出去。結果他說……哦，他說我才十四歲，他對我這種女孩子沒興趣。才十四歲。沒辦法。我這種女孩子？有哪個女孩子像我這樣？」

我說得不完全精確，但相去不遠。我猜，休吉臨場有些緊張，他穿著制服站在巨大的蓮葉旁邊，腦袋裡浮現什麼就說什麼。說不定，他比我期望的更坦白。「還有呢？」

悲傷讓她顯得有些畏縮，她停下來回想當時。「他說他會像對妹妹一樣愛我。堤弗利先生，我又不笨。」

「叫我麥斯。妳不笨，不笨，一點也不。艾莉絲……」

「我知道他是什麼意思。他的意思是說他永遠不可能愛上我，對吧？還是……還是他可能……」

「不，不對，艾莉絲，來坐我旁邊……」

「我不懂。」她喃喃自語。

我再次碰觸她的肩膀，但接下來我犯了錯。「艾莉絲，忘了他吧。」

她把我推開，我發現她恨我。一切發生得太快，前一分鐘我還是體貼的朋友，甚至像個父親，下一分鐘就變成什麼都不懂的老頭，不懂愛，不懂熱情，只能給人憂傷的毒藥。但在她眼中見到恨意，讓我覺得她彷彿離我而去，沒有任何計畫能夠使她回心轉意。休吉可能傷了她的心一百次，但要她忘了他，在附近（這附近可能比她想得還近）另外找個多情可愛的男孩子，她會直接將我趕出她的生命。她會變回陰鬱惱怒的樓下女孩，不再想起我。那雙眼睛像貓眼石般爬滿恨意，燒灼出淚水。我什麼都願意做，只要能改變那雙眼睛。在她注視之下，我吞吞吐吐地開口說話。我聽見自己跟她說：

「我會找他談談，我會跟他說……我會跟他提妳……」

「眞的嗎？」

「我會跟他說妳有多美。」

「他覺得我不漂亮嗎？」

「沒有，他覺得妳最可愛了。」

「天哪！」

「沒錯，妳是他見過最可愛的女孩子。」

「最可愛的女孩子……」她重複著。

艾莉絲離開的時候，比進來的時候開心。她帶著我那些蠢承諾離開，我這麼做只是爲了把她留在房裡，設計下一次說話的機會，讓我們共同擁有一個祕密，而這一切都必須瞞著她母親進行。我點點頭，抿緊雙唇。她離開的時候，在我額頭上輕輕一吻，我聞到她喉頭棉絮的味道，心想我對她不只是知己，不只是分享祕密的人，而是她通往愛情唯一的途徑。我之前幫她點過安息日的燭火，因此現在她需要我的話語來溫暖她的心。我知道她離去時臉上浮現的淡淡微笑不是給我的，她在失眠的夜裡思念的也不是我長滿鬍鬚的臉龐，但我明白，在她心裡某處有我的位子。我是她心靈的男僕。年少的時候，就算充滿缺憾，我們還是接納承受。

§

艾莉絲，現在妳年紀大了，讀到這裡是什麼感覺呢？妳很清楚接下來的發展，而我敢說妳肯定有自己的一套說法。或許更失落、更無辜，像在風中叮噹作響的玻璃風鈴片。抑或充滿我不知道的種種細節：休吉怎麼嘲笑妳的聰明，維多利亞女王那引人遐思的厚實蓮葉，妳怎麼帶著憤怒思念父親，還有那個老頭解開妳髮帶當時詭異的感覺。在我的故事裡，休吉是湊巧擋住燈光的人，但我相信，在妳回憶中，妳愛他肯定有理由，每個人做事都有理由。直到現在，妳仍舊靠著這場初戀的餘燼暖手，即使到了這把年紀，妳依然不肯相信，一切只是巧合。

我跟妳母親說了——妳知道嗎？我當然會說，我把它當成祕密跟她說，告訴她妳愛上了休吉，但他配不上妳。這不是說謊，卻很殘酷。這樣一來，只要妳提到休吉，她就會憤怒嘆息。現在看來，這麼做其實只是讓妳愛他更深。

有一晚，妳表現不同以往。妳應該記得。那天，瑪姬讓妳進門，妳像個石頭人大步走進我房間，沒有雙頰泛紅坐在地毯上，而是毫無血色。妳選了我父親的舊椅子坐下，整了整辮子，不帶指控地盯著我說：「他不愛我。」我說的每個字，聰明的妳都聽不進去，只是有點畏縮，不停重複自己清楚發現的事實。他不愛妳，他當然不愛妳，從開始就明白得很。妳像個普通女孩子，戴著俗氣的項鍊，穿廉價的鞋子，後腳根還不時鬆脫。妳從手提網帶裡掏出一根菸，彷佛在說：你看，我做這些事，我是個女人了。這些事，十四歲的女人。我不說話，讓妳從煙霧裡造出女人，看妳呼氣讓她出現在房間裡。她轉身，一陣沈默，斜斜的月光下，毛孔肌膩清楚可見。她離去之後，我跌倒在地，靠著妳的膝蓋哭泣，連自己也不明白爲什麼。妳摸摸我的頭髮，輕柔地對我說話，一如往常給了我小小的安慰。

接著，我聽見妳低聲說了什麼，那句話我永遠不會忘，妳說：「我覺得好老。」

我抬頭：「什麼？」

妳搖搖頭，將思緒鬥了回去。

「妳不可能覺得老。」我說。

但妳只是坐在椅子上輕輕搖晃，摸摸我的頭，同時又點了一根香菸。房裡斜曲的陰影包住妳，妳看起來老得不能再老了。妳說：「我覺得我好像浮在自己的身體上面，看著自己，看自己動作遲鈍，看我熱壺子泡茶，拂去洋裝穗帶上的灰塵，抱怨衣服怎麼變得這麼髒，或是和母親一起坐著讀訪客卡。我根本微不足道，我這樣子已經太久了，微不足道的人做微不足道的事。

然而，絕大部份的我其實一直浮在上空，看著。一部份的我知道某些事，卻不能向其他部份的自己說。」

我坐在地上愣住了，感覺到妳話語裏灼熱的苦痛。身體不屬於自己的女人，漂浮在生命之外。我覺得妳會懂。妳應該了解這個愛著妳的、被時光扭曲的、生病的男孩。我看著妳抽菸，那煙霧彷彿能留住妳臉上的冷漠。

「艾莉絲，我有話要跟妳說。」

「我現在不想說話。」

太遲了，我已經開口，對她說母親告誡我絕對不能說的事。不過，一開始我覺得自己好像在施法，或是解除詛咒。「我一定要跟妳說。聽好，妳不用說話，由我來說。」

妳的目光從煤氣燈上離開，有那麼片刻重新鮮活起來。我猜，妳在期望我會說休吉的事。我想，即使他上回還是拒絕了妳，跟妳說「不」，妳仍然相信，或許有一天妳會等到一個「好」。詩人說過，世界就靠這樣的希望運轉。

「我不是……妳所想的樣子。那不是我。我知道自己的長相，」我喘得厲害，聲音粗嘎，喉嚨似乎箝著我不讓我做傻事。但我還是繼續下去：「艾莉絲，我……我其實只有十七歲，妳知道嗎？艾莉絲，我還是個男孩。」

你眼睛瞪得大大的，讓我有些欣喜若狂。我猜想，妳從來不覺得在房裡還有另一個人。這會兒，我就在妳面前，永遠放耳傾聽，是背棄之愛的信差。我就在妳面前，跪在地毯上，和妳一樣可憐不幸。

「我還只是個男孩。」

我看見妳眼底深處有一股悲傷顫動，彷彿螢幕背後垂死的蟲子。

「妳相信我的話嗎？」

「相信。」

妳一定會記得：妳用雙手托起我的臉，擎起拇指抹去雙頰的淚水。妳的臉重新有了血色，眼睛和我一樣溼潤。妳又變回我熟悉的艾莉絲，心想：*起碼讓我們其中一個快樂*。妳在起居室看穿了我，曉得我有多年輕，甚至比妳還小。妳攫住我的臉，像個占卜者緊抵雙唇，含著苦澀，緩緩點點頭，吻了我。妳一定會記得：那天晚上在起居室，是妳吻了我。我在妳嘴邊嚐到最後一道煙圈的味道，嚐起來像個字，像「*好*」。嬰兒高高低低的嗚咽聲，從另一個房間傳來。妳吻了我，沒有把我推開，沒有改變心意。妳像個饑渴的女孩，啜飲著我。說他愛妳的人，我是第一個。妳一定會記得。

§

一早起來，我頭一個想見的就是她。我等不及了。在她輕聲呼喊*堤弗利先生、堤弗利先生*，並起身整理頭髮，讓呼吸平復下來，向我告辭之前，我都醒著。深夜，妹妹嚎啕大哭，我坐在椅子上，理所當然地在道德限度內在想像世界裡繼續和艾莉絲纏綿。之後，我又上緊發條，在心裡的音樂盒裡重演每個片刻。

我躺在床上，回想我從凌晨便開始排演的每一幕，想我要跟艾莉絲說什麼。我像洗心革面的毒蟲，早上醒來發現夜裡證據充足——鴉片菸斗有燒灼的痕跡，和圓圓冰冰一小瓶乙醚——發現自己內心對這些長久渴望的東西的愛，啃噬掉了恥辱，發現自己從床上伸手去拿，而對自己充滿憤怒。我非得見她不可。我幹嘛告訴她我愛她？這可能讓我失去一切。但我又想，不對不對，她需要聽到愛，每個人都需要聽到愛，不是嗎？難道她不是？天哪！我說我只是個男孩，她還相信了，不是嗎？或許聽起來很甜蜜，又或許對她來說只是表面上看到的樣子：一個老頭用噁心的吻弄溼了她的臉。儘管那天晚上我極力藉著煤氣燈光搜尋她臉龐的細節，卻失去她越來越多。過去已經背轉身子，沒辦法再跟它說什麼了。

我竭盡所能地計畫著。我要微笑、大笑，假裝昨夜發生的事情沒什麼了不起。我和她就如同其他人一樣，不過是受困於糾結的人類情感而已。我會道歉……不，那樣會洩漏我的祕密。我會假裝一切只是兩人私底下的玩笑。老頭、老鄰居開的玩笑，除非……當然，除非我從她臉上讀出絲毫希望的漣漪。我下床，想儘快見到她，早點知道自己的命運。

「提弗利先生？」房門外傳來瑪姬的聲音。

「怎樣？」

「我替您端咖啡來了，還有一份便條。」

銀盤子裡的甜點餐具上，土司麵包旁邊。便條一角被潑灑出來的咖啡沾黑了。我瞥了瑪姬一眼，她便轉身離開了。我鬆了一口氣，心想是艾莉絲寫來的。我眞懦弱。這下我就不用直接面對她了，只消短短幾行，就能知道我們的初吻對兩人有什麼意義。便條是這樣開始的：

麥斯：

你這個最低級的怪物、叛徒，你是萬惡不赦的罪犯。你有病，骯髒，是個邪惡的老頭。眞不敢相信我竟然喜歡過你。背叛我沒什麼，誘惑良家婦女沒什麼，利用我也沒什麼，你大可以把我這顆蒼老破碎的心甞在一旁，都無所謂。但，麥斯，你竟然碰我女兒，艾莉絲。要是我這個做母親的再看到你一次，肯定把你眼珠子給挖出來。

當然，得到許久之後，我才拼湊出事情的原貌。那天深夜，艾莉絲淚涔涔回到家，一股腦兒把所有事情全招了。身穿黑色睡袍的李維太太，聽完之後覺得她整顆心都碎了。她只聽見是她愛人的這個老頭，用髒吻染指她的女兒。她無法理解我只是個十七歲的少年，從她女兒身上偷了個吻，就像歌裡寫的那樣。

但在當時，我想都沒想到這些。我匆匆讀著便條，努力地想接下來該怎麼辦。或許找母親當見證人，一五一十把我的狀況和病症說個明白。或許找休吉再跟艾莉絲談談。還有李維太太，嗯，她或許還受我愛情的奴役。只要說幾句完美動聽的話，我就得救了。因此，我繼續讀下去。更多的忿恨和誇張的辭句，從她這個做母親的憤怒深井裡噴發出來。她提到警察，讓我有些緊張，不過，她立刻把話收了回去。然而，便條結尾的地方讓我毛骨悚然：

隨信附上前一個月的房租。屋裡傢具會得到妥善處理，但我們不會透露未來的去向。喔，麥斯，這點我敢保證。你不會再見到艾莉絲，還有我，你的月下愛人。

誇張，沒錯，但我這會兒總算明白自己做了什麼。夜復一夜在花園裡，我撕扯她的衣衫，傾聽她在我耳邊格格嬌笑，我是她的月下愛人。我整顆心都在爲艾莉絲煩憂，絲毫不曾想過她。她是大人，來自另外一個世界，我從來沒想過她就跟她女兒一樣脆弱。但現在看來，我顯然把可憐的李維太太給扯碎了。或許我奪走了她那顆蒼老的心的最後一份愛情。

我聽見前面馬兒呼吸、扯動韁繩的聲音，驚恐攫住了我，我穿著睡衣直接跑到窗邊，在童年熟悉的家畜、彈簧和皮革磨擦聲中，在老舊馬車發出的噪音裡，我見到樓下有輛雇來的雙騎馬車吱吱嘎嘎地離開了。馬車暗暗的，遲遲緩緩駛進有燈光的地方，霎時黑暗盡去，透過窗子我看見兩張面孔。我的愛人，我心愛的女孩，她就在那兒，穿著外出旅遊的服裝，膝上有只袋子，在馬車座位上發抖戰慄，閉眼不去看她陰霾的未來。我第一次對艾莉絲的愛，到此結束。

§

山米：這封信是在「前線」寫的。我寫這封信的時候，你就在房裡，在這張床上，睡在我身邊，喃喃說著夢話。趴在地上的巴斯特也在夢中抽搐著。我的字可能歪歪扭扭，哈波醫生終究說對了。

年近六十，我竟然得了腮腺炎。可憐的山米你呢，也被傳染了。

蘭西太太起先覺得我腮幫子腫得不正常，便把我送到她所謂的「縫紉室」去，孤獨一人在到處都是未完工的洋裝碎片的房裡受折磨——我看見櫻桃、珊瑚和躺臥著的藝妓的圖樣，難道這是因爲發燒產生的幻覺？我待在病房裡，寫著日記，心情非常沮喪，有一陣沒一陣地發著燒，像座燈塔似的。不過，我今天醒來卻發現，房門大開著，有個小男孩被推了進來。

「趕快痊癒比較好。」你母親邊說邊把你拖向床邊。可憐的山米。

「噁，我不要和豬頭在一起！」你大喊。

「就是得在一起，你進去。」她說著便把還在嘀咕的你抱進被生病的我睡暖的毯子裡。祖先的智慧告訴我們，這種病小時候得比長大得好——呃，我可能剛好相反吧，我猜。我記得，五十年前母親用馬車把我一路載去扔到鵝毛床上，和又熱又怒的休吉躺在一起。又是腮腺炎。但我當時不是小孩，我沒得病。我還記得，休吉又呻吟又自言自語，讓我沒辦法好好讀《男孩生活》。我和我最好的朋友就這樣躺了一個星期，直到他恢復神智，把完全健康的我扔下床去。可是，山米，你燒得更厲害了。

你睡在我身邊，和我一樣發著燒。稍早，喜歡咯咯笑的哈波醫生檢查過喉嚨之後，我們並肩仰望天花板，試著給上頭的陰影取名字。我們喜歡從走廊上傳來的聲音猜你母親正在做什麼，或從屋外的聲音揣測瘋鄰居又在吵什麼。而你會編造有趣好玩的故事，安撫我們炙熱的腦袋。我們不准吃酸的，從早到晚只能吃麥片粥，直到兩個人受不了爲止。山米，我又變成你的朋友了。我是疾病大海上，除了你之外唯一的一條船。但我很擔心，因爲我渾身發燙從夢裡醒來的時候，發現你正在好奇地打量著我。我希望自己剛剛沒有嘀咕什麼。我希望發燒的時候，沒有洩漏太多。

然而，這回的病毒給了我多好的機會啊！山米，我可以和你躺得這麼近，近得可以數算你的呼吸。父親不遠千里，就爲了這些微不足道的事物。垂死的父親如我，踏遍天涯海角就爲了這麼一點，爲了短短一瞥，爲了聽聽延續自己生命的兒子的聲音。

第二部

一九三〇年五月三十日

請原諒這幾頁的空白。我的病總算痊癒了，也再次回到學校。

別的不提，要我在這群中西部小孩面前背乘法——五乘十二等於六十——眞是丟臉。不過，更難的是怎麼把音量放輕，本子拿低，不讓老師（她和我差不多年紀）察覺坐在角落的小男生正在塗塗寫寫生命的告白。我不是唯一一個遮遮掩掩的學生。有些窮人家的小孩，穿著硬紙板鞋，頭上還長頭蝨，跟我一起坐在教室後頭，眼睛望向窗外或盯著牆上看。牆上有七幅美國總統的彩色印刷平清版肖像，每位都是標準髮型。這些窮小孩和我都想鑽進牆壁，或當教室裡的遊魂。「中國的首都在哪裡？」老師大聲問，我們幾個會扭扭身子，頓一下然後帶著猜測的口氣回答：「法國，」大人冷笑著，坐在前面的好小孩則是呵呵直笑，我親愛的兒子也是其中之一。接著大家便繼續上歷史。我也要繼續我的故事，不過請再等一會兒。

山米，先讓我寫下這點：你愛我。你發燒這段時間，肯定燒去了你的疑慮。而在通過熱床的考驗之後，我再次成爲你的摯友。我們祖先把茶葉倒進波士頓灣的時候，你傳紙條給我。英軍列隊通過遠方州郡的時候，你會對我眨眼，假裝自己得了嗜睡症。弗吉谷吞沒凍僵的屍體的時候，你讓我看你的鉛筆塗鴉——你會畫出千奇百怪的火車頭，到處是豎著的管子和收摺好的小工具。今天早上，你當墨水糾察員，你冷靜地把我們桌上的黏土墨水池塡到快滿，之後又在我的墨水池裡放了一隻小青蛙。這小傢伙嗆了好幾口黑墨水，在我的作業簿上跳來跳去留下非常漂亮的圖案——彷彿滿天的黑玫瑰花雨——之後才一命嗚呼。那圖案實在太漂亮了，我會試著放進這本回憶錄裡當作唯一的證據，證明我沒說謊。山米，你父親一直在你身邊，一個髒兮兮的傢伙。而你有時候確實是愛著他的。

好，我們繼續。

§

艾莉絲走後，我就像行屍走肉。

我十八歲、十九歲、二十歲，邁入成年的第一個寒冬，最後幾綹灰髮也全落光了。我每天早上到班克拉夫工作，書上的塵埃讓我咳嗽，我總是很晚回家。我是家裡唯一的男人，我照顧母親、小妹米娜，負責南園大道九十號之二的帳單和大小事務。九十號之一也由我負責，就是樓下那間被鬼佔據的房子，由我跟房客打交道。新房客人很好，從來不曾在星期五找我下樓，幫他們倒沒人倒的茶，生沒人生的火。我只負責上油漆、打蠟、掌管清理煙囪的事務。

艾莉絲的離去，讓我瘋狂迷上探究她們遁逃的細節，希望發現她們的蹤跡。我只要遇上夏巴斯來的男孩子，就會和他們攀談，纏住他們不放，直到他們答應替我到猶太家庭和李維母女週六常常盛裝前往的猶太教堂打聽消息。我要休吉到李維太太買衣服的洋裝店去明察暗訪，詢問他失蹤的姑姑和她可愛的女兒，留下兩人互有情愫的暗示。我自己呢，則是撬開臥房的地板，確信聽見藏身之處的聲響。簡而言之，我瘋了，但就是找不到任何蛛絲馬跡。

休吉試著幫我。他帶我去看克拉崔鼓動她收放自如的胸腔模仿女高音林德唱歌，她身上都是燒過的軟木和恐怖的假髮。他到市場買角黍，在史拉文的店買草莓汽水請我，還帶我到鮑溫的賀爾德洗牛奶浴。另一天晚上，我們在歐法瑞爾喝得爛醉，他掏銅板請我欣賞巨大的滿月。

然而，休吉也有他自己的煩惱。他二十歲了，不再是維多利亞女王蓮那一區的瘦皮猴管理員，不再需要拿長毛拖把替長得像陰戶的植物清灰塵。他完全變了一副模樣。現在，他會在溫暖的圖書館裡啜飲白蘭地，高舉雙手、荒腔走板地用四重唱的方式唱著「落花生！」。他在顏色鮮明的舊短衫上繡了自己名字的縮寫，又買了新短衫，顏色更亮，料子更好。他還買了新衣領、新緊身衣、新綁腿和各式各樣閃閃發光的休閒服飾。休吉說話的方式也變了，變得更精明，更得理不饒人。他會瀟灑地咧嘴微笑，說幾句像「老天！」、「我靠！」或「前模式變動化」之類的話，讓其他人摸不著頭緒。他就像剛踏進某個大國的人一樣興奮，驕傲得二五八萬，輕鬆快樂得容光煥發。結果，休吉誰也沒說，提也沒提申請的事，有沒有希望，就領到獎學金到柏克萊唸書了。現在，他已經變成南園的稀有動物：大學生。

我覺得，命運的轉折眞是漂亮。休吉從我家教老師的兒子一躍成爲耀眼的大學生，而我這個曾經富有過的怪物，卻不停往甜蜜的班克拉夫大雜院裡鑽。不過，有個親愛的預言家跟我說過，撲克牌裡的人頭牌，下方的人頭總是往回看的。

我的落腮鬍像秋天的栗鼠毛變成了金色，休吉要我剃掉的時候，我哭了。「你必須下定決心，」他說：「到底要做老人還是年輕人，我覺得，你當老人已經夠久了。」留落腮鬍眞的很糟，女孩子見到我的祖父臉總是自動走避。然而，留小鬍子又會讓她們呵呵笑。我覺得自己就像鰥夫一樣，童山濯濯卻梳得整整齊齊，或在冬天把皮膚曬成夏天的古銅色。我是古董舞男，是個笑話。二十多接近三十歲那幾年，我的腰圍不斷變細，穿上昂貴的衣服也越來越不像德國人所謂的「堡主」。但這些改變，只要認識我超過一年，就會覺得很假，很不可思議。他是不是穿了緊身衣？工作的時候，我聽見同事私下竊笑，於是就辭職了，把所有時間都花在班克拉夫，孤獨一人藏身在舊書之間。休吉想要改變我的穿著品味，只是徒然。有一天，天氣晴朗，我抬頭挺胸穿著他的發明出門——襯衫、帽子、長褲、白皮帶——沒多久就發現自己根本不像紳士，倒像個走鋼索的。母親當然也有同感。她面無表情的臉上寫著：別人當你是誰，你就是誰。別人當你是誰，你就是誰。因此，我又穿回禮服和高禮帽，再次藏身在老人的裝扮裡。在變年輕之前，我就得當老人，快不得的。

時光飛逝，妹妹、母親和休吉是我僅有的同伴。我是艾莉絲的祭司，讓聖火的餘燼繼續燃燒，直到她回來。我完全不知道她的去向，這些年來也都沒有她的陪伴，只有我守著希望的活寡。在我之前還有許多男人——我相信，例如我失蹤的父親，甚至親愛的休吉都是——都對生活麻木了。

§

不過，我身邊還有妹妹米娜，長得既正常又漂亮。不管是六歲、七歲或八歲，她的身高體重都很標準，絲毫沒有偏差。彈鋼琴的天分也和其他年輕女孩子一樣（完全沒有！）。簡而言之，既不早熟也不特別聰明。她唯一畫得好的就是我們家的馬車房（發抖的麥克！），其他東西在她筆下都成了毛茸茸的草履蟲。她還算有禮貌，但上床之前也喜歡生氣尖叫。其實，她的個性找不出任何大人的影子，反倒像騙子手上的骰子有好幾面——可愛孝順、曲意尊敬、傷心流淚、火山爆發——哪一面合適，就會出現那一面。總而言之，重點是：她還不算是個人。貨眞價實的小孩都是這樣。她很想當人，卻怎麼也不像，因此確實是個（排版先生，印到這裡的時候請用最普通的字體）普通的小女孩。

我們家只有她得天獨厚，而我卻不能當個正常的男人。要曉得對南園的其他人來說，我還是堤弗利太太的大伯，正用他獨身歲月的最後幾年，兢兢業業履行義務。母親很快就決定不能拿小孩冒險——尤其是愛講話的米娜——因此，她告訴我妹妹說，我是麥斯伯伯。「米娜，麥斯伯伯要走了，妳去吻他一下。不對，親愛的，不要撅嘴巴。這就對啦。」當然，她不叫我麥斯伯伯，因爲她不知道怎麼從教會裡學到，自己應該像亞當那樣，給每個人和動物取一個名字。她一開始叫我比恩伯伯，之後經過一連串修正，我變成比諾、比哈德，最後才定下來，叫做比比。她早上會高興地喊我——「比比！」——我晚上回家的時候再喊一次。晚餐時間，她要拿肉湯的時候，就會用引人注目的音量喊我。我從她顫抖的手中接過花瓶的時候，她會悲傷地喊我。夜裡，我將床單拉到她下巴，唱她喜歡的歌曲的時候，她會帶著愁苦的回憶呼喊我的名字。

我忌妒她的年輕。你無法想像，聽見女孩子從南園對面尖聲喊她，接著又聽見自己妹妹嘴裡發出同樣熱血沸騰的尖叫，是什麼感覺——我驚訝地發現，童年對她來說代表什麼：歸屬感。她才來到這世上沒多久，就已經成爲其中一員了。她是那麼受自然偏愛，完全無法理解爲什麼有人會不愛她——其實，她一點兒也不懷疑，世上每個人都是彼此相愛——讓她變成令人稱羨的存在，有時候，更是讓我深感忿恨。每天早上，我站在她門前的走道上，看著她對著新的一天眨眼睛，而這一天就跟昨天一樣平常，一樣充滿祝福。當然就如同其他感覺，我把偶爾迸發的恨意深藏在體內。「小不點，早安，」我會低聲說道。

「哦，比比！」

當然，我是隻溫和的怪獸。我不否認世上有可愛的東西，也不否定世上所有的小米娜。

§

這些年來，母親也變了。她在備受呵護的環境下成長，接受的教養都爲了讓人愛她，這是她與生俱來的權利，我實在沒辦法怪她。現在，男人在我們家進進出出：銀行家、拿金拐杖笑起來看得見橡膠補牙的沙龍老闆和戴假髮的演員。他們都不壞，但都待不久。最後這一個演員無情地把她甩了之後，母親沒有去找下一個男人，而是轉向她的女兒。米娜成爲母親生活的重心，意思當然是，花費的重心。於是，母親開始工作。

工作這件事，她保密了一陣子，因爲這有些不合婦道，更何況她選的工作還很不尋常。她的客戶通常都在我工作的時候來，而米娜則是在上舞蹈課。然而在舊金山，什麼事情都藏不久。最早的線索是前起居室地板上的羽毛。羽毛是從帽子上落下來的，然而這種帽子非常貴，就連母親過去接待的女客也買不起。後來，某天早上，有個陌生女人出現在前門口，告訴我她有預約。

「跟誰？」

她身上穿著昂貴的獸尾皮草，說：「堤弗利夫人。」

「堤弗利……」我喃喃重複。

這時，母親已經衝到門邊，說：「您來早了，來早了！」說完很快將那位女士打發離開。之後，她走回起居室，我就在那裡等她。

「母親，這是怎麼回事？」

「小熊寶貝，沒事。」

但我是家裡唯一的男人。「跟我說。」

她說了。她氣得兇不起來，只能用死板板的語氣向我解釋，大清早為什麼有富家女士神祕來訪，而且下午還有另外一位。她邊說邊遞給我一張卡片，當作證據，接著她告訴我：「以後不准你用這樣的口氣跟我說話。我不想聽見你說你很尷尬、很不安、覺得很丟臉。這一切都和你無關，我是為了米娜。把茶拿到廚房，再去把妹妹叫起來，不然她會生氣一整天。」她靠坐在椅子的一側，彷彿自己仍然穿著裙撐。她那一代的人，年輕時都學過這麼坐，因此自然而然會保持這種姿勢，認為這樣坐相才美。會這樣坐的人現在都死光了。

她的名片說明了一切，就像燈光那麼奇特而簡單。「堤弗利夫人，占卜師。」她在縫紉室和過去對話了這麼多年——她失蹤的丈夫、失去的少女時光、和她倒著長的兒子——現在，為了她漂亮正常的好女兒，她要藉著和未來溝通，來換取金錢。

§

至於休吉，我們更親近了，兩人時常結件探險。無論我外表給人什麼印象，我和休吉終究是年輕人，而且離我們住的地方沒多遠，就是地球上最原始、最汚穢，卻也最有活力的地區之一：舊金山的巴貝里海岸。巴貝里海岸在中國城東邊，之前是舊城廣場的所在地，因爲離碼頭夠近，水手可以搖搖晃晃下船，把賺來的錢全都花在酒和妓女身上，破曉了再搖搖晃晃上船。在這種地方，酒客要是看見女服務生穿內褲，酒吧就得付他二十大洋。我們還小的時候，爸媽就警告我們別去那裡，教會神父則是低聲談論當地發生的種種罪惡，地方領袖更每每藉由宵禁，阻止年輕人過去。但可想而知，我們一有能力去那裡，就馬上去了。

我們的海岸之行，頭幾回都敗在天眞上面。不消說，我們倆是年輕的冤大頭。漂亮的金髮女侍把房間鑰匙遞給我們，要我們在她下班後過去找她，我和休吉開心答應了。「我可以相信你們兩位先生嗎？」她咬著唇上的唇膏問道。我們天眞地點點頭。「嗯，我不能就這樣讓你們拿著我的鑰匙。你們要怎麼向我證明你們值得信賴呢？」我們決定給她一點錢，一番討價還價之後，終於給了她二十美元。女侍微笑，洋裝窸窣一聲，鑰匙便落在桌上。半夜兩點左右，我和休吉滿身酒味，嘻嘻哈哈朝宿舍區前進。然而，半小時後，我們倆酒也退了，人也醒了。我們手拿鑰匙試了半條街，每扇門都試，搞得不少人在窗口咆哮，卻沒有一扇門打得開。我們這才知道自己被耍了。後來，我們喝完酒在回家的路上，又見到其他年輕人像我們一樣，在城裡到處試門，不過這回輪到我們倆嘲笑年輕人又色又蠢了。

那些醉酒的日子裡，我記得有件小事讓我抓狂：我在每家酒吧、每間陷阱般的小酒館，都看見加拿大克隆代克供應商的淘金熱廣告：庫柏和李維。李維、李維，這名字夜夜刺入我的眼簾。我把它當成自己瘋了的象徵，是我腦袋裡的化學物質調配出來的。眞瘋狂：就連在這裡，這裡耶！我還是忘不了她。

有天晚上，休吉的大學朋友（他們以爲我是他舅舅）帶我們到一家正牌的妓院。我已經忘了妓院外頭是什麼模樣，因爲它們長得都一樣。只要按門鈴，甜美的黑女郎就會出來應門，帶你走進起居室，房裡左手邊非常寬敞，而且總是妝點得富麗堂皇，過於明亮，讓你以爲置身納博丘的豪宅，而毫宅主人湊巧因爲品味和預算接近，跟太平洋街上的女士們在同一間店裡買了傢具。屋子的女主人會在起居室招呼你，她們總是擁有那種老派的可愛——不瘦也不柔弱。山米，似乎和你欣賞的類型不同——而且一定是金髮。

「各位先生，今晚想來點什麼娛樂？」她問。她身穿黃色長袍，外面罩上高級黑織布，布上織滿了大葉子，彷彿是遇到暴風黏在上頭的。薊草墜子停在她晃動的雙乳中間。她像瓶子般肥胖頑固，動作卻有種愉悅的輕盈。尤其是她不斷用手撫摩臉頰，感覺似乎在耳朵下面施法似的。她目光掃過我們身上的每一只口袋，我發現她似乎鬆了一口氣。有些男孩子，要取悅他們不難。

「處女可以嗎？」她賊兮兮地提議：「我們這裡有個女孩子，她正在洗澡，所以要等一下。當然，她更……」

「不用，謝了。」休吉斷然回絕。這些詭計我們早就聽說過了。

她眨了眨眼，微笑著。休吉直接拒絕似乎把她逗樂了。不對，不是逗樂，是讓她感動、軟化了。她帶著醉醺醺的笑臉，重新用比較低沈的聲音說：「小伙子，這樣的話嘛，我有個更好的主意。她的房間有偷窺孔，而且有個鄉下來的紳士才剛剛進她房間，他很興奮，應該撐不久。怎樣，這個主意不賴吧？」

休吉的好友奧斯卡，人高馬大像個騎兵，雖然休吉既緊張又好奇，奧斯卡還是向她道謝，代表大家回絕了她的好意。那女人出了個爛價錢，想賣瓶裝啤酒和半品脫的烈酒給我們，之後又把餐具櫥上那把迷人的自動豎琴拿給我們看。這豎琴只收銅板，是妓院裡另一個吸錢機器。不過，我們身上的錢只夠做一件事。於是，休吉說了每個人到這裡都會說的一句話：「我們可以看看有什麼選擇嗎？」

話才說完，那女人——她叫杜邦夫人——便轉身大喊（全舊金山的女士都是這麼喊的）：

「女孩們，陪客啦！」

其他男孩子都仰頭看女孩們沿著彩虹般的階梯走下來，我卻不知怎的迷上了杜邦夫人。她抬頭看著旗下的妓女，爲自己選來這一票年輕女孩感到高興。她們的影子撒在她身上，弄暗了她到美容院理的頭髮，讓她的臉顯得更瘦。突然，我認出她了。那個薊草墜子。我肯定發出聲音，只見她轉頭過來對著我，透過有柄單眼鏡，可以發現時光扭曲了她的臉龐。想起這個女人過去上了粉，驕傲的模樣，我差點沒大聲笑出來。

§

「所以，麥斯你戀愛囉！」瑪麗這麼下了結論。我想你一定猜到了，她就是過去我家那位愛道人是非的女僕。她現在講話的口音有點南移，像法國人。頭髮據她說也「漂回天生的顏色」，同時改名杜邦夫人。

「我怎樣？」

其他男孩子選完女孩——在這個特別的地方，所有女孩都好像剛從悶熱的床上爬起來似的，頭戴睡帽，身上的綢緞睡衣只遮到臀部——都上樓去了。我等到最後一個人挑完，才跟我們家這位前愛爾蘭女僕表明身分。她臉上的妝脫落了一點，但隨即像蓋爾族的湖中女巫揚起頭來，回復夫人的身分，用手托著我的臉，吻遍我前額的老人斑。她奉送我一瓶香檳（我覺得很光榮，因爲香檳是她最賺錢的商品）同時跟我說，我戀愛了。

「麥斯，你現在幾歲？」

「二十。」

「天哪，二十歲，你看起來還是……我是說，還是很了不得。要是我不曉得實情，肯定以爲你和我差不多年紀。」說完她臉紅了，用手指著鼻子，接著說：「呃，其實跟二十歲也沒差多少啦。」她的舊口音又像野生薊草冒了出來。

「嗯，我是眞的只有二十歲。」

她仰起脖子，女僕的身影消失了，她再度變成心地堅硬的婦人。珍珠項鍊順著她的頸間起伏，這個部位是美的象徵，在過去我們稱之爲維納斯指環。「麥斯，我眞該忌妒你。」

「什麼？」

「你要是女人就好了，」她說完專注地看著我，我猜想，她肯定仔細檢查過樓上所有的女孩，她們和她一樣，都是從過度的家務、不好的男人身邊或惡劣的家庭裡逃出來的。「我知道，我告訴你，女人唯一擁有的就是青春，她要是夠聰明，就會投資在那上頭，靠它賺盡所有的珠寶。麥斯，有個王子送我藍寶石，那時我二十六歲。沒錯，我還在你們家工作。你爸媽週末到山居旅館的時候，我都會找男人到我房裡，賺點小錢。別太驚訝，其他女孩子都和我一樣，就連好人家的女僕也不例外。」

我試著改變話題。「瑪麗，妳從什麼時候開始不當女僕（英文的女僕 maid 也有處女的意思）的？」

「處女？你眞會問問題！哈！喔，你是說女僕啊。你外婆把我趕出門之後。」

「但是我在梅格碼頭看過妳。」

她揚起頭，說：「那時我穿著女僕的衣服嗎？」

「妳不記得了？我跟我父親在一起，妳拿著紫蘿蘭——」

「麥斯，那是老把戲了。我扮成女僕賺的錢要比眞的是個女僕的時候多多了。那些有錢人最喜歡來接我了，我在到這裡之前，就靠這一招過了一陣子。杜邦夫人過世之後，我就接手這個地方。不過，我們現在談的人是你。」

「瑪麗，你過得很辛苦嗎？」

她用眼光甩了我一巴掌。「你來這裡不是來討論我的生活的吧？無論如何，從你們家留給我的東西裡，我只能做這個。」

「我不——」

「你外婆死了嗎？」

我點點頭，告訴她我父親也不見了。我和母親又回到南園的舊家，只不過處境不同了。「我想妳可能不知道，妳和我已經活在不同的世界裡……」

「錯了。你在這間起居室裡，我也在這間起居室裡，我看不出來有什麼不同。」

「我……呃……」

接著，她語氣又變了。「親愛的，再來點香檳吧？」她微笑著問我。從頭到尾都像這個樣子，過去那個神采飛揚的瑪麗時而出現，時而消失，就像那天夜裡太平洋街上的路燈一樣，在突如其來的一陣濃霧裡忽明忽暗。或許這就是她現在的寫照：在過去種種身分之間浮動的肖像。「我說，其實你當女人最好。你年輕的時候很醜。」

「我是很醜。」

「你也很年輕。對女孩子來說，這很幸運。我倒希望自己當年也這麼醜。醜女孩從來不用煩惱婚姻和孩子，除非她們自己太饑渴。何況，麥斯，你是不可能太饑渴的，因爲你知道你最美麗的容貌還沒有到。你老了，不但有智慧，模樣還很可愛。到時，你就又美又開心了。」

「我什麼也不是。」

「孩子，這是天理。我眞該忌妒你。」

墜子鑲鑽的閃光讓她的凝視顯得更加銳利，卻被起居室裡突然出現的陌生人給打斷了。起先，那人看起來像駝背的老清潔婦，但我很快便發覺，他是個男人穿著女人的彩格呢洋裝、圍巾、圍裙和帽子，手裡拿著雞毛撢子和垃圾桶走了進來。杜邦夫人一點兒也不驚訝，起身吻了那男人的雙頰，接著開始明確指示哪個房間特別需要打掃。她待他像心愛的僕人，而那個傢伙神情溫和，留著大鬍鬚，就跟市場街上的男人沒什麼兩樣。她講話的時候，他老實地點頭，等她講完，他遞給她一枚金幣之後便離開了。金幣沒什麼反光，她以魔術師般的靈巧，迅速把金幣滑進口袋裡。接著，她又轉頭過來，對我笑了笑，不過純粹是生意人的臉色。

「沒錯，麥斯，現在輪到別人付錢來當我的僕人了。孩子，時代變了。」她沒有坐回我身邊，而是把空杯子收拾收拾，接著說：「別再來這裡了。」

之後，她逕自整理起居室，不再看我一眼。她專業生涯所需的那些可怕便宜貨和陳設架全都回到各自的憂傷角落。自動豎琴上頭的指紋抹乾淨之後，再次變得金光閃閃。整間杜邦夫人的酒吧都移回窗邊，等待下一次鈴響，等待黑女郎和成群竊笑的男人走進來。她一邊整理房間，一邊說道：「像我這樣的女人，喜歡相信自己永遠都不會變。等我這裡合法了，我就會相信我永遠都是合法的。你不要再來這裡了。」

我默默從架上取下帽子，戴回我的老人頭上——我說不出來爲什麼——接著便開始哭泣。是怪物才會這樣。瑪麗立刻就心軟了。

「我太兇了，」她說著皺了皺眉頭，摸摸我的手臂。「還不是因爲你的長相，很像警察來跟我談生意。欸，別太當眞嘛！你看你，多不開心哪！她也愛你嗎？當然不了。不愛你，不愛我，他們從來都不愛。喔，好啦，麥斯，我找個女孩給你，不過應該沒什麼用。下回你來，就要和其他人一樣付錢囉。」當然，她說話算話，這些年來我造訪她那裡很多次，每回都付了錢。

轉眼，我人已經到了樓梯間，讓人領著走向平台，一個有著一雙豹眼的年輕女郎微笑著等在那兒。我對她不是很有印象，她手裡拿著一根長羽毛，不停慵懶地揮動著。她伸出手來，對我曲曲手指，我記得自己像被施法似的朝她走去，因爲我還年輕，因爲我既哀傷又需要安慰。「麥斯，」我聽見身後有個聲音，便回頭看看瑪麗。沒想到這個金髮老女人竟然很難過，誰曉得爲什麼？或許是因爲我浪費了自己的機會，或是年歲增長帶來的貧瘠，又或許只是她身旁泛著金光的憂傷空氣。

「你知道，我很高興你來了，」在煤氣燈光裡，這個前女僕下巴抬得高高的，總算把話說了出口。「我這輩子本來都以爲，時間不會偏袒任何人。」

§

幸運之神打斷了我的書寫，我必須把它寫下來。山米，我有個天大的好消息：我就要變成你弟弟了。

蘭西太太眞是個可愛的女人，她雖然還沒有說，但某個失眠的漫漫長夜（年紀大沒讓我靠吃法蘭克福香腸而得到任何好處）我決定洗劫她的書桌。可別以爲這是我第一次這麼做——我早就是個少年犯了——但我到最近才發現她把鑰匙藏在哪裡。山米，你發現了嗎？還是你和其他男孩子、其他快樂的男孩子一樣，對身旁的祕密一點兒都不好奇？要是這樣的話，也難怪我能把筆記藏了那麼久。反正，你只要到耶誕桌巾底下的亞麻抽屜裡就能找到鑰匙。昨天晚上，我就是在那裡找到的。巴斯特在我身邊，牠很盡責地跟我下樓到書房。

在她桌子上，我發現了很驚人的東西：一份領養文件。不過，上頭她只用端正的維多利亞字跡塡寫了我的名字。我猜，我的出生日期肯定帶給她不少困擾，因爲那一格只有潦草的幾筆，看起來像她思考的時候，不經意讓筆落在紙面。我會試著說溜嘴，把生日洩漏出來——我應該九月就十二歲了。我把文件拿到巴斯特鼻子前面，牠在月光下帶著讚許嗅了幾下。「巴斯特，就要實現了，」我低聲說著，同時撫摸牠兩眼之間，讓牠開心得瞇上了眼睛。「我就要和我兒子在一起了。」那狗舒服得低聲咕噥了一下。

兄弟！山米，你喜歡嗎？讓我穿你的及膝短褲？弄壞你的雪橇？在二月雪泥裡輕鬆散步的時候幫你寫作業？問你也沒用，就算我偷偷在房間裡問你也一樣，就算我們並肩沈浸在斑駁的夜色裡，我開口問你也沒用。你這種男孩子——山米，你就是，別懷疑——別人的心交到你手上，只會被你弄碎。

於是，今晚我小小地慶祝了一番。這是個錯誤。我半夜出遊幾次，已經把整間屋子摸熟了，知道私釀的琴酒藏在哪裡，也調過一點馬丁尼茲來喝（這酒在舊金山就叫這個名字，最早的時候，酒裡頭還摻石榴糖漿，後來就沒了，名字裡的「茲」字也一起消失了）。從前母親做晚餐的時候，我都會用果汁杯子偷啜幾口。現在我爲什麼又開始了？我不是有好一陣子沒有狂飲了嗎？各位嘮叨的讀者，我不知道。或許是老人的倦怠吧。

這酒讓我身子暖和，人也跟著溫厚起來。晚餐時，我始終微笑不語，同時驚覺自己正深深凝視未來母親的眼睛。我不停想著那份文件，想像擁有一個家，一間房子的可能。蘭西太太眨眨眼似乎有些擔心，最後也回我一個微笑。山米，你開始說笑話的時候，你媽媽笑了，我也笑了，但沒想到你們兩個卻用奇怪的眼光看著我。我發現自己竟然把腳翹到桌上，杯子舉得老高，像酒吧裡的妓女歇斯底里地呵呵直笑。各位，我眞是嚇壞了。我安靜下來，讓自己清醒一點，但還是心神不定。我這副新身體顯然還沒試過馬丁尼茲的威力。

幸好，蘭西太太起身去拿冰淇淋，回來之後便提起把我留在他們身邊的事。她轉過頭來跟我說：「嘿，小子，你已經跟我們住了一陣子，山米，對吧？」

「顯然是這樣。」他咆哮著，用湯匙挖冰淇淋發出好大的聲響。

「你們這兩個野人還處得來吧？每天晚上熬夜說悄悄話？我都聽到囉。」

「是他在喃喃自語。睡著的時候。根本就是怪胎嘛！」

蘭西太太：「山米，別這麼說。」

「我說了什麼？」我大喊，有點太大聲了，我想。

山米又挖了一口冰淇淋，咂嘴吃著，一邊學我的表情學得像極了。「請留下來，不要走，留下來！」

冰淇淋在我腸胃裡像條蛇扭曲著，我覺得這時候最好笑一笑，但卻沒辦法控制，發出來的聲音像鬣狗叫一樣。

山米竊笑著，說：「豬頭，你怎麼啦？」

蘭西太太盯著我，眼神裡充滿好奇，之後又像被逗樂了似的淺淺一笑。「喔，天哪，他喝醉了。」

她看到我的杯子，拿起來一聞，發現原來是老朋友：琴酒和苦艾酒。這時山米也開始發作了，我則被帶到水槽邊，挨了一頓訓，又被灌了一茶匙黑胡椒，懲罰我亂說話。結果就是現在這樣：我被「禁足」一個星期。

禁足不算什麼——我這個豬頭很少出門——但卻很難看，而且最慘最慘的是她眼裡的神情：閃電般強烈的懷疑。不是懷疑我的行爲，而是懷疑她的決定，心想她究竟應不應該讓這個野蠻的傢伙走進她的生命。喔，蘭西太太，你最好重新考慮。妳不知道我走了多遠才來到這裡。

我得停筆了，我顯然還沒酒醒。

§

早晨，有點宿醉，不是所有東西都跟著我變年輕。怪的是，山米對我似乎有點戒懼，同時又好像很讚嘆我能找到琴酒。不，我不會讓你知道藏在哪裡。在頭痛佔據我之前，還是讓我胡亂寫點過去的事情吧。

§

「老頭，我們得走囉，」有天晚上，他隔著啤酒跟我說：「我是說最後一次。」

又過了好多年，我們倆都變了——一個變老，一個變年輕。我們坐在朋友單身公寓附近的酒吧裡，吹走啤酒上的泡沫。我們分道揚鑣之前那幾年，常常在這裡碰面，但那天晚上，休吉是有目的的。他拿出報紙，雖然他已經是大人了，臉上還是留有孩子般的痛苦表情，他指著第三版的某個地方要我看。「我們得走了，」他說完瞇起眼睛望著回憶，畏縮了一下。這是從前的休吉，年輕、酒紅的鼻子，告訴我工人正在拆伍華園。

當時，伍華園已經關閉多年，而馬丁教授的最後一次飛行也是許久許久以前的事了。他乘著無重的金屬淚滴升到空中，最後一次讓孩童吃驚，最後一次朝跳躍的群眾拋撒紙玫瑰，卻因爲莫名所以的厄運讓飛船的凹縫爆裂開來，讓他在一片閃爍飛舞的碎片當中，墜地身亡。沒有其他飛船員接替他的位子，家庭屋裡的猴子也是。牠們多年來表演粗俗的藝術喜劇，奚落驕傲的維多利亞人，一天早上卻被人發現全部摟抱在一起死在籠子裡，之後再也沒有新的猴子出現。伍華先生在八〇年代後期過世，多虧她幾個女兒爭鬥得非常厲害，伍華園才能再開放一段時間，讓特技和呑火表演繼續下去，遊客還能再騎一趟駝峰已經磨禿的駱駝。而伍華園的最後一項活動，就是拍賣園裡的所有東西，還有他們所謂的「清除動物」。

我知道這代表什麼：這是牠離開前最後一次看牠的機會了。斷鼻吉姆。我童年時代假想的救世主。

我們到的時間剛剛好。野狼正畏畏縮縮躲在圓形競技場的角落裡，群衆站在座位上，雨水軟綿綿地打在他們身上。我和休吉選定座位往場子裡看，只見一個年輕人手裡拿著口絡，朝那隻沾滿泥巴、骨瘦如柴的野獸逼近。「清除動物」說起來其實就像在鬥牛。大夥兒來這裡就是爲了看自己喜歡的野生動物被綁、被圍、被關進獸籠裡送到新家去。沒想到，野狼竟然動也不動，讓大家都很意外。年輕人步步逼近，牠卻站住不動。我們每分每秒都期待聽見牠發出熱血沸騰的嚎叫，卻始終沒聽見。牠在雨中顫抖，嗅著石頭。牠低頭讓人把口絡給套上，乖乖通過走道，還舔舔新主人的手。我們都很不滿意。接下來是頭母獅子，牠被拍賣給中國的幫派份子（山米，這種人你會叫他「黑道」還把他當英雄），母獅子和那個東方人走到場上，彷彿在進行某種奇怪的羅馬儀式，年幼的母獅子步伐懶散，我見到幫派份子從口袋裡掏出來的東西，嚇了一跳：一把手槍。他拿槍對準眨著眼的獅子，朝牠柔軟的臉上就是一槍，可憐的母獅子應聲重重倒地。美洲豹和鬣狗的下場也都一樣。鬣狗先是短短追逐一陣，之後才被一槍打死撞倒在牆上，死前喉嚨還咕嚕作響。我和休吉嚇得像兩粒鐵塊又僵又冷。

「天哪，這是屠殺嘛！」

「休吉……」

「他們根本就是把動物一隻一隻殺死嘛。」

「也許只有野生動物，」鬣狗斑斑點點的獸皮覆滿塵土，我看著高大的中國佬叫人攫住狗腿把牠拖出去，跟休吉說：「或許怕我們有危險。」但接下來發生的事，證明我說錯了。他們把斷鼻吉姆帶了出來。

我不希望我的大熊變得又老又遲緩，我不希望見牠從鐵籠裡出來，拖著步伐走過木板，年邁的身軀因爲嗅到面前的大餐而愉悅地搖搖晃晃——胡蘿蔔和肉湯多得可以餵飽一窩大熊——也不願看到牠對著我們張大嘴巴打哈欠，看到牠的老熊牙齒已經磨到接近牙齦。我不想見到牠因爲陽光乍現而瞇起雙眼，伸出舌頭試試溫度，決定靠著假石頭享受溫暖的天氣。管理員把繩子丟進獸籠，吉姆瞪著繩子，雖然昏昏欲睡，還是決定探個究竟。但我不願見到牠好奇地重重拍打痲繩，直到多年來養成的玩心讓牠一屁股坐下來，像平時表演一樣，來來回回拍著繩圈。我說不上來自己有多麼爲斷鼻吉姆難過，這會兒，牠已經分不清自己是年老還是年輕了，只是用腳掌玩著繩圈。銀碗裡盛著豬肝，牠卻無動於衷。陽光再度出現，照亮了牠的毛髮，不久，一個德國人帶著槍走了出來。

群衆開始尖叫，我和休吉對空怒吼，試著阻擋他，但其他人卻要他：「再靠近一點！」「把豬肝挪開！」「射牠的頭，射牠的頭！」「打牠腿！」吉姆絲毫不爲所動，群衆的反應牠見多了，但德國佬卻緊張起來。他留著鬍子，雙手乾裂，是北灣的屠夫，打算把吉姆的肉賣給山產店，狠狠賺上一筆。對他來說，在小房間裡拿著帶血的拖把，顯然比面對五層半醉的觀眾來得自在。他雙腿大開站在場中央，將槍放在身側望著我們。

「安靜點，你們！我知道該怎麼做！」他用很重的口音對著群衆大喊：「我不需要你們告訴我怎麼做！我會在牠屁股打上一槍！」

他眞的這麼做了。吉姆垂涎欲滴地朝著銀碗伸出舌頭，屠夫緊張地全身發抖，於是他深呼吸一口氣，扣動板機，一槍打中吉姆的臀部。吉姆這老小子發出長長的一聲怒吼，身子轉呀轉的，不停地咳嗽打呼嚕，飛濺的鮮血染紅了木板。德國佬目睹這一切，嚇得愣住了，群衆卻興奮歡呼，好像看到可憐的女人站在高樓頂端，心裡希望趕快出事，可怕的事，任何事都好。吉姆這會兒也注意到群衆了，牠像隻海豹對著我們大喊，我們當中有人笑了。我的老友吉姆將繩圈咬在嘴裡，走到籠口撲了進去。舞台上，留下一道長長的紅印。

這時候，群衆開始瘋狂地要求這個要求那個。大熊去冬眠了，再也醒不來了。德國佬站著動也不動，緊張地雙唇抽動。戰爭結束了，觀衆卻不肯罷休。「嚇死牠！」他們大吼，或是：「讓牠睡去！」「牠已經死了，上吧！」這時，有人高喊：「大家一塊兒唱『喔，該死的金拖鞋』吧！」群衆聽了哄堂大笑，因爲這通常是藝人表演很無聊的時候才會聽見的話。但在下面的競技場上，還是沒有動靜。

多年後，我和休吉在內布拉斯加州某地的帳篷裡聊起這段回憶，那時候，休吉已經禿頭、兩鬢灰白，我則像個小男孩滿頭金髮，我們都同意印象最深的不是後來吉姆嗥叫衝出獸籠，盲目地在台上蹣跚亂走，嚇壞了正在高興的德國佬。也不是接下來一連串子彈讓我的大熊糞便拉了滿地，讓牠害怕哀號縮成一團。我們印象最深的不是有整整十分鐘的時間，看牠身上的血塊流過木板，積聚在落葉堆裡，沾溼了落葉，又流向牆邊，看著牠從生到死，臭味久久不散，彷彿永恆，而是在牠再次出現之前，那空蕩蕩的舞台，只有滿地鮮血和一個獵人，跟兒童劇描述的一模一樣。陽光撒在撲滿木屑的台上，就等吉姆出來謝幕，而我們會高聲歡呼。麥桿、啤酒、殷殷期盼明星出現。還有牠死去當時，身體陰影落在地板上激起的驚詫恐懼。

我們把吉姆留在原地，讓牠和滿地血糞倒在一起。我轉頭不敢看下去，只聽見德國佬不斷大叫，群衆鼓掌，我猜他們一定把老吉姆從牠在裡頭表演了二十年的熊圈裡拖出來。我敢說，牠到死還不明白這是怎麼回事。我相信，牠只記得自己在黃石的年輕歲月、牠出生的地方，或牠套著鼻環在街上討生活的日子。我確定，牠不知道自己老了，沒有人愛牠了。牠帶著滿腹疑惑死去，到死之前可能還以爲只要表演舊把戲給觀衆看，用鼻子頂花生或對空嚎叫，就會沒事了。而牠也這麼做了。或許，牠以爲睜開疲憊的雙眼，就會發現自己身在綠蔭濃密的森林裡，蜜蜂嗡嗡飛舞，溪裡都是鮭魚，到處都有熊在散步。我敢說，牠有三十多年沒看過其他的熊了。

§

休吉一八九八年一月結婚，婚後三個月就去參戰了。婚禮在新娘父母位於費爾摩的家中舉行，感覺很甜蜜、很輕鬆。下午三點半的婚禮，我和休吉穿上長禮服、條紋喀什米爾長褲、名牌皮靴和黃褐小羊皮手套──當然，還有高禮帽。山米，我可以聽到你在偷笑──休吉在鈕孔插上一枝舌辦花，花的形狀很像已經不存在的普魯士，威脅著佔領他的整件外套。新娘雙頰飽滿，是個美人，眼睛因爲愛讀書顯得肌肉緊張。她父親是報社編輯。她很年輕，穿著像淑女，走路像淑女，卻和裁縫女工一樣喜歡嘮叨、常常傻笑，感覺很像活在河水大海交界處的奇怪生物。婚禮當天，她身穿白紗禮服，戴著無邊軟帽，沒有面紗，因爲婚禮一結束，她和休吉就要搭車到一個只有我曉得的地方。我之前就幫他們把行李打點好，要給搬運工的錢也付了，休吉和新婚妻子抵達的時候，覺得非常佩服，彷彿他們做了之前做不到的事情。車夫說，婚禮賓客丟鞋的時候，有一只鞋掉進車裡，是好運的徵兆。新娘告訴我是左腳，這就更幸運了。車夫出示那只鞋，果然是左腳。親吻、莊嚴的誓約、蒸汽沖天，我的年少時代啓航出發了。

休吉爲什麼要結婚呢？我不知道。我想是因爲愛吧，或類似愛的東西。畢竟，年輕人結婚很正常。然而，休吉的婚禮是辛苦掙來的，就像閉眼睛倒車一樣。有點悲哀，不是嗎？我說不上來。我只能告訴你，我記得的一個片段。那許許多多日子裡的某一夜，當時誰也不知道那一夜有多重要。

我喝醉了，怒氣沖沖的。稍早約莫傍晚的時候，我在班克拉夫過了悲慘的一天回到家——其實我是用走的，為了省錢——發現竟然有人在起居室裡舉辦盛大的鋼琴獨奏會。房裡擠滿了身穿府綢頭戴鷺鷥硬羽帽的婦人，還有一票穿著蕾絲花邊寬領裝的女孩子。幾個自鳴得意的小毛頭坐在鋼琴前面，莫札特彈得支離破碎。燈光下，我看見一頭金髮在四處飛舞，後來才發現原來是米娜。快樂的備受寵愛的無知的，米娜。我發覺身邊有人靠近，是個身穿厚重織錦的醜女人。她看了看我薄薄的職員上衣，說道：「喂，你過來，去拿蛋糕分給女孩子。」說完就走開了。我根本不認識她，但我認得她的語氣：對像我這種傭人說話的語氣。那時候，我二十五歲。

我跑到休吉家去。他已經是個律師，有一間小得離譜的公寓，感覺非常童話，因此，我都叫它「南瓜屋」。街上很暗，他家也是，於是我輕輕敲門。沒有人回應。我是他最好的朋友，有他家的鑰匙，因此，我便開門進去。我想我應該可以喝喝雪利酒，吃點零食。「休吉？」我喊他，但是沒有回答。

這時，我看見圖書室透出微光——柴火放的光，在走道上搖搖晃晃——我心想他是不是睡著了，於是我跑回大廳，衝進他房裡。我實在太年輕又太自私了，完全沒想到休吉可能有伴。

他眞的有伴。一封信。他坐在壁爐火邊，雙手握著信，彷彿那是愛人的屍體。他瞪著信，似乎只要呼一口氣，便能讓愛人甦醒過來。信很短，只有一頁。休吉只穿著短襯衫和西裝長褲，領帶鬆脫，靠著造型古怪的埃及長椅的人面獅身把手，感覺像是硬撐著不讓自己崩潰。壁爐的火散發同情的光芒，房裡的東西忽明忽暗，我聽見椅子發出聲響，似乎是我的好友在低聲啜泣。老實說，這些細節是我事後回想出來的，當時的我心裡沒別的，只有他房裡的雪利酒。

「嘿，休吉，有酒給老朋友喝嗎？」

他嚇了一跳，搖搖頭，而我竟然蠢到笑出來。但他沒有回頭，只是對著爐火，手上的信也沒放回郵箱，而是直接扔進火裡。信才剛脫手，他就突然往前，想把信給抓回來，然而，信已經落入火掌，燒成一片灰，沿著煙囪往上飄，只剩小小一角倖免於難。

「喂，那是什麼？你缺柴火啊？」

這回我聽見他笑了。「老頭，去倒酒吧。」他說。

「這裡是誰當家啊？」

「這次給你當，我累斃了。嘿，我去找點H（大麻），我們來狂歡一下。我想狂歡一下。」

我們眞做了。我拿著威士忌（我又改變主意了，每次都這樣）回來的時候，休吉已經起身，穿好衣服，臉龐讓爐火照得通紅。他一手拿著印度大麻和兩隻菸斗，菸斗放在天鵝絨上，像兩個大大的引號。他先拿了冰啤酒和洋芋片，之後又用烈酒和菸斗來犒賞我。起初，大麻菸吸起來很舒服，讓我們倆陷入清醒的恍惚。我往上看著自己的腦袋，它就像陽傘的內部一樣簡單清楚，卻又充滿了模糊的陰影。我們並肩躺著，卻又沈浸在各自的世界裡，朋友就是這樣。不過我們沒多久就開始焦躁了，於是，我和休吉決定玩遊戲。然而，喝了幾小時的威士忌，玩了幾手牌，我們又傻愣愣躺了下來。這時，我再次陷入憂慮之中。

「休吉，我很不快樂。」

「我也是。」他說，頭抬也沒抬。

我把玩著桌上的菸斗。「才怪，你的運氣那麼好，我很想像你這樣。」

他痛苦地說：「你可以的。」

我沒注意到他的語氣，因爲我從來不認爲休吉會有不開心的時候。我覺得，我們兩個認識這麼久，他要是到現在才變了個樣，我會很火大。憂鬱是我的天賦人權，不是他的。我舉起雙手，穿越桌燈暈成的光球，伸進黑暗裡，對他說：「我要你這間蠢房子，還有那些蠢女人。」我朝他揮揮手，接著說：「我要你的年輕長相，還有我這個年紀的人會穿的漂亮衣服，而不是……天哪，你看，我還穿著老爸的馬褲咧！」

他面無表情地抽著菸，說：「我不想談你的衣服。」

「你過得很好啊，大部分的人這輩子都是無精打采地繞著一兩個女人打轉，沒什麼值得開心的事。」我停頓了一會兒，估量自己這句話是什麼意思，接著我又看著他，說：「可是，你就算沒人愛，還不是過得很開心？」

喔，他抬頭了。

「麥斯，你閉嘴。」他說。

我笑了。「我說，誰會愛你啊？看看你這間南瓜屋。想像有個女的站在房裡，對你大吼大叫，你不要抽菸好不好？你腳不要碰絨腳墊！你的外套到底跑哪兒去了？不在這裡，你不需要。」我說著從陰影裡鑽出來，對他微笑。「誰會愛你啊？你這個沒人性的。」

他沒說什麼，只是轉頭向下望著爐床邊那一小片沒燒掉的信紙。信紙是白的，和青春一樣白。

「我沒力了。晚上可以睡這裡嗎？這次我不會吐。」

「不行，」他說完起身朝紙片走去。我想看的話，絕對可以看到紙片上寫了什麼，但我當時一點兒也不在乎。我太專注於自己了。紙片無聲無息進了火裡，休吉背對我凝望著爐火，說：「女傭每天早上過來，她會和鄰居嚼舌根。她已經覺得我很下流了，不需要你這個醉鬼躺在我沙發上。」我聽見他笑了。「再說，你一定會吐的。我幫你叫計程車。」

「我想念艾莉絲。」

「我知道。」

「是艾莉絲。」

「麥斯，夠了。」

「休吉，謝謝，我愛你。」

火光閃爍之間，我可以清楚看見他的身形，他愣了一會兒，我也是，我很想就睡在這張沙發上，睡在這個讓我開心的地方。爐火說著話，先是像個瘋子喃喃自語，之後一陣火光翻騰，隨即沈默下來。我的朋友站在暗處不動，身影泛著紅銅色的光芒，他輕聲低語，我聽不見他究竟說了什麼，三十五年後的現在，我還是聽不見。

想像力太強的人，才會看不出快樂深處的悲傷。悲傷和星辰一樣，他們的戰場放著光，人眼卻看不見。揣測別人的內心世界，需要工夫。

隔天早上，我幾乎記不得昨夜發生了什麼，休吉後來也不曾向我提起。我相信那段日子他一定聽我唏哩呼嚕說了一堆蠢話，卻還是原諒了我這個喝酒嗑藥的朋友。毋庸置疑。

爲人丈夫的第一天下午，他從火車車窗向我揮手。我猜，他是爲了愛而結婚，有一點吧，但主要還是出於恐懼，就和其他男人沒什麼兩樣。不過，我沒資格描繪休吉的內心世界。那天晚上我們聊過之後，沒幾個月，他就遇上現在的新娘，帶她乘馬車和有軌電車遊遍全城，在舊金山有名的老店「獅子狗」吃扇貝雞。不到一年，他就向她求婚了。期間，他一次也沒有問過我的意見，除了後來問我該挑什麼顏色的手套（我說過了，是黃褐色）。不過，男人眞是有趣：他們會大聲哀求，求你不要把他們留在酒吧，回頭卻二話不說溜去結婚，似乎覺得這件事和你一點關係也沒有。

休吉才剛結婚就收到入伍令，從軍到菲律賓去了。他長官只花了一個下午就從西班牙人手中奪下關島。同時，母親的工作也進展順利，主要因爲她腦筋動得快（她說，這是有遠見）決定專做內戰死者的生意。戴著舊蕾絲帽的婦女成千上百來找母親，她們坐在幽暗的起居室裡，聽母親召喚冷灣的恐怖景象：「五公頃多的土地上全是死人。媽，我也是其中之一……我雙腿都沒了。」她說得鉅細靡遺，常常嚇得那些婦女忘了付錢，還得隔天發信去提醒她們。

§

我二十五歲的時候，外表大概四十出頭：體型豐滿優雅，還蓄了油亮的鬍鬚，看上去和母親年紀差不多。其實在一八九五年，我和她在時光隧道裡相遇，彼此點點頭，隨即分道揚鑣，一個往老邁走，一個往年輕去。

我看著母親和米娜慢慢變老——一個髮髻灰白，一個巧笑盼兮——卻不明白，自己越來越接近實際年齡。二十歲的時候，我離年輕好遠好遠，現在三十歲，外表看起來已經和年少相去不遠。或許還不能算是青春燦爛，卻仍然按照我那古怪的方式繼續邁進。與此同時，我也獲得比往日更多的女士的青睞。她們會像好奇的孩子盯著我瞧，馬車上、有軌電車裡、商店櫥窗旁邊。過去，我總是把世人想成無聊的觀衆，只想看我的笑話，因此，我以爲這些女孩子注意我，只是看我奇裝異服，而她們粉紅如蘭的笑靨也只是因爲我人長得醜。我不知道，她們在背後偷偷談論我，也不曉得我的內分泌系統就像蠶背上交錯的細管，將我的醜陋一絲一縷織成年輕俊秀的臉龐。世紀交替，季節變換，我卻沒什麼改變，直到發生了一件幸運的悲劇。

§

蘭西太太，沒想到禁足還有這種好處，我現在總算有時間可以把當時發生的事情寫下來了：時間是一九〇六年三月，地點是費爾摩街的三分板上。那天早上讓我很意外，三月天竟然既溫暖又晴朗，沒有起霧，天氣好到穿越金門公園的民衆，走起路來都恍恍惚惚，輕飄飄的。馬車紛紛換上敞篷，穿著淡色夏裝外出散步的婦女隨處可見。這些衣服她們之前沒穿過，之後也可能不再穿。還有婦女穿著輕絲綢緞咧嘴微笑，卻——只有謹愼的女孩子——不忘帶著毛披肩，以防突然其來的意外。晴朗炎熱的舊金山早晨！你能想像嗎？那感覺就像你出於友情，買了一位無聊沈悶的舊識寫的小說，沒想到他竟然寫得那麼淒美、那麼令人著迷，你無法想像這本書會出自這樣一個乏味的人之手。

不過，街上的景色就跟其他事物一樣屬於往日，如今再也看不到了。運貨馬車載著貨物送給山上的有錢人。中國佬使勁挑著蔬菜在後巷裡穿梭，大聲喊著廚房裡的師傅。在那個美麗的午後，許多男男女女走出戶外。那一年，我也有了重大的改變：我總算把鬍子給剃了。我打著花色領結，頭戴圓扁帽走在路上，看起來就像個三十五歲的男人。我很開心，因爲（算一算就知道）我的的確確就是三十五歲。我有生以來頭一回覺得自己名副其實。

街上傳來尖叫。我猛一轉頭，帽子掉了下來：我面前一輛馬車，上頭載滿一家人，正要去野餐，後面山坡上一輛汽車煞車壞了，正直直朝馬車衝來。我記得馬車上的小女孩站起來，手指著後頭那輛殺人野獸：從夢裡來、從書本裡來、從胡言亂語的魔幻花燈秀裡來。我記得她草帽上的緞帶在風中打轉，像是蓄勢攻擊的蛇。我記得一片靜默中，那一家子全都站了起來，馬兒翻著白眼望著那輛殺人機器。我記得汽車駕駛因爲心臟病發，整個人往前趴倒，旁邊穿著男襯衫的女乘客用極其性感的姿勢，試著抓穩方向盤。可以想見，馬車上的母親攔腰抱住她的女兒，想把她扔到人行道上，而父親則是螳臂擋車般朝飛馳而來的汽車伸出一隻手。我沒看見那恐怖的瞬間。或許腦袋會自動幫我們把這類事情從記憶中洗掉。我只記得聽見一個聲音，但我實在沒辦法形容。

不過，我想說的不是車禍，我看過比這個更慘的，更難以忍受。那個晴朗的死亡午後之所以重要，是我轉過身去了。這個選擇決定了我的生命。我轉身不去看那一幕悲慘的景象，而是望著炎熱明亮、不可思議的天空。我見到一個鮮明的側影，炎熱明亮、不可思議：

一隻眼睛。明亮的棕色眼睛，眼裡映著死亡的倒影。閃著星光的女子的眼睛。

誰的眼睛？喔，各位，你們太粗心，太粗心了。

§

是艾莉絲。時間這不忠實的朋友，讓她改頭換面了。

時間沒有你們想得那麼殘酷，它做的改變非常非常普通。她站在街上，就在我身邊，她長高了，髮色變深、肩膀變寬、脖子變修長了，有柔軟的下巴，臉蛋飽滿、輪廓分明，完全擺脫了十四歲時的娃娃臉。和我想得一樣，她眼睛四周有著淡淡的眼紋，顯露著我從她少女時代就已經熟悉的種種表情。不過，我沒想到她會搽粉，臉色白皙。她鼻翼上有粒汗珠，像極了印度新娘鑲的鼻鑽。她不是我記憶中的女孩。我眼前的這張臉是那麼柔嫩飽滿，經受不起絲毫苦難，她痛恨的苦難、嗤之以鼻的苦難。艾莉絲不在這裡。裹著絨毛的柔嫩雙頰，澄澈的雙眼，眨呀眨的帶水睫毛，起伏不停、沒有胸脯的身軀，全都沒了。那柔嫩、粉紅，那女孩。

可是。可是，她有些地方雖然模糊了，有些地方卻更清楚了。夢幻的雙眸消失了，但十四歲時潛藏的清亮卻慢慢浮現出來，讓她有了全新的美。她已經不是美麗的十四歲少女了，不再將煙吹近我的嘴裡。她是個年過三十的女人。

「天哪！」我們倆同時叫了出來。那一刻，我還以爲彼此都是因爲重逢而倒抽一口氣。當然，我馬上察覺到，她指的是馬車上的小女孩，陳屍在橡膠和木材碎片之間。我轉頭看見有人跑去將鐵皮移開，汽車上的乘客已經下車站在街上，還有氣力接受年輕男子遞給她的外套，用它遮住撕破的裙子。馬兒壓在殘骸底下奄奄一息，只能無望地點點頭。我實在想不出來，有誰能夠得救。方向盤和輪胎一起滾了幾公尺便不停打轉，最後傾倒在路邊。現場只聽見驚惶失措的聲音……呃，可能還有另一個聲音：一顆冷血的心高興的聲音。

「來。」我說完伸出手，在這種災難氣氛下，我知道沒有人會拒絕。果然，艾莉絲望著我，瞇起眼睛，接著便用戴著手套的手牽住我，和我一起跑開了。我還來不及想自己有多幸運，總算找到她了。畢竟對虔誠的信徒來說，奇蹟並不讓人意外。

但你想想，這好運來得多麼意外啊：她竟然不曉得我是誰！

§

現在是我這輩子的魔術時光——只有現在，我的外表才和實際年齡相符——而上天就在這個時候賜下我最想要的禮物。我找到一間小茶館，紅色細粉牆、露天雨棚收攏，過往行人的影子映在黃色帷幕上彷彿峇里島的皮影戲。沒有刻意安排，我們倆坐下來叫了茶點，我還在驚訝自己的好運，因此一句話也說不出來。禮物就坐在我面前。這是我最後一次坐在艾莉絲面前，聽她在茶送來的時候，在霧氣蒸騰之間嘆息。她咬了一口蛋糕，我看著她，最後一次這麼近看著她，活生生地。我發現她耳邊有塊地方沒搽到粉，露出底下的皮膚——當年那粉嫩柔亮的皮膚。我們閒聊的同時，我在心裡感激萬分。要是命運賜給我一副永遠都在偽裝的軀體，要是這僞裝能讓我接近我的愛人，我心甘情願。這件事，她永遠不需要知道。你知道，她是不可能愛上我的。我發現她戴了戒指。

「我沒想到今天會看到屍體，」她說完淺淺地笑了，綻放出往日的光彩。「對不起，我知道我在胡言亂語，我只是很緊張。我出來買照相機，花了一個小時看遍所有機種，那個店員，他人很好，一聽我說相機是我自己要用的，就變得非常熱心，跟我說：『小姐，女生不能拿這一款，妳們手指太小了。』我聽了非常生氣，就從店裡衝出來了。我很火大，這傢伙太過分了……說的是什麼蠢話。就是那時候，我看見車禍。那時我正在氣頭上，腦袋裡全都是訓他的話，沒想到，唉。」

「那時候，我正在吃醃菜。」

「醃菜好吃嗎？」

「好吃。」

「你看，這些事是不是很特別？你早上醒來，還以爲一切都會很好。」

「是啊。」

「我的意思是說，你早上照鏡子的時候不會說，嘿，你要準備好喔，免得出門看到什麼恐怖的東西。」

「沒錯。」

我們同時望著茶杯，看著裡面的茶葉起起伏伏。我已經從母親那邊學會怎麼從茶杯裡看出一個人的愛情運，但我什麼都沒說，把茶倒掉。畢竟對我的艾莉絲來說，我只是個陌生人。

她吸一口氣，身子往後仰，朝四周望了望，說：「唉，眞怪，眞恐怖。跟你說，我得走了，眞是謝謝你。」

我慌了。她不能走，不是現在。艾莉絲已經結婚了，她的生活不可能和我有任何交集，我甚至連當她的朋友都不敢奢望。然而，光這麼見她一面，知道她沒什麼改變是不夠的。雖然我們常讓對方害怕，但我們對從來不愛我們的人要求其實非常少。我們不求同情、憐憫或痛苦，我們只想知道原因。

「妳應該再多坐一會兒，妳臉色還很蒼白，妳知道嗎？看起來快昏倒了。」

「看得出來嗎？」

「不是，我，呃……」

艾莉絲笑了笑，目光和我相遇——哈，我看到茶葉了！「發現自己變成什麼模樣，其實很可怕，我就是這樣，我是個會昏倒的女人。」晶瑩如水的笑聲。

「不，」我說：「妳看起來不是這樣。」

「我變成我以前很厭惡的那種人了，爛小說裡的女英雄。」她攤開雙手，又再笑了，彷彿她的命運已經完結了。她看起來根本不像那種女英雄：我親愛的艾莉絲穿得一身黑，黑襯衫黑裙子，亮白的領結，頭髮收在很男性的司機帽裡。她在喉頭的地方別了一只非常老式的胸針，我記得是她母親的。我知道那裡面鎖著李維夫人的頭髮。不過，她穿的外套我倒是從來沒見過：大翻領、剪裁合身、上面繡著東方阿拉伯式的藤蔓花紋。說它新潮還沒什麼，它其實就是怪。茶館裡其他女客都看著她，心緒不寧地竊竊私語。艾莉絲似乎沒有發覺，她用拳頭敲了敲桌子，說：「可是，我不應該昏倒的，我不是那種女人才對啊，我之前也看過別人死掉。」

「別想那個了，喝茶吧。」

她雙眼注視著茶館一角，心思飄到遠方，她說：「在土耳其——我幾年前去過亞洲——我看見一個男的中毒了，踉踉蹌蹌穿過街道，倒在毯子上死了。離我只有幾公尺。他整個臉都扭曲了，因爲……因爲痛苦吧，我想。回教女人痛哭流涕的時候是什麼樣子，你知道吧？」她模仿了一下，模樣非常嚇人，像痛苦的鴿子。「我那時可沒昏倒。」

「妳去過亞洲？」

「跟我先生去的，」她總算說出這個令人傷心的事實了。我不曉得她爲什麼留下來繼續和我喝茶，又爲什麼對一個陌生人說這些，但她繼續下去：「那個中毒的男的，我有時候會想他是不是自己服的毒，在薄荷茶裡放砒霜，爲了愛，我猜。但是，他沒想到中毒這麼痛苦，這麼恐怖，這麼蠢，一點兒也不浪漫。所以，這件事的教訓是：做實驗是要付出代價的。」她又笑了，銀鈴般的笑聲，接著——眞是太美了——她臉紅了。

我想從艾莉絲身上得到的東西不多，很簡單。我沒有要她愛我——這點我完全不敢奢望——我只要她回答一個問題，自從她消失之後，這個問題困擾了我好多年，都快把我給逼瘋了。我就像看表演的觀衆，魔術師把我的銀幣拿走，放進手帕裡變不見了，我不會要他把銀幣還我。我只想知道她是如何辦到的。我想知道，艾莉絲這些年神祕失蹤，都躱到哪裡去了。

她還沒說完：「你知道，我覺得我需要的不是茶，喝茶還不夠壞，現在是做壞事的時候，你說是吧？經歷了這麼恐怖的事情之後。」

「我沒做過什麼壞事。」

「那是因爲你是男人。對女人來說，每件事都是壞事。他們這裡應該沒賣酒，對吧？」她揚手招來服務生，要他送一杯酒來。他們不賣酒，這裡是茶館，再說（服務生的表情似乎在說）她是女士，而且現在才下午。艾莉絲似乎生氣了。

我說：「我們可以去別的地方。」

她蹙眉，隱隱含著怒氣，說：「不用，算了。反正這裡沒人認識我，你和我又完全陌生，我決定抽根菸。你別嚇到喔，不然我會瞧不起你。還有，別跟我媽說。」

「我不認識妳媽，我不會說的。」

「妳眞好，」她說。我幫她點菸，這時候，她注意到我的打火機，這是很久以前，休吉送我的，上面刻了一葉睡蓮。「這打火機是花卉溫室的嗎？」

我把玩了一下打火機，再讓它溜進背心裡，說：「我，我想是吧。這是別人送我的。」

「嗯，那間舊溫室。不知道你曉不曉得，維多利亞女王蓮還在嗎？它還會開花嗎？」

「我有一陣子沒去那裡了。」

艾莉絲望著茶，表情似乎凝住了。她低低地用只讓自己聽到的聲音說：「我走了好久……」

說完，她便縮進心裡的某個角落，讓我跟不上。此刻，她臉上的表情，對我來說眞的是完全陌生。

但艾莉絲的改變，並沒有讓我傷心。她之前的愛人可能看著這個美人從十四歲長到三十二歲，各個階段都像現在一樣充滿奇特而憂思的表情，對於她所失去的感到淡淡的哀傷，但我卻沒有悲哀的感覺。因爲我與衆不同，我知道她有比表面更深的東西——除去她的眼睛、聲音和喜悅之外——是時間過濾不掉的：我記得她無聊的時候，會刻意輕輕咳嗽。我知道她會用大茴香的種子來掩蓋煙味。我曉得她心煩的時候，沒被衣服遮住的那三節脊椎骨會微微顫動。我知道她眼皮在跳，就表示她被某件蠢事惹毛了。我記得她在開懷大笑之前，眼角會先泛出淚來。我還記得她夜裡的顫抖哭泣，洗澡唱輕歌劇的聲音，記得她會咬手指和熟睡時的鼾聲。我知道的事，我認得的艾莉絲，是時間動不了的。

「奇怪，我覺得你很面熟，」她說：「你也是本地人嗎？」

「我這輩子都住在這裡。」

她眼睛瞪大了，說：「你該不會住在南園吧……」

「沒有，」我撒了謊：「我住使館區。」

我腦袋想也沒想，就把南園、外婆、父親、母親、米娜和其他一切給抹除了。我當下就這麼做了，毫不後悔。其實，把麥斯殺了，我反倒鬆了一口氣。這是我第一次殺人。當然，艾莉絲什麼都沒發現，就連桌上她面前這雙沾滿鮮血的冷靜的手都沒注意。聽我回答，她的臉反而亮了起來。

「使館區！你認識一個叫休吉的男孩子嗎？」

「印象中沒有。」

唔，我最好的朋友也再見啦。我們腳下都是屍體。

「喔，」她吸吸鼻子，搖搖頭說：「呃，我不常去使館區，我想它已經不在了吧。」

艾莉絲，妳對待人類總是那麼開朗又周到。那時候，妳每天下午放學回家，有個老鄰居會對妳微笑，妳難道不認得他了嗎？那個安息日幫妳泡茶的老騙子？那個某天夜裡把妳摟在懷裡，味道（我猜）像菸草和萊姆酒的鬍鬚騙徒？我想妳一定以爲，那個老怪物要不是死了，就是在南園自己的房裡奄奄一息。這會兒在茶館，坐在妳面前的人他誰也不是。

「可是你看起來很……」她迷迷糊糊地說。

「妳說妳離開很久了，妳之前住在這裡嗎？」

「我是在這裡出生的。」

「後來搬走了？」

「嗯，」她說著輕柔地舉起杯子，彷彿要保護它似的。「我十四歲的時候搬走的。」

「十四歲啊，那還很年輕嘛！」我說。

她咯咯笑了笑，說：「是啊，沒錯。」

「妳去哪兒了？」

「什麼？」

我覺得心臟都要跳到喉嚨上了。「妳搬去哪裡了？」

艾莉絲似乎發現我聲音太大了。竟然問這麼多問題，這個莫名其妙似曾相識的陌生人。不過，她大概覺得反正沒什麼關係，便對我直說了。

而我聽了只說：「哈，西雅圖！」

「我或許就是在那兒看過你的，那地方不大。」

「不可能，我去過最遠的地方是奧克蘭。我老覺得西雅圖很奇怪。」

「西雅圖很奇怪？」她興味盎然地問。

「妳爲什麼搬去西雅圖？」

她手指緊緊按著下巴，思索了一會兒，臉上浮現一絲渴望，但隨即消失了。「去找親戚，」

她說：「我舅舅是做零售的，克隆代克的生意都是我們包的。你可能聽過我們的名字，叫庫柏和李維公司。」

庫柏和李維。她難道不曉得自己的藏身地點就貼在每間劇院和下流酒吧外頭的海報上，等著讓那個骯髒的壞胚發現嗎？而我也確實看到了。我發現「李維」這個煩人的名字每天晚上都對著巴貝里海岸的男人大聲嚷嚷，但卻無動於衷。直到此刻在茶館裡，我才明白自己當初得到了什麼——就貼在我的眼前——我想要的關鍵線索。我當時太傷心了，才會沒看出來。

我沒多講什麼，只跟她說：「我聽過這個名字。」

她笑了，搖搖頭說：「唔，那就是我們家。」說完眼睛望著茶。

「再多說一點。」

艾莉絲再從手提袋撈出一根菸，傲慢地塞進嘴裡。我伸手遞火給她，她仔細審視我的臉龐，說：「我可以跟你聊到這根菸抽完，之後我就得走了。」她說著把菸湊進火，同時將臉湊近菸，之後她把我不在她身邊這些年發生的所有事情統統跟我說了：

「我和母親一起到西雅圖去。船靠岸了，鎮上都是煙。放眼望去，只有帳篷和燒過的房子，大部份地方一星期前才失過火——這就是西雅圖。我舅舅的店沒事，我們跟他合股做生意的時候，正巧趕上阿拉斯加淘金熱。我試試看自己還記不記得。」說完，她的語氣立刻變成標準的管理員腔調：「玉米粉、全粒乾豆、扁豆、鹼液、煙薰乾香腸，還有雪橇，全都特價拍賣哦。」

「不賣狗嗎？」

她笑了。「不賣，狗得自己找。幾千個人放棄原本的生活到那裡去，就想挖點金子，成天做著美夢，實在……呃，實在很無聊。我常常躲在麥穀袋後面看書，或是和我最好的朋友溜出去，兩個人騎著一輛骨架搖搖晃晃的腳踏車——有回下坡的時候，還遇到美洲獅咧！牠嘴邊有綠色的羽毛，可能剛剛才把誰家養的鸚鵡給吃了。我記得自己當時心想，鸚鵡眞可憐，儘管如此，牠見的世面還是比我多。總之，大部份時間都很悶，常常下雨又悶。不過，我很幸運，在那裡遇到我丈夫，接著就把店裡的工作辭了。又過幾年，我和母親把店賣給好市集（Bon Marche）超商，之後就搬回這裡了。」

菸少了三分之一，發出輕微的爆裂聲。我發現她漏了一個細節，便問：「那妳先生呢？」

「他沒過來。」

「爲什麼？」

「他已經過世五年了。」

§

「妳先生過世了，我很抱歉。」

她摸摸母親的胸針，我這才發現之前瞎了眼一直沒注意的東西——黑裙子、黑邊手帕、黑玉耳環——她是個守喪多年的寡婦。我的心在胸腔裡活了過來。

「他是大學教授，因爲他，我才算見過一點世面。土耳其、中國，我還去上了大學。」

「妳唸過大學？」

她整張臉突然因爲生氣而僵硬了，她往後靠，說：「你覺得，女人上不了大學嗎？」

「不是，我覺得很棒！」

冷冷地：「我菸快抽完了。」

我卑微地笑著，催促她繼續講下去，在我擁有她的這一點點時間裡。「在菸熄之前，跟我說說你的先生，告訴我，拜託。」

她說，是結核病殺了她先生。卡洪教授，她滿臉于思的丈夫，受人尊敬的人類學家，死的時候才四十歲。她說這話的平淡語氣讓我訝異，心裡有了非分之想，但我隨即明白，這是因爲她過去五年來幾乎每天都在說這件事。她在翻領上的胸針裡放了他的頭髮，到猶太教堂替他禱告，她仍然是他可愛的守寡妻子，但時間至少將她語氣裡的顫抖拿走了。

「他以前常常穿短襯衫散好久的步。」我沒問她就自己回答了。

「他不可能知道的。」我能想見，可憐的卡洪教授被人用馬車載到馬廄，弄了當時常用的偏方要他服下：用錫杯喝熱血。我能想見，醫生和他們手上的魔幻器具和塗塗抹抹的膏膏藥藥。我敢說，臥病在床的卡洪仰頭望著年輕的妻子，肯定恨透了自己，幹嘛要在冷天出去散步找死，恨透了自己死期來得這麼快，失去許多能讓妻子臉蛋照亮的時光。人花太多時間在自己心裡兜圈子。他粗嘎喘氣的時候，艾莉絲一定伸手理了理他額頭上的頭髮。這是第二個在她面前死去的男人。

「最可憐的是我沒生下半個孩子，可以想念他，」她對我說：「那時，我就準備離開西雅圖了，母親也是。」

「你懷念之前在那裡的生活嗎？」

她眼裡出現異樣的神情，把菸按熄，說：「那已經過去好一陣子了，我待在那兒很無聊。謝謝你的茶，」艾莉絲起身，拿了洋傘和A＆P超市的袋子，說：「我眞的得走了。」

一分鐘之後，她永遠離開了我的生命。

我的意思是，當時我的腦袋瘋狂打轉，飄過許多念頭，想找到留下她的方法。艾莉絲站著，姿勢很奇怪，她注視過往行人在窗簾上的影子，這時出現了一個奇怪的身影，是個戴怪帽子的男人。艾莉絲似乎看呆了，這中間我話都沒停，說我很抱歉耽擱了她一天，說外頭有點冷，說她可能不希望遇到警察，我東說西說就爲了留住她，但她已經留下了。跟我沒關係，她根本沒在聽我說話。她小心翼翼地將窗簾捲上桿子，陽光融化了她的臉。

「妳還好吧？」我問。

她對著窗外的景象微笑。外頭站了個年輕人，頭戴老式的圓頂窄邊禮帽，正和三個從電話轉接中心下班回家的「哈囉女郎」聊天。她從這幅極爲平常的年少場景中回過身來。

「這世界著了魔了，」她說完對我淘氣地眨眨眼：「不是嗎？」她笑了，不停地笑。我愛她。她拿起一只手套，張手戴上。「你別一副氣急敗壞的模樣。你想再和我見面，那沒問題。不過，你實在很粗魯。」

「啊？是嗎？」

她一臉狡黠，說：「嗯，我叫什麼名字？」

「艾莉絲。」

她嚇了一跳，我立刻發現自己犯了錯，但已經太遲了。她打量著我，說：「我還想說你怎麼都沒問咧，沒想到……你是怎麼知道的？」

「妳剛剛說妳先生叫妳艾莉絲。」

她眨眨眼，一片靜默，我坐立難安，彷彿坐在候客室外頭，等人家過來招呼我進門。不過，她一下就回話了：「喔，那別人都怎麼稱呼你？」

這時，之前讓艾莉絲看得入迷的「哈囉女郎」又來打擾我們了。她們三個擺脫了街上搭訕的年輕人，這會兒正說說笑笑，洋溢著我記得自己在她們這個年紀所沒有的生命力。按理說，她們這麼吵，我應該會很火，但她們大聲說話反倒給了我一些時間。我是個殺人兇手，但還沒想到化名，也找不到不在場證明。她們三個對緞帶和食物的恐懼，似乎讓艾莉絲很生氣，也很著迷。不過，身穿同款襯衫裙子的這三個女孩子，最後總算走進小房間裡，安靜下來看著菜單。而我眼前這位應該算是陌生人的女士，我一生的摯愛，這時也回過頭來，看著我。

「我是艾斯加，艾斯加・凡達勒。」

她很沒禮貌地笑了，接著遞給我一張名片（艾莉絲・李維・卡洪）同時鎮靜下來，說：「再見，艾斯加。」說完便轉身離開了。

「再見，艾莉絲。」

門開了，陽光照在門上，亮得我眼睛一花，而她就這麼消失了。屋子回復成之前的模樣，只留下黃樟和髮水的味道。但我體內的一切全都變了，不僅因爲我終於找到我那流浪在外的美麗猶太女子，更因爲我從現在開始想見她多少次就能見她多少次——我狂亂的心想的是永恆——而她永遠也不會知道，我就是之前愛她愛得要死的那個怪物。

至於我的新身分「艾斯加・凡達勒」嘛，扮演自己以外的角色，我其實不陌生。比方說，父親的角色。我想像，年少的父親站在遊樂園裡青春洋溢地微笑著，看女孩子，朝天鵝丟全麥麵包。在改名之前，我丹麥裔的父親渡過了一段歡樂歲月。艾斯加・凡達勒。我絕對有資格繼承他的遺傳。畢竟，我和聖徒一樣倒著過日子。我和他們一樣，認爲自己的任務就是替世界追回它所失落的一切。

我總算變成全世界最幸運的男人了。從過去到現在，誰有這樣的機會：再愛一回的機會？這感覺就像天方夜譚。靠著身體的僞裝，我可以接近往昔的愛人——她要是知道我是誰，絕對不會接受我——再試一次。而且，這回比上次更好，她不認得我，但我卻可以靠自己過去對她的認識，贏得她的芳心。名片上說她每週三和週五會在，現在到星期三簡直就像永恆那麼久。這次會和上次不同，我會讓她愛上我。

§

寡婦艾莉絲名片上寫的地址很容易找，我看了卻嚇一跳。她跟我提過，她們家在克隆代克擁有的財富，但我沒想到她們能在凡尼斯買下兩層樓的宅第，其中一層還裝潢得特別誇張。基本上是垂直方格的組合，全都是白色的，每扇窗和每個隅石都有俗麗的裝飾和弧形雕飾，另外還有建築師口中所謂的「觀景樓」（其實是以訛傳訛）。我拿著帽子在街上站了一會兒，我覺得自己知道過去的艾莉絲的每一面，沒什麼能讓我意外，然而，看到她家卻讓我有些難過。這是有錢的艾莉絲會買的房子嗎？我沒有自誇的意思，但我覺得我們在南園的房子應該更像她失落的樂園才對。那房子是我外公建造的，石頭建材、線條質樸，充滿早年舊金山的那種老式優雅，之後就再也沒看過了。我無法想像艾莉絲會像約拿一樣，住在這隻大鯨魚的肚子裡。我之前幻想她是落魄女公爵的女兒，辛勤工作就爲了買回童年失去的事物：銀飾、裝潢和藝術品。她就和我們這些生活殘破的的人一樣，試圖讓死者重生。

我在門上的中世紀雕刻找了半天，才發現門鈴——原來就是某個聖人的頭。我等了一會兒，一個很肥的黑女人走出來，臉腫得像是剛剛被人摑過一樣。

「有事嗎？」

「夫人在嗎？」

「誰？」

「夫人。」

她要我稍候，便丟下我一個人在大廳裡離開了。我坐在長板凳上，很快地瞄了一下卡片匣，看看我之前還有誰來拜訪——從名字看來，有幾個猶太婦女，就這樣，沒別人了。所以，至少這回我坐到的椅子，之前沒給其他紳士——比我更帥、更有錢、更容易讓人傾心的紳士——坐熱過。我起碼有點優勢。另外，我還有餘裕打量這個地方。房裡比屋外低調，不過怪的是有些自相矛盾。又老又破的書塞在櫃子裡的玻璃杯後面，頭頂上的枝形吊燈顯然是插電的，大廳卻靠玫瑰色的煤油燈照明（現在想想，那眞是很不尋常）。這時，黑女傭從另一扇門走出來，瞪著我作勢要我進去。我微笑著點點頭。

誰都懂得做一些小動作讓自己變得更英俊、更好看。我整整姿勢、袖口、外套和鞋子，這才走進起居室，結果又嚇了一跳。頭上別著蕾絲坐在椅子上的不是別人，是我最初的愛人李維太太。

§

「你是從俱樂部來的？」

「抱歉，您說什麼？」

「我跟他們說過，我只付半額。拜託！我不打網球，又不游泳。老女人泡在水裡像桶子裡的醃黃瓜一樣咕嚕冒泡，你能想像嗎？我每個月只去那裡吃一次晚餐，而且除了湯和魚之外，我都不吃。」

「我不是從俱樂部來的。」

李維太太狡猾地笑了笑，用手指抵著臉頰，說：「眞可惜，他們應該多雇用一些像你一樣英俊的年輕人。」

她老了。頭髮已經接近花白，燙成鬈髮紮成高高的髻。其中幾綹頭髮特別白，顯然是假髮。髮髻上頭別著近乎古董的蕾絲，表示她已經甩開美貌的考驗了。她沒穿緊身搭，上衣的荷葉邊體貼地遮蓋住已經變形的身軀。她不再是我過去在許多月光皎潔的夜裡在花園裡所擁抱的人了。她顯然很享受年老帶來的特權，想吃什麼就吃什麼，不用擔心。鑲著珍珠的高領遮住了她的脖子，領子上方是兩條晶亮亮的帽子垂片。她的耳垂掛了兩串重重的珠寶，像個非洲女王。

她的臉龐比我印象中的寬，可能因爲習慣，雙頰搽得紅嫩嫩得有點假。她的雙眼冷酷而幽暗，雙唇薄得讓我幾乎無從發現，記憶中她曾經用這雙唇對我年輕的耳朵溫柔低語的痕跡。老實說，我覺得很反感，她的美已經一絲不剩了。李維太太在南園的時候，穿著非常符合她的年紀，現在卻似乎厭煩了內斂的服飾，結果幾乎變成笑話——既像女伯爵，又像憔悴的交際花。我突然明白，這棟怪房子是她選的，是她的品味。也許人到了某個年紀，想像力就用完了。

「您是艾莉絲的母親嗎？」

她說：「啊，你找的夫人不是我，對吧？這房子裡住的都是寡婦，貝西也是，願主保佑她的靈魂，她也守寡五年了。她先生在喬治亞州一場礦災裡喪生了。她眞是讓人驚奇。」

「您的房子很漂亮。」

「你說錯了。不過，我很喜歡裡面的房間。我幾乎足不出戶，所以從來不曉得這房子從外面看來是什麼模樣。年輕人，別擔心，你不用跟我這個老女人聊很久，艾莉絲很快就下來了。我要她上樓去換衣服，因爲有紳士來拜訪了。」

「跟您聊天很開心。」

「這可愛的孩子說他很開心！我眞是受寵若驚啊！眞是太莎士比亞了。」聽她這樣跟我調情，我幾乎不能呼吸。她的眼睫毛充滿希望地眨動著，映在雙頰上閃閃爍爍。不過，沒什麼好擔心的。她根本就不認得我。「你叫什麼名字？」她問。

「艾斯加・凡達勒。」

「凡德……」

「凡達勒。」

「伐搭勒。」

「凡達勒。」

「親愛的，我根本不在乎你姓什麼。我認得你嗎？反正，在艾莉絲來之前，我就和你把話說清楚吧。」

「當然。」

「首先，艾莉絲從裡到外都是猶太人。我不希望你跟她走得很近，卻因爲某個該死的理由抽腿走人。」

「那對我不重要。」

「還有，我的錢全都會捐給猶太教育聯盟，這是艾莉絲的心願。她很信任社會福利團體，我只好說我也是。搭勒先生，我實話實說，艾莉絲只會拿到我身上的珠寶。」

「太好了。」

「你說我嗎？呃，過獎了，」她輕柔低語：「不過，要是你想發財，就不應該來這裡。」

接著，我犯了個大錯。我當時感覺就像在店裡偷竊成功的扒手，心情輕鬆忘了防備，我說：

「李維太太，老實告訴您，我並不富有，我只是個店員，在班克拉夫工作。」

她輕鬆調情的心情消失了，隨即換上過去那副臉龐，二十年前寫玷污身分的信給我的傷心寡婦的臉龐。「班克拉夫？」她低聲說。悲傷爬滿她臉上的皺紋，但她眼裡燃燒著某種神色，是隱藏的憤怒，也可能是某種希望，我比任何人都要清楚。這麼多年下來，我們倆的改變竟然那麼少，真讓我驚訝。她小心翼翼地挑選辭彙：「我認識一個人，他也在那裡工作，應該是在你之前吧。」

「他叫什麼名字？」

「提弗利，麥斯・提弗利先生。」

「麥斯・提弗利。」我說。

「你聽過他嗎？」

不騙你，我差點就招了。我差點就向她坦白一切，讓她原諒我。如果我真的說了實話，或許接下來就不會做出那些錯事了。然而，我選擇了另一種體貼。我撒了她想聽的謊：「他在我去之前就死了。」

「喔。」

「有人說是謀殺。」

我發現她微笑著的嘴角在顫抖。「真慘。」

接著，她之前的快樂表情又（像條橡皮筋）彈回來了。「我要閉嘴了，我女兒來啦。別把我們剛才說的話告訴其他人。」說完她轉過身去（我的死讓她這麼高興）大喊：

「艾莉絲，妳到底在穿什麼東西？」

§

我眞希望自己能記得那天早上的所有細節。我記得，我們三個在起居室裡坐了一會兒，談論政治，艾莉絲聊得非常起勁，最後她母親終於轉身跟她說：「前卡洪太太，給我離開這間房子，妳不需要監護人了。」艾莉絲微笑著說：「前李維太太，我走了就只剩妳孤家寡人了。」那老女人搖搖頭，說：「前卡洪太太，我最喜歡一個人了。」她們的對話方式實在很奇怪，嘲弄對方守寡的感覺很病態，讓我想起當年幫她們生火的夜晚，看她們試穿正式服裝，或玩猜字謎遊戲，或幫對方畫素描。有那麼幾秒鐘，我眞是忌妒她們，因爲我發現有一部份的艾莉絲，是我永遠無法得知的。她將自己的這部份完全獻給了母親，她們當初是爲了愛而離開舊金山，但這個愛是她們彼此之間的愛，絕不是對我。

「妳拿到相機了嗎？」我們走出屋外的時候，我問她。

「什麼？」

「我遇到妳之前，妳不是要去買相機嗎？店裡的老人說妳手指太小了。」

她狡猾地笑著說：「我手指雖然小，但還沒有小到不能遞錢給他。」

「所以，妳買了？」

「嗯，我買了。」

「妳拿相機都照什麼？」

「我想拍什麼就拍什麼。從這裡走，那裡有條隱密的階梯通往富蘭克林，我想要是玫瑰花開了，一定很神祕。」她伸手挽住我的手臂，有一搭沒一搭地聊著她心裡想的事，帶我到她的祕密花園。

我很高興能告訴你，她愛上我了。我們在凡尼斯的宅第和馬車之間穿梭，籬笆擋著我們沒辦法走進私人花園，粗俗的石頭擺設和鑄鐵尿童像——她覺得陽光太刺眼，抵擋不了，便在一棵百年老樹的罕見大花底下親吻了我。不過，我想這種事你比我更清楚。我們再怎麼樣都只是陌生人，因爲意外湊在一起，聊完汽車、死亡和彼此當時的震驚之後，兩個人只能低頭散步，尷尬的沈默持續了很久。我試著回想，自己過去偷偷得知的關於艾莉絲的一切，不時找她能聊的話題聊，但我想她多半時間都覺得很無聊。

我很想跟你說，她就像我記憶中的那麼完美，但她不是。茶館事件讓我欣喜若狂，覺得所有關於她的一切都不曾因爲我而改變，她從回憶的墓塚裡爬出來，被愛情保存得完好無缺。然而，陽光和悲劇的消逝改變了一切。艾莉絲還是很可愛，就算穿著定做的明亮「居家服」戴著像纏頭巾的古怪小無邊帽也一樣。她身上有很多地方都沒有變，然而有些習慣，女孩的時候有，感覺很可愛，長大成人之後還有，可就不一樣了。比方說，她強烈的情感過去就像是她性格的註冊商標，象徵她的獨立，但現在從一個三十二歲的女人嘴裡說出來，就顯得有點可笑，感覺語氣更酸，更沒有禮貌。她會抱怨郵差搞混她的信，抱怨濃霧，抱怨有錢的蠢鄰居，還有他們養的狗。感覺全世界煩人的事都是衝著她來的。

時間一分一秒過去，我發現其他出乎預料的改變。

「妳還是覺得我很眼熟嗎？」我問她。

她檢視了一下我的臉。我還是沒辦法相信，她在我身上找不出任何過去的麥斯的痕跡。

「沒有。」

「一點也沒有？」

「我搞錯了，我星期六那天情緒有點激動。」

她說星「迄」六。我親愛的艾莉絲過去母音怎麼唸都輕不下來，但我猜西北部的生活和婚姻是很有影響力的。就是這個，還有她的強烈情感。這些改變其實非常小，不仔細觀察根本不會發覺。畢竟，聽交響樂的時候，我們也不會要求作曲家完全照章行事，反而欣賞他的變奏技巧。我之前一直以爲自己徹底了解艾莉絲，也會愛上她的任何改變，無論是大是小，因爲就像交響樂一樣，她的內在深度是永遠不變的。不過，這個說法有個漏洞：我愛的艾莉絲必須永遠不會老，儘管如此，她還是會變的。她已經吃了苦，燒毀的城市和垂死的丈夫，誰知道還有什麼？我們不能怪罪時間留下的傷痕。或許艾莉絲有地方改變了，不過當時在茶店裡狂喜的我並沒有察覺。

我們回到她家，站在布滿鑲嵌玻璃木格的門口的橢圓形弧道上，我很慌，感覺就像岩石崩落沒有抓牢的登山客，不是因爲我讓她覺得很無聊，甚至很陌生，而是因爲我這些年來狂戀深愛的這個人變了，雖然變化很不明顯。我不知道，這樣的改變是無足輕重，還是至關重大。沒有人因爲沒人愛而死掉，但我可能會是一個，要是情況不妙的話。我不停地問自己，就連她很認眞對我說話的時候，我還在問。

「好了，艾斯加，你說吧。」

「說什麼？」

「你心裡有祕密，全身上下都看得出來，你不敢告訴我，你想的全是這個。我跟你說，和有祕密的人在一起最無聊了。抱歉，我說話有時候很不得體。」

「我——」

「拜託，你跟我說，放下它。」

「可是，沒什麼好說的啊。」

她瞪我一眼，喊了我的眞名：「麥斯・堤弗利。」我嚇死了，感覺四周突然沒了氧氣，直到她說：「我好像聽見你在樓下提到他，是吧？我母親說了什麼？你不可能認識他，他太老了。她可能沒跟你說，她當年有一點愛他。」

我總算喘過氣來，我眞是個幸運的賊啊。「很抱歉，她沒跟我說，我也不算認識他。」

「他傷了她的心。我那時還是個小女孩，發生一件意外，母親和我只好離開。他在我們家做了點壞事，所以我們絕對不提他的名字。」

「對不起，我很抱歉。」

「你幹嘛要道歉？我只是解釋給你聽。你之前問我們爲什麼離開舊金山，這就是爲什麼。你現在知道啦。」她小心翼翼檢視著我，好像要把眼前的景象牢記下來，彷彿再也不會見到我似的。「謝謝你，艾斯加，和你散步很愉快。」

「是很愉快。」

「嗯。」

「艾莉絲，我很感謝妳陪我。」

「我很開心。」

想要破壞這一刻的人才會說出這麼普通沈悶的話。或許我剛剛說的就有這樣的效果。我想到自己保留眞心這麼久，經過這些年，硬把眞心塞進胸膛，用甲醛封著，現在卻發現它太悲傷而枯萎了，再也沒辦法運作，我想著就覺得難過。但類似的故事稀鬆平常，莎士比亞不就提過一座死去多年的女王的雕像，在哀悼的國王眼前復活嗎？國王非常高興，徹底悔悟，但他隔天做了什麼？他記得女王梳頭的時候，唱歌五音不全嗎？他記得她尖聲吆喝僕人嗎？我站在門口，覺得重回記憶與悲傷的過去要比面對眞實、活生生的愛人容易多了。

我們對笑著，表情僵硬，我發現手杖靠在她身邊。我內心困惑不能呼吸，只能點點頭向她道別，伸手去拿手杖。

艾莉絲臉色一變，伸手扶著欄杆，眼睛直直望著我，我從來沒見過她這副表情。她瞄了我一眼——尖銳得難以承受的一眼——轉身發現我已經把手杖拿在手上了，她整張臉垮了下來，我完全無法理解這是怎麼回事，她的目光，還有雙頰笨拙地發紅。突然，我懂了：她以爲我會吻她！

艾莉絲閉上眼睛，低聲說了再見，便蹣跚地走進屋裡，而我只是呆呆站著，身體裡所有血管都在顫抖，爲了不可能發生卻發生的事像豎琴般錚錚作響。是我誤會了嗎？我不是在她眼中見到一樣的肉欲？只是我一向將它掩藏起來。艾莉絲，妳讀到這裡會原諒我的殘酷吧，但我當時眞的覺得這些年來，自己的運氣增加了整整一倍：我變得太英俊太難以抗拒了，而妳這個渴望嫁人的寡婦跟我走了那麼多條巷弄，就希望我能碰妳。妳就承認吧，反正我已經死了：妳要我吻妳。就算妳進到屋裡，還是希望我吻妳，妳靠在闔上的門邊無法呼吸，心跳得飛快，彷彿毒蛇在壓擠毒囊。妳閉上眼睛，還是能見到我的臉龐。

親愛的，戴腳鍊的足踝和夠格跳康康舞的美腿，都沒有妳在我面前顯露的羞恥來得性感。我大大鬆了一口氣，一切全都和過去一樣，甚至變得更好了，因爲所有的所有全都一股腦地回來了——心裡的冷酷和腦中的鈴響——渴望妳，要妳的恐怖。

§

讀到這裡，精明的讀者肯定會很納悶，我怎麼會自以爲能夠金蟬脫殼。假扮成某個人混過一頓下午茶或一趟馬車是一回事，整段感情都瞞著對方，甚至希望自己和艾莉絲在一起都不會被拆穿，完全是另一回事。我也許可以改變長相和說話的方式，討她歡心，然而，眞實的我要是始終埋在地板下，她要怎麼眞的愛上我呢？不過，我也聽說過婚姻幸福的妻子不曉得丈夫其實還有第二個家，或是丈夫非常喜愛妻子的金髮，卻不知道那是從藥劑師那裡買來的假貨。或許愛情裡就需要謊言。不多，只要一點。想當然爾，我不是第一個假扮別人引誘女人的人。不過，接下來幾個星期，在我追求艾莉絲的時候，這些想法顯然都不曾在我心中出現過——我造訪寡婦之家，跟艾莉絲和她母親待在家裡，面對她們的無知微笑著——但我也不認爲自己能一輩子僞裝下去。但心是沒有計畫的，不是嗎？不過，我唯一擔心的麻煩就是休吉。

他一點兒也沒有因爲結婚而難過，他很穩定。我想這讓他開心，可以這麼說。或許婚姻重重的像個書鎮，不讓心隨風在房裡亂飛。我們不但沒再去過巴貝里海岸——反正，我們太老了，再說那地方當時已經快要沒落了——就連一塊兒出去都沒了。不過，我倒是常常受邀參加休吉夫婦舉辦的晚宴。他們在歐法瑞買了新房子，比南瓜屋合適多了。晚宴上，一桌都是英俊聰明的有錢人，我坐在他們中間，被他們的衣服和機智嚇得不敢說話，直到我發現他們都沒有想像力，他們的意見和衣著都是從雜誌上照抄來的。休吉跟這群人在一起，感覺特別自在，但我總是很緊張，酒喝太多。他們的把戲我玩不來，但最讓我難過的是看這些光彩奪目的無聊傢伙越過酒杯，跟休吉竊竊私語，是聽見他們意在言下的笑聲，曉得在他們已經取代我在休吉心裡的地位。不過，他們至少是一群人才做得到。

然而，應該是他妻子取代我過去在休吉生命裡所扮演的角色才對。她很年輕，很親切，聰明美麗，從來不假裝自己比實際上更聰明、更懂得流行。她對我也很好，但我們很少獨處，她總會找理由離開房間，或去招呼其他人。她說，她覺得應該讓我和休吉在一起，但我不認爲如此。我覺得，我不知怎的就是讓她害怕。總而言之，直到艾莉絲重新回到我的生命裡，我幾乎沒再見過休吉和他妻子。他們的生活被家庭佔據了，沒錯，就在新世紀來臨後不久，我們的小休吉有了兒子。

當時，我不了解親愛的好友在幾輪威士忌和白脫牛奶之後，撫摸稚子臉龐，臉上爲什麼總會浮現溫柔的表情。我也搞不懂，這個聰明的傢伙聽妻子說「從天而降的天使」的時候，爲什麼聽得下去而且面帶微笑。我無法想像，休吉爲什麼相信只有他兒子能爲世界帶來驚喜，彷彿其他小孩，和他兒子一樣充滿希望的小孩，都還沒出生，或者不會成功，或是變成像我們這樣的大人，只會將希望寄託在下一代，卻永遠不曾實現。

不過，山米，那是因爲我當時還沒有爲人父親，不知道兒子誕生會帶來什麼影響。比方說，我和你今天用側邊寫著「冰點牌」冰箱的舊箱子，在忍冬和黑莓樹之間蓋了一座碉堡。在碉堡裡，我們無話不談，碉堡跟我們身體差不多大，我們並肩躺著，頭下枕的是森林裡冰冰涼涼的長野草。我感覺草刺著我的臉，底下是溼潤的泥土，帶著血味。一陣強風吹得葉子翻轉過來，有隻蟲子停在上頭，一隻褐色的蝴蝶，牠飛錯了方向，這會兒被風吹得離目的地越來越遠。「天哪，眞無聊。」你說完就笑了，接下來半小時再也沒有開口，像隻絕望的鳥兒。爲什麼我這個做父親的會忍不住啜泣呢？

人沒有權利阻礙朋友的幸福，我要是覺得休吉像尋求宗教的人，發現了已經有很多人實踐過的生活，我不會把他拉到一旁斥責他。我一向覺得，他是個了不起的人，有資格過著了不起的生活。不過，眞正需要偉大生活的也許是普通人，我們其他人需要的，只是從平凡中得到慰藉。休吉從前和我過得很開心，但我發現他現在總是不快樂，就算我在他身邊，他還是非常非常孤單。因此，我決定不去打擾他的新世界。我想，可能是因爲忌妒吧。

因此，我說休吉是麻煩，指的不是他的生活，這點我無能爲力。我說的是，艾莉絲可能同時見到我們兩個，發現我們是朋友，進而得知我眞實的身分。

§

我後來還是跟休吉提起艾莉絲，而我這位老友聽了既震驚又高興。我告訴他，我和艾莉絲碰面的所有細節，她的美貌不曾消失，還有我怎麼在李維太太虎視眈眈下，讓自己成爲寡婦之家的常客。他笑我日子過得愚蠢，高興的表情明白寫在臉上，或許是想起自己已經忘了我們年少當時做過多少的無聊小事。

「天哪，麥斯，你說的是眞的嗎?艾莉絲耶!」

「沒錯，就是艾莉絲。」

「嗯，她不可能跟以前一樣。我的意思是，我想我的意思是，你的感覺不可能和從前一樣。」

「就是一樣，我要跟你說的就是這個。很奇怪，但我從來都沒忘記過。現在她就在我面前，三十二歲，寡婦，但我感覺自己好像才十七歲。」

「麥斯，你是個大人了，再說，你幾乎不了解她。」

「我覺得，她就像我從小便想要的東西。你一定不知道那是什麼感覺，我是說，初戀的感覺。」我們兩個喝著酒，靜靜坐了一會兒，最後我總算開口，跟他說我的不情之請。

他看了我一會兒，眼神充滿悲傷。「不行，」他說：「麥斯，我做不到。」

「別這樣，我需要你幫我。」

「你不能這樣做，撒這麼大的謊，你會精疲力盡的。」

「你只要忘了你認識我，把我徹底忘了，就這麼簡單。你看見我和艾莉絲在一起，只要向她打招呼，再請她介紹我給你認識，就這樣。」

「才不簡單咧，我們又不是十七歲，這麼做眞蠢。」

「拜託啦。」

他心情變了。「麥斯，你得跟她說實話。」最後他說。

「你知道這樣會有什麼結果。」

他低頭看著盤子，因爲他不知道。

「休吉，拜託，」我說完握著他的手，嚇了他一跳。「我只能靠你了。」

這番對話之後一個月，事情眞的發生了。正如我所料想的，我和艾莉絲眞的跟休吉不期而遇。當時，我們倆正在公園散步，欣賞剛剛引進的袋鼠，她跟我說她假扮成男人參加了一個攝影比賽。她更動夫姓，編出一個誇張的新身分「艾倫・李寇奇」。我們並肩漫步，我望著我們兩個在草地上留下的陰影，發現她的影子在石頭旁邊變得更明顯。她停下來笑了，我聽見竹林在她陽傘下婆娑著。她的手在顫抖，我看著她的臉，她淡淡地笑了笑，彷彿被自己的反應逗樂了。這時，我發現休吉一家人正沿著小徑朝我們走來，他之前就應該看見我們了，因爲他指著溫室，湊到妻子耳邊低語讓她分心，接著才帶她穿越草坪，進行他爲了救我而發明的騙人計畫。

「我認識那個人。」艾莉絲說。

「眞的嗎？」她很少談到去西雅圖之前發生的事。

「嗯，我當時還是個小女孩。」

「是喔。」

「我以前會跑到花卉溫室去看他。」

「哦，溫室就在這附近呢。」

但她沒在聽我說話，而是輕輕笑了，說：「我那時還好年輕。」

就在這時候，休吉犯了錯，他回頭瞥見我們：用他那雙明亮的藍眼。他的平頂草帽滑到了後腦勺，讓我看見他的眼睛。那雙眼睛散放著強烈的悲哀，我只有那回夜裡在他公寓喝得爛醉，見過同樣的眼神。我想，這應該不是頭一回有人要他忘記他所愛的人，但誰知道呢？當時，我只是很感激他爲了讓我開心，做了這麼簡單卻非常重要的事情。

艾莉絲說：「他看到我們了！」

「喔。」

他痛苦地抿著嘴角，轉過身去，但艾莉絲還是盯著他不放。她手放在短衫上衣的褶邊上，似乎在檢查自己再次見到休吉的心跳變化。我猜，她想像這場重逢已經很久了，跟我想像我和她的重逢一樣久。她咧嘴笑了，似乎很開心又有點尷尬和驚訝。她帶著不可思議的語氣說：「他在躲我。」

「也許他不認得妳了？」

「他老了。」她說。

休吉這時已經離我們很遠了，正在和包得好好的兒子說話。我想起之前在茶館那次，她望著窗簾上的戴帽身影，滿臉驚惶的神色。原來，她以爲她見到的是休吉。我試著微笑，跟她說：「他是妳一生的愛嗎？」

「這是什麼問題啊？」她說完慧黠地對我微笑，眼角浮現我最愛的皺紋。歲月會教你懂得女人，她要是沒開心過，從眼神就看得出來。這會兒，艾莉絲眼裡充滿了私密的喜悅，雖然不是我造成的，但是無所謂。我很喜歡喜悅在她身上造成的效果。她再次舉起陽傘，我們看著休吉一家消失在一排賣橘子冰的攤販和求爸媽買冰吃的孩子中間。艾莉絲，妳問我問的是什麼問題。我問的不過是這麼多年來，我始終在問的問題。

§

應該是一個星期之後，我收到一封有趣的信。我拆開封緘的信封，聞到淡淡的古龍水味道，同時認出信上的字跡。我讀著信，彷彿回到那個恐怖的早晨，那一天，我失去了我摯愛的女孩：

一九〇六年四月十五日

艾斯加・凡達勒先生：

我和小女週二將啓程前往山居旅館，預計停留到週日。您若能撥冗陪伴，我們將倍感榮幸。艾莉絲說，您工作繁忙，而我又蠢又老古板，但我們在這裡實在沒有男性親戚，而旅遊有男士相伴總是很有幫助。

大衛・李維夫人

我敢說，山居旅館就和四十年前我父母初次相見的時候一樣，絲毫沒有改變：長長的扁柏車道，將馬車上的陽光切成一條一條的（李維太太不肯坐汽車），旅館就像條大船，綠色百葉窗和陽台隨處可見，螺旋階梯上的旗幟啪啪作響，還有擺滿藤椅的陽台，上頭有穿著藍白軍裝的樂隊在彈奏華爾滋。女士的陽傘和桌上的遮陽篷看起來一模一樣，到處都是仕女、鸚鵡、人潮和雕像。我相信，上流社會的編輯見到名媛仕紳駕臨的陣仗，肯定會振筆疾書。青樓女子個個走起路來都像女公爵，女店員則是像初次登台的社交名媛。但我只注意到，那股老練的沈著，那裡所有的賓客都懂得這樣的沈著，彷彿好運永遠不會消失。

「我們到了嗎？」我付司機小費的時候，艾莉絲問。她的帽子滑到一側，她一邊跟帽子搏鬥，一邊瞇眼望著旅館大樓。

「妳知道嗎，」我說，同時幫她走下馬車。「我爸媽是在這間旅館遇到的。」

「在這裡談戀愛？真有趣。」

「在游泳池那邊，那裡之前有張網子像帷幕一樣把男女隔開，他們就是在那裡遇到的。很奇怪吧？」

女傭貝西正在和司機聊天，她打量著我說：「是啊，很奇怪，你就是這樣，艾斯加。」

「妳是什麼意思？」我輕輕問道。

她在耀眼的陽光下對我眨了眨眼，神祕地微笑著，接著抬頭看看旅館，說：「天哪，這旅館眞醜。」

「艾莉絲！」她母親低喊，同時向前一步抓住我的手臂。「眞是莎士比亞啊，凡達勒先生，對吧？卡普利茲的夏日別墅，當然在所有麻煩發生之前，老家庭帶著年輕女兒，化妝舞會還有其他的一切。」我的舊情人對我眨眨眼。沒錯，眞的是化妝舞會！

她鬆開我的手臂，說：「這趟馬車太恐怖了，跳來跳去的，我得躺一下。我眞不知道爲什麼不搭汽車。艾莉絲，我們該去更衣了。凡達勒先生，我們晚宴的時候見。既然我這裡誰都不認識，希望您可以推薦我到圖書館看哪本書，不然我肯定會覺得很無聊。貝西，妳有帶我的安眠藥嗎？」

「嗯哼。」

他們兩個走向旅館，艾莉絲站在車道上，把手套放到另一隻手上，看著母親離開。我愛人臉上的神情感覺像是解出數學方程式，或策劃了一樁謀殺案。

「妳母親眞是了不起。」我說著走到她身邊。

她目光轉向我，說：「我這輩子幾乎都跟她在一起。」

「那一定很棒。」

「嗯，我已經看不清楚她了。」她說著又回頭注視她的母親。

「嗯，我愛她。」我站在她身邊說，同時覺得不好意思，自己竟然這麼不小心把這話說出口。要是我二十年前能夠這麼說，一切都會不同。

艾莉絲輕聲說了什麼。

「妳說什麼？」

這時，李維太太的聲音敲在我們的鼓膜上：「艾莉絲！別再跟年輕帥哥閒晃了，我需要妳過來幫忙。」

艾莉絲轉身對著我，雙眼在陽光下閃閃發光。那雙棕白色的眼裡究竟藏著什麼訊息？她只說：「你應該給司機小費才對，年輕帥哥。」說完便離開了，她撩著裙子走上樓梯，一手穩穩扶著特立獨行的草帽，草帽邊緣和緞帶糖果一樣是粉紅色的。一隻鸚鵡拖著一身骯髒可愛的長禮服無聊地飛過人行道，發出斷斷續續的聲響。我看見艾莉絲回頭望著我。

她就要愛上我了。

雖然她就要走進旅館裡了，她就要愛上我的想法還是像初升的太陽一樣，讓我心頭一陣溫暖。我看著山居旅館的城垛和陽台，旗幟在明艷的陽光下飛舞著，我發現就在這裡，在同一棟建築裡，有個女人愛上了另一個艾斯加。或許明天晚上，在響著巴倫柏格華爾滋的宴會廳裡，在同一座陽台上，伴著相同的教會鐘聲和海潮聲，還有法國甜菸的味道，一切都會重演。或者是在遊廊上，兩人非常安靜地啜飲檸檬水，看老女傭聊槌球。也可能是在那張藤椅上，我會牽著她的手，聽她嘆息的聲音，確定她愛我。或是在她房間，她坐在窗邊看著外頭向海邊綿延的草地和松樹，扭動曲柄打開窗戶讓鹹鹹的海風吹進來，然後開始啜泣。過了這麼多年，一切就要在這裡發生了。誰能想得到呢？在這裡的某個房間，我會捧著她的臉，吻她雙頰，低聲對她說話，解開她外套的釦子，解開她的短衫，解開寡婦身上所有不必要的荒唐的服飾。她在樓梯上的那一眼，說明了我所需要知道的一切，甜蜜的希望——就是我十七歲時的願望，我用罐子把它裝好，小心翼翼收在高高的架子上——打破了，甜蜜流滿了我全身。

但要怎麼做呢？我看得出來——從她在樓梯上那一眼——艾莉絲跟母親在一起很寂寞，加上擔心死亡和時間飛逝，才會愛上正在給司機超量小費的陌生英俊的艾斯加。接下來幾天需要小心行事，但我之前幾乎沒有這種經驗。日本人會說，只要好好訓練，玫瑰也無所不能，就連在鸚鵡螺上生長都沒問題，不過你必須溫柔，而我這次就要這麼對待艾莉絲。聽她說話，對她微笑，追求她，不把她當成我十七歲遇到的女神，而是既開朗又悲傷、不可能被甜言蜜語騙過的三十歲女人。我必須謹愼，小心翼翼帶著我生命裡的尖刺走進她蜿蜒直上的心房。

你可能覺得：這聽起來一點兒也不像愛。那個滿臉皺紋、噙著淚偷聽樓下鄰居動靜的男孩子，跑到哪裡去了？那個替她生火的男孩子在哪裡？在他所謂年少時代有的純純的愛，跑到哪裡去了？你可能覺得：我的所作所爲似乎出於一顆破碎的卑劣的心。我似乎想要報復。

也許。但，屬於未來的讀者啊，請你們有點同情心吧。我的身體也許是倒著長的，我的心卻和你們一樣慢慢變老。她還是個少女的時候，我年少單純的渴望確實有它的道理，但現在，複雜的女人要用複雜的方法去愛。眞愛總是有所保留——有些失落、無趣或小小的恨意，我們不會跟靈魂實說。你們當中有誰被拒絕過，或被人視而不見，就曉得我在說什麼。當她總算來到你的面前，喜悅可能像潮溼的種子在你體內爆炸開來，但你還是感到痛苦，因爲喜悅來的是那麼遲。她爲什麼要等呢？你永遠很難諒解。當她終於躺在你的懷中，低聲呼喊你的名字，親吻你的脖子，那股熱情是你從來想像不到的，這時，你心裡不會只有一個感覺。當然，你會覺得解脫，因爲你想像的一切終於實現了。但除此之外，你還會覺得自己贏了。你贏得了她的心——而且是在沒有對手和你競爭的情況下。你是直接贏得了她的芳心。

復仇？不，不盡然。但也不全是愛。我現在寫的是生命的告白，心裡有什麼就寫什麼。我這麼做，是爲了得到救贖和原諒，而不是榮耀。

§

晚宴八點開始，爲了爭取額外的運氣，我穿上燕尾服和我最喜歡的鑲珠背心，等待李維母女的到來。我坐在會客廳裡的四人絨腳墊上——絨腳墊泛著綠色、毛茸茸的，在會客廳正中央，樹蔭噴泉旁邊——假裝讀著聖荷西晚報。我記得裡面好像有則報導，提到格拉斯化妝舞會、滑雪大會和義大利名男高音卡魯索抵達舊金山，準備飾演胖卡門——看起來都不錯。不過我只是假裝看報，因爲我心裡突然浮現一絲疑惑。

我看著李維母女走下樓梯，匆匆加入晚宴。晚宴上，男的一身黑，看起來像是黑石雕像，女的褶邊處處，像一條條海龍。我突然想到，這就是歌德式小說裡描寫的情景，就是駝背男擄走處女愛人的地方。枝形吊燈、欄杆立燈的光芒、珠寶和裸露的身軀，這一刻是屬於怪獸的。我跟蹤她、騙了她，現在更準備要偷走她——我能給她的，只有含毒的一生和長疣的雙唇。這也是眞相大白的一刻。休吉說，這麼大的謊言會把我累壞，但我發現，它其實會讓我碰到的一切都累壞了。鐘敲響的那一瞬間，我突然有個無私的念頭：我可以離開。我可以搭汽車去趕晚班火車，再要人把行李寄給我。我可以寫張字條給她，拯救幾條性命。我也眞的從座位上站起來，彷彿在做夢，心想要不要朝門口走去。要是我眞的走出去了，誰曉得會發生什麼？

我轉過身來，這個念頭立刻煙消雲散了。她在那裡，站在樓梯上，看著我。

艾莉絲，那一刻不會超過秒針喀噠一響，但就讓我跟時間開個玩笑吧。畢竟，時間也開了我玩笑。你身穿白色長禮服，上頭織滿雨絲般的刺繡和蕾絲，袖子宛如薄紗輕掩妳的手臂。一條銀帶似的東西從妳腰下冒出來，長長的裙擺落在後頭，蜷曲在階梯上熠熠發光。衣服在妳身上，感覺彷彿纖弱的菌芽，附著在蒼白的種子上。妳的脖子裸裎著，吞嚥東西的時候，白皙的皮膚就像河水起了漣漪——我後來才知道，妳事前已經喝了不少威士忌——妳的頭髮高高捲起，我猜一定散發著薰衣草的味道。妳看著我，帶著三十歲女人的氣勢，不再擔心自己太年輕，沒有疑惑，也沒有閃爍的眼神，妳站在樓梯上，扶著欄杆，充滿熱情。艾莉絲，我看見星星在妳的髮間。

「艾斯加，我母親人不大舒服。」

「是嗎？」

「你知道，她著涼了。」妳手裡拿著小羽毛扇，拍拍樓梯的扶手。

「顯然。」

妳笑了，肩上的網紗滑落了兩三公分，銀帶閃閃爍爍。妳又揮揮扇子，眞美，更美了。

「下來吧。」我跟妳說。

妳看著身旁一群虛有其表的女人走過，問我：「爲什麼？我喜歡站高一點。」

「下來跟我吃晚飯吧。」

「我不確定我餓了。」

「下來！」我高興地大叫。

妳仰頭笑了，身體裡所有的鈴全在響著。圓鐘打了四千、五千、八千響。艾莉絲，那些不認識妳的人，我眞爲他們感到遺憾。

§

那天晚上，我們倆比肩坐在紫色小沙發上，侍者推來鋪著尼龍布的桌子，放在我們腿上，同時朝我們眨眨眼，把我們困在一起，就像坐海上樂園的雲霄飛車一樣。監護人不在場，我們喝了一瓶酒，啃食米鳥的嫩骨（我從來沒吃過），她後來錯拿了我的酒杯，我只好一路用她的杯子，杯緣還留有她半月形的粉紅唇印。我整晚不斷將酒杯舉到嘴邊，用唇對著她的唇印。我親愛的艾莉絲不停喝酒，笑得越來越自在，她環視整個大廳，彷彿金天花板是她的，所有一切都是她的。她的左臉頰浮現一抹顏色，活像白玫瑰染了色的花心。晚餐後，她起身提議我們到外頭的石頭小陽台去。我開始講故事，無聊曲折的故事，講得我口沫橫飛，直到她插嘴要我長話短說，還問我初吻的事。

「喔，別這樣，我比較想聽妳說。」我冒著聽別人講述我的過去的大風險，這麼跟她說。

「嗯，我初吻的對象不是我先生，」她說：「說起來可能讓人有點悲傷。」

「我很想聽妳說。」

「除非你也告訴我你的初吻，」她眼睛半閉著，讓她的微笑更添性感。接著，她開口說道：

「其實，你應該知道才對。誘惑我的是麥斯．堤弗利，你的老同事。」

「我不認識他……」

她笑了，原來她是逗著我玩兒的：我沒被識破。「他住我們樓上，他很老了，卻想裝年輕，其實他人很好，不過，我也不確定。我對他感覺有好有壞，那時我十四歲，我記得他染頭髮，穿衣服很好笑，講話的聲音也很好玩，人很怪，他還跟我說，他其實是個小男孩，不是老人是小孩，像我一樣。那天晚上，我心情很亂——我談戀愛了。我的心碎了，所以去找他——因爲，呃，我有點把他當成父親，而且，老實說，我知道他喜歡我。他老是盯著我看。那天晚上，我實在太寂寞了，而且我從來沒有和人接吻過，再說，我想讓事情趕快過去，忘了愛情，就像媽媽教的，所以，我才會挑麥斯．堤弗利。」艾莉絲咯咯笑著，繼續回想當時：「他聞起來像大人，像威士忌，又像鞋皮。不過，他的味道倒是真的像個男孩子，有柳橙的味道。他在發抖，我想——雖然只有十四歲，還是感覺得出來——他愛上我了，雖然愛的方式很奇怪。眞是個醜醜的老傻瓜。就這樣，我的初吻。我覺得有點悲哀，你說呢？」

她再次凝望著我，眼神沈靜。回想可悲的初吻畢竟沒那麼可怕。

「你的初吻呢？」她問。

「跟一個女孩子。」

「跟一個女孩子，」她說著用目光在我臉上繞了個三角形：「她眞可憐，聽到你這麼說，她不知道會作何感想。」

「我認識她，她愛的是另一個人。」

「你知道她喜歡其他人？」

「喔，當然。」

又是撇嘴一笑，她說：「你這個小惡魔，是你誘拐她的，對不對？」

我聞得到藤蔓和松樹飄來的淡香，和她身上的香水味。我想不出來該說什麼。這輩子，我頭一次懷疑她喝醉了。「呃，但是……呃，我愛她。」

她眼神因爲同情而溫柔。「你眞的很愛她，對吧？」

「嗯。」

「你那時幾歲？」

「十七歲。」

她退後一點點，彷彿舊日戀情的回憶，還有過去的人物，都必須拋諸腦後才能繼續下去。

「大家都說世上最偉大的愛情故事是羅密歐和茱麗葉，我不知道。十四歲，十七歲，那時發生的事會影響你一輩子。」艾莉絲總算振作起來了，雙頰泛紅，充滿活力，雙手在夜色濃濃的空氣中揮舞著說：「你誰也不想，什麼也不想，你不吃不睡，心裡只有一件事……完全擋不住，我知道，我記得。然而，那眞的是愛嗎？年輕的時候喝到便宜的白蘭地，就覺得好喝極了，味道實在太優雅了。其實，你什麼都不知道，什麼都不知道……因爲你沒嚐過更好的東西，你才十四歲。」

現在不是說謊的時候。「我認爲那是愛。」

「是嗎？」

「說不定那是唯一的眞愛。」

她欲言又止。我猜，我嚇到她了。「要是你說對了，那還眞讓人難過，」她說著閉上眼睛。「我們永遠也擺脫不了過去，這樣實在很蠢，眞讓人難過。」

「不要難過。」

「什麼？」

「不要難過，艾莉絲。」

就在這時候，我吻了她。一切其實蠻自然的——畢竟，我一整晚都在吻她的杯子——吻完，我才發覺這是麥斯第二次和艾莉絲在一起，艾斯加卻是第一次，因此感覺既震撼又安慰。震撼，因爲不可思議，安慰，因爲有終於重溫舊夢的感覺。我不曉得自己是怎麼辦到的——其實到這個點上，男人怎麼做都沒差，會發生就會發生，不會發生就不會發生——但不知怎的，我已經將我的小甜心摟在懷裡，再次品嚐她唇邊的純釀。

她攫住我外套的翻領，在回憶和喜悅造成的朦朧中，我感覺她輕咬我的雙唇——喔，艾莉絲，誰敢說妳年少的時候膽小如鼠，不會追求自己所要的。我睜大眼睛看著奇蹟發生，但妳卻闔上雙眼，雙頰酡紅，博學的寡婦手指在我身上到處撫摸、需索。而我就像那種可笑的機器，吞進一枚硬幣，開心顫動了整整兩分鐘。老天，我是你能想像的全部：我是山楊、雷鳴般的定音鼓、準備噴發蒸汽的火車頭鍋爐。

但一切是那麼短暫。轉眼間，她已經滿臉通紅穿過陽台，手撫著起伏的胸脯，眼神裡的表情彷彿偷聽到了可怕的祕密。

可能嗎？我和時間談好的交易已經到期，而艾莉絲終於認出我來了？她在我們方才的吻裡嚐到了過去的麥斯的味道嗎？

「艾莉絲，我……」

她搖搖頭。我看得出來，在她眼神深處正在進行複雜的計算。她微微一笑，告訴我她得去看她母親了。我要她留下來，我說，我先前很衝動地點了一瓶酒，不喝就浪費了。她雙頰再度轉紅，我突然明白，問題根本不在酒，在她的心。她的心跳得太快，血都跟不上了，她胸膛裡那座小工廠已經加班過頭了。喔，親愛的，妳什麼都沒發現。妳一點兒都不在意我的嘴，對吧？雖然妳聽了會很氣，但妳跟妳母親之前很像，都是黑夜中的白衣女子，身體如花朵般綻放，但妳現在必須決定，該怎麼面對我。

「對不起，艾莉絲，我以爲妳——」

她笑了，說：「別這樣，艾斯加。」

「我了解。」

「你不了解。」

我不知道該怎麼辦。我不能跟她解釋，我眞的了解，我不能跟她說世界上只有我能了解。我什麼也沒說。我看著她如夕陽般泛紅的胸脯，心裡明白這不是愛，不完全是。再說，我又不是情聖卡薩諾瓦，說服不了女人，告訴她生命短暫，不應該浪費陽台上的美好月光。

「明天早上。」我說。

她溫柔地撫摸我的臉，什麼都沒說。接著，她彎身屈指勾起裙擺，離開我走向晚宴廳，不小心撞到桌椅，因爲這天晚上，她顯然灌了一堆威士忌振奮精神。我親愛的艾莉絲，她希望自己充滿魅力，活力四射。爲了我，你知道。

我把酒喝完，又在紳士酒吧多慰勞自己四杯。我記得我跌跌撞撞回到房間，聽見草坪上有狗在叫，還有早起載牛奶的馬在痛苦哀鳴。我記得自己想到，世界不停轉動，覺得很悲傷，之後我就什麼也不記得了。

山米，這些都是無聊的事實。但我還是說出來給你聽，因爲這些事實是我僅有的藉口。我遠離出生的城市，山居旅館底下的岩床很堅實，還有夢境裡的濃湯——這些是我僅有的藉口，說明我爲什麼錯過了接下來發生的一切。

§

一陣碎片落地的聲響把我驚醒——我下榻的旅館房間的門鎖被撞開了。

「搭勒先生？」

我幾乎哪兒都能睡——火車上、汽車裡、甚至飛機上，雖然我沒搭過飛機——但可不是哪兒都能醒。我張開眼睛，不確定自己置身何處，突然有一點害怕。醒來發現自己的身體很陌生，我已經很習慣了，然而，醒來發現自己在陌生的房裡，卻把我嚇壞了。山米，你應該記得我剛到你們家的那個星期，每天早上頭都會撞到床板，哭得跟個小女孩一樣。你肯定不知道，那是因爲我以爲自己還在上個世紀，在一兩千公里外的南園，而瑪姬正在爐子上煎香腸，醒來卻發現自己躺在中西部阡陌交錯的平原上的一張小床上。

因此，那天早上在山居旅館，我花了快一分鐘才想起來自己在旅館裡，同時發現自己倒在地板上，全身裹著被子，接著看見貝西在刺眼的晨光裡低頭望著我。

「搭勒先生？」

她身旁站了服務生，我後來才知道破門而入的是他，不是李維家的強壯女僕。我說過，我當時嚇壞了，貝西堅毅的臉上突然露出一抹溫和，我發誓，她差點就伸手安慰我了，但她手伸到一半又收回去放在粗壯的腰間，同時大吼：「他還活著！」

「怎麼了？」

她上下打量我，說：「您還好吧？你看起來好像被人甩下床了。」

「呃，有人說過我會夢遊……」

「你爲什麼不答？」

「答什麼？」

貝西像鸚鵡一樣歪著頭，說：「我一直在喊您。」

「怎麼了？」

她微微咧嘴一笑，用手肘輕推服務生，說：「他要知道怎麼了，嗯。」

「貝西，可以幫我把睡袍拿來嗎？」

她完全不理我的要求，反而轉過去對著手拿睡袍的服務生說：「報紙拿了嗎？把報紙給他。搭勒先生，我要下樓去打包了。可以的話，我們會到帕薩迪納找朋友，不回來了。」

她走了之後，我穿上睡袍，樓下大廳這時傳來尖叫聲，服務生隨即將報紙遞給我，聖荷西晚報提前出刊，編排鬆散而且到處錯字：史丹佛大學嚴重受損，性命損失慘重。

聖塔克魯茲災情嚴重，死傷重大，重要建築全毀。

八點之後，沒有南下北上列車抵達。

電路中斷，相關報導無法證實。

一名來自舊金山的駕駛表示，當地災情比聖荷西嚴重。

稍晚——舊金山據報有數千人死亡。

「這是怎麼回事？」我喃喃自語：「怎麼回事？」

這時，答案出現了：地面無端晃動了一下，感覺就像女傭鋪床，抖動床單直到攤平爲止，晃動似乎從房間另一頭傳過來，讓我往前一倒，嘴巴吃到地上的塵土。這可能是那天早上的第四次餘震，卻是我第一次發覺到地震。地震，還會是什麼？

§

或許你會覺得我很勇敢，或是沒心沒肝，但我當時就是沒想到，母親和米娜可能遇難了。我想，或許是小時候的印象，覺得家人都是長生不死的，或是神知道我失去外婆和父親，不會那麼缺德，把剩下的可愛事物從我身邊奪走。總之，我躺在那裡的時候，心裡是這麼希望的。我的心臟像捅過的蜂窩，嗡嗡直叫，不斷流淌。我後來才知道，這回地震沒什麼。接下來幾個星期，大火燒盡一切之後，還是可以見到令人傷心的傳單，上面寫著——例如「尋找親人：史提勒太太，三十三歲，深色頭髮，身材苗條，地震當時人在雷克斯飯店。」——大家都知道抱持希望很蠢，但總比不抱希望好。沒有人忍心破壞別人的希望。

幸運得很，我兩天之後便得到老友休吉的消息，知道大家都還活著。美國郵政局的人把他的便條送來，很正式，但我說了你也不會相信，信就寫在襯衫拆領上！我後來得知，休吉當時坐在中國城的公園裡，手邊沒有紙，只好寫在拆領上，交給路過的郵務人員。大火之後那幾天，數百封類似的「信」從舊金山寄出去——拆領、紙片、空信封、卡片、金屬片——任何東西，只要讓心愛的人知道他們沒事的都行。而郵局也把「信」全部寄出去了，而且完全不用郵資。休吉在領子的一面寫上山居旅館和我的名字，另一面則是我熟悉的可怕字跡：

> 全都好，你母親也是，不過，你家的房子沒了。你解脫囉！過來跟我一起看火吧。咱們倆一塊兒吃飯、喝酒、找樂子，因爲我們明天可能就得搬到奧克蘭了。愛你的，休吉。

我喜歡把整件事想成：我躺在地上，聽著大廳裡人們的耳語和瓷器的碎裂聲，而災難的一小部份就在這時候發生了。同樣的事可能發生在市政府，而市政府的牆壁也眞的被地震震垮了，加上清晨的一場火，這會兒市政府裡的房間還一間接一間地悶燒著。我還喜歡想像，我從地上爬起來的時候，檔案廳正好失火了，我穿衣服的時候，燒到去字部，麥斯・堤弗利的出生記錄正在箱子裡悶燒著。

起碼，我感覺是這樣的。麥斯的末日，老朋友，再會啦，從現在起就只剩艾斯加了。我起身，身體似乎和馬丁教授的氣球一樣輕，像顆淚滴在瓦礫堆中漂浮離開。

§

樓下，人們坐在交誼廳的塡充椅子和絨腳墊上，像被捕的野獸一樣驚駭，在破碎的瓷器和斷裂的水管之間，等人給他們送咖啡。

這一切看來眞可以說是蠻有趣的。五點十三分，旅客在震動搖晃中醒來，摸黑穿衣服，因此，山居旅館裡的名媛仕紳大多穿的是我們後來戲稱爲「地震裝」的衣服。眞希望我帶著相機，就能狠狠勒索上一票了！來釣金龜婿的時髦女繼承人，穿戴著晚禮服、騎馬外套和男士的圓頂禮帽，傻愣愣地坐著，脖子間和耳朵上的頂級珠寶在沒有化妝的平板臉龐邊閃閃發光。參議員和百萬富翁則是大禮帽、吸菸夾克、馬褲、拖鞋，坐在一起竊竊私語。有位金融家的遺孀身穿黑禮服，臉上還抹著「巴黎牌」面霜。每個人都是滿臉驚慌憂慮，或許想到他們的財富還放在銀行保險箱裡，雖然不怕火燒，卻可能在大火當中變得過熱，幾個星期都打不開，因此擔心裡頭的鈔票付之一炬。我看著這群人，他們很快就會變得無家可歸、身無分文。他們現在的打扮，不是爲了山居旅館，而是爲了生活裡戲劇化的片刻，感覺眞像天大的玩笑。

到處都是謠言：穿著紫色西裝的肥胖紳士說，舊金山有食人魔在街上咬掉死去婦女的手指，偷她們的指環，盜匪更已經在美國鑄幣廠外面集結，等著衝進去在大火之前搶走價值數百萬美元的金條。另一位女士一邊把唁唁狂吠的狗兜進襯墊睡袍裡，一邊跟我說，正規軍正在城裡的斷垣殘壁之間巡邏，看到掠奪者就直接處決，抓到偷竊的小孩就痛打一頓，還在他們脖子上掛上寫著「小偷」的牌子。

「你敢相信嗎？」她低聲說道。當然，我不敢相信。我又不禁想到，我們變得多麼震驚、多麼哀傷、多麼瘋狂。處決，當然。可想而知，事後證明，她說的是對的。

「啊，我看到你朋友想辦法弄到一輛車。」她笑著告訴我。

「什麼？」

她朝窗邊靠，一輛式樣簡單普通的汽車停在車道上，引擎熄著。

「我想他們應該不是要回城裡去。」她又說。

我看著窗外，不發一語。堆得像結婚蛋糕的行李滑進行李廂，廂門無聲關上，司機拍拍手上的灰塵。接著，曲柄一插，銀色的汽車開始嘶吼，我只能稍微看見車裡：一頂雕花帽和一頂插滿羽飾的軟呢帽。我再也不想休吉、地震和其他人，我只想著自己。搭勒先生。我因爲驚慌和愚蠢，竟然沒聽到貝西來道別的話語。我看著汽車開始震動，靜靜咳氣，接著便緩緩地歪歪扭扭地沿著車道，離開了。

§

失去艾莉絲這個想法既恐怖又可憐，就算我心如怪獸也無法承擔。身邊的人都在聊天、談笑，計畫找輛車，載著他們愚蠢生活裡的愚蠢行囊往南開。不過，我是蠢蛋裡的蠢蛋，因爲我一毛錢也不想省，一條命也不想留。我只想留住艾莉絲，不再讓她逃跑，把她關進我青苔處處的生活裡頭，青苔處處的四壁間。你看不出來嗎？她這會兒並沒有坐在旅館裡，想著之前吻過她的艾斯加，而是朝著帕薩迪納前進。她正離我遠去，就像之前一樣，而我只知道，城市已經焚毀，我們將分散在美洲大陸上，甚至隔得更開，我得在花上好幾年的時間，才能再找到她。一場災難讓我們重聚，一場災難又將我們分開，而我是個貪心的醜陋小妖精，不願意放心愛的女孩子走。

我起身跑過交誼廳，你應該曉得，我沒有那麼多的時間去找她。三年，也許，頂多五年，但不可能像之前一樣用二十年，甚至十年。那就會太遲了，到時候我的身體狀況會背叛我，因爲你想想，要是艾莉絲和她母親跑到帕薩迪納去，之後又到肯塔基或猷他州找親戚，而我花了十年——你想想！——才找到她，那也無濟於事。我腦袋裡想著這件事，一邊推開抱著小提琴的音樂家。可以想見，艾莉絲十年後四十四歲，可能容華盡褪，戴著輕巧的眼鏡，身材粗壯，金髮顯得不大自然，再嫁有了兩個孩子，在她手邊蹣跚學步。但我仍然愛著她。當然我會愛她！我還是會走到她家門前，彎身低聲呼喚她的名字，等著看她胸前浮現紅暈，一如以往。這不是問題。問題是，她開門的時候，見到的不會是四十七歲的男人，留著蝙蝠般的八字鬍，在門口對她咧嘴微笑，而是個男孩。二十出頭的少年，古銅色的臉龐，渾身肌肉包在白色的網球衫裡。那時就太遲了，我們倆的差別會非常之大。當然，我可能會勾引她——甚至引誘她離開丈夫，和我在旅館裡共度週末，享受幾天難以言喻的激情——但對愛情來說，還是太遲了。女人不會把心交給男孩的，她會啜飲我的年輕，但終有一天早上，她會從床邊的桌上拾起沾汙的眼鏡，永遠離開我，離開那間租來的房間，心想他會復原的，他還年輕。但我不可能復原。不可能。我一邊和前門的水晶門把奮鬥，一邊想著，要是我現在失去她，隨著我越變越年輕，我的機會每年每年都會減少一點。喔，瑪麗，我記得自己在狂亂的心情裡想著，瑪麗，妳錯了。時間從來不曾站在我這邊。

§

蘭西太太，我的準媽媽，這會兒正在我身邊準備晚餐。雖然被禁足，好像翅膀被人剪掉了，當著幾公尺外擦拭鋼琴的她，我還是很無恥地寫著告白。家事很容易讓她發火，只見她不時掀開琴蓋，彈奏個熟悉的旋律，這時，她會高興地笑著，同時瞥我幾眼。喔，蘭西太太，我實在有太多事情想告訴妳了，但當然時間還沒到。我得等到差不多大功告成。

死了才能這麼安靜。蘭西太太，妳不曉得自己有多麼容易知道一切，我每天有二十次甚至更多，差點守不住沈默。例如，我晚上讀書讀得太晚，半掩的門外傳來聲響，哼著曲子要我上床睡覺的時候。我生病，妳餵我，臉上寫滿擔心，從祕密櫥櫃裡拿出亮橙色的酒的時候。深夜偶然碰見，我怕妳終於認出我來，但妳只是對我說妳也睡不著，蠻高興有個伴的時候。妳每次把砂鍋肉煮壞，宣佈「早餐當晚餐！」，我們兩個小孩熱烈鼓掌的時候。妳發出母性的憤怒的時候。我逮到妳獨自一個人在維多利亞跳舞的時候，當我看著妳滿臉狂喜，臉上皺紋盡去，擔憂也消失不見，彷彿回到三十年前的時候。還有我見到每封信上寫著「蘭西太太」的時候。這名字是第三任丈夫給妳的，讓妳躲藏起來：蘭西太太。蘭西．艾莉絲太太。

妳躲不掉的，艾莉絲，我永遠都能認出妳來。親愛的，我永遠都能找到妳的藏身所在。妳難道不知道，是香水洩漏了妳的行蹤？

第三部

一九三〇年八月二日

有人叫我去吃晚餐。

艾莉絲・蘭西，我聞得出來，妳又煮義大利料理了。桌上等著我的，是我過去的妻子常煮的通心粉派。奶油和乳酪的味道，碗裡的東西看起來像女孩子的金色鬈髮——記憶裡的夢中世界。我聽見山米已經蹦蹦跳跳跑下樓了，我還知道一件事，那就是他沒洗手。艾莉絲，我聽見妳正在和他說話，啊，就在樓下：山米的聲音緩緩地傳了過來。對我們倆的小孩來說，妳眞是棒極了的家長。

所以，我時間不多了，不要多久，妳的頭就會探進房間，看到我正在忙，心想我可能在寫學校作業，於是發出妳那沙啞的笑聲。艾莉絲，我很高興能逗妳開心。妳看不看得出來，妳這個養子這會兒跟妳和山米躲在這裡，是他一生最開心的時刻？妳知不知道，妳的臉從走廊探進來，柔滑的皮膚帶著灰色的光澤，一邊臉頰交織著粉紅色，頭髮染了，但臉龐還是像我過去看到的那樣明亮依然，看到我這個離譜的小學生，因爲專心而咬著舌頭，忍不住笑了出來，那模樣眞是再美麗不過了——就連滿月也比不上。晚上，我做夢想得都是這張臉。艾莉絲，妳在這間普通的平房裡變老，然而在我夢中，妳的臉還是在煤氣燈下發著光。

妳爲什麼都不提那場地震呢？妳當時發生了什麼？我隔天晚餐的時候問妳，山米的頭從烤肉上抬起來，滿臉困惑，但妳只是拾起盤子，搖搖頭說：「你不應該問我的。」

「可是，那時候妳不是在那裡嗎？妳難道沒有感覺？」我盡量試著用小男孩的口吻說話。妳起身，手上的盤子微微傾斜，映著電燈的燈光。「我有感覺。」

「那妳怎麼辦呢？」

「我們當時沒在城裡，我們在一家旅館裡頭。」

「那妳離開了嗎？去哪裡？」

艾莉絲，妳只是點頭微笑，拍拍我的頭，說：「喔，這件事還是留給歷史課本去說吧。現在還是先把這裡清乾淨，廣播快要開始了。」

蘭西太太，我想我知道妳的祕密。妳根本不能談那場大火，不能談山居旅館，因爲一旦刪去其中某個不可少的部份，便會讓人起疑，就像紙鈔上的防僞藍線一樣。不論妳怎麼談地震，都會談到他，但可想而知，妳絕對不會談他。妳必須確定，沒有人能循線發現妳在這個甜蜜的小鎭上，和兒子躲在這裡。妳不能留下任何氣味，讓他嗅出來。艾莉絲，妳擔心的就是我，對吧？我就是妳的祕密，就是紙鈔上那條藍線。我徹底玷汙了妳的故事，彷彿讓妳再也無法從井裡取水，我非常抱歉。更何況，躲起來根本很蠢，又沒有用。

在那遙遠的午後，當我衝到上下馬車的地方，試著追妳，當我對著呼嚕駛出車道的汽車大吼，但汽車已經深陷在山居旅館的馬車轍裡，而且離得太遠，追趕不到的時候，妳的頭髮仍然閃爍如星嗎？沒想到，我竟然啜泣一聲，癱靠在柱子上，看著綠光閃閃的汽車加速絕塵而去，穿越柏樹林蔭，駛往帕薩迪納。小小的、病態的、絕望的啜泣。艾莉絲再次從我身邊溜開。我的心總算挑乾淨了，像沒有肉的頭骨。我轉身面向明亮的天空，天上白雲朵朵，鳥兒遷徙，蝗蟲即將到來，我轉頭回到旅館，沒想到妳就在我面前。喔，艾莉絲，妳一直站在那裡，綁著沾了塵土的頭巾咧嘴微笑，即使晨光幽暗，唇膏還是完美無瑕。妳在等待，不是等待咖啡、行李，或母親，妳在等我。

妳說：「總算落單了。」

妳的口氣是那麼平淡，彷彿根本不愛我。之後就是親切的永恆的笑聲，妳這個愛開玩笑的人。

妳的頭髮仍然閃爍如星嗎？

現在有兩個聲音叫我去吃晚飯：小心翼翼的艾莉絲，和粗魯不耐的山米。通心粉派，沈浸在回憶中的年輕老人的最愛。我只有一點點時間把這件事寫下來：艾莉絲站在拱門的陰影裡笑著，柳葉在她身後擺盪，護目鏡在她指間甩著。她站在乾燥塵土飛揚的空氣裡等待。那張可愛的無價的臉讓我震撼，竟然有個人不希望我死。她把母親送往安全的地方，自己則爲了我留下來。那一刻，軍人正在爆破她們家的房子，而她的小小財富也在保險箱裡垂死掙扎，但她卻毫無所悉，只對我飄然一笑，同時伸出手來。她朋友全都離開城裡，再也不會回來了。她母親正在養病，這病將讓她纏綿病榻好多年。但艾莉絲什麼也不曉得。她站在門廊上眨眨眼，將我拉到她的身旁，艾莉絲，在我耳邊甜言蜜語。

各位讀者，她嫁給我了。她當然嫁給我了，她在這世上只剩下我。

§

一九〇八年五月，我們結婚，我嚐遍了所有的狂喜。你可以試著想想，地震後兩年的那個美好日子：我身穿黑色亞伯特王子裝、喇叭褲、大禮帽，而（藏在口袋裡的）鏈錶正在倒數計時，還有多久我就能擁有艾莉絲。我臉上掛著溫柔的微笑，雙頰因爲感冒剛好還有些紅潤發燙，不過也是因爲自己就要佔有某人而覺得惶恐快樂。天上，太陽像深海裡的螢光魚緩緩穿越雲霧。我的身後，市政府的斷垣殘壁還沒清理，整棟圓頂建築只剩螺旋梯，看起來像是龍的脊椎骨。我的未婚妻正在跟見證人說悄悄話——寡婦李維，全身上下都是淡紫色羽飾——而我則是站在那裡，心情苦惱，把口袋裡的手帕捏成了溼溼一團。你可以想見我快樂的心就釘在翻領上：像朵血淋淋的釦眼花。

還有艾莉絲，喔，請你想像，看似平凡的綠色束腰外衣，當她邁開大步，底下驚人的土耳其長褲就會顯露出來。花束裡有幾朵白花（陷入愛河中的人都不是植物學家）。而在她頭上——我那高雅又逗趣的艾莉絲——則是一頂邊緣鑲著蕾絲的三角帽。我似乎沒辦法從記憶裡挖掘出她的臉龐，因爲她的臉已經在我記憶裡不斷擺弄得太過髒汙了。但我還能想像她撇著一邊嘴角微笑，彎成了溫柔的弧線。

再請你想像我們的城市。舊金山的新房子屋頂和教堂尖塔上掛著慶祝標語——還剩一個月就是所謂的「毀滅日」兩週年紀念了。這是座年輕，沒有耐性的城市。大家用最快的速度重建，完全按照之前的式樣，同時和急於證明自己活著的年輕人一樣，犯下必然的閃亮錯誤。在我們身邊的不只是斷垣殘壁，除了市政府的階梯，周遭的世界看起來和過去沒什麼差別，只不過油漆是新的，電力設備更現代，車子也都有了車庫。我們現在有的，不再是有著鍍金的煤氣燈和紫色牆壁的舊金山了。大家都渴望——就跟年輕人一樣——變得現代。

法官走過來的時候，我聽見新娘對我低語：「艾斯加，我眞幸運，能夠遇到你……」我聽了耳朵一陣充血，沒聽見她接下來說了什麼。

我想，艾莉絲能遇到艾斯加，眞的蠻幸運的。我敢說，這會兒在我們身邊微笑的她的母親也這麼認爲：他這個人既親切又值得信賴。他怪怪的北歐長相顯得很英俊，她們一路遇到麻煩，他都像岩石般堅定不移，而且——對李維太太來說，最重要的是——搭勒先生有收入。這可不是什麼小事。你看，命運又發了一張紅心給我，讓我拿了個同花順：李維母女因爲地震，失去了所有的財富。

只有六家主要的保險公司信守承諾，李維母女向某家德國保險公司保了她們的房子，沒想到這家公司一聽到地震的消息，立刻終止所有美國的業務，一毛錢也沒付。當時，類似的事情很普遍。另一家德國公司甚至在紐約登公告，吹噓他們全額賠償所有的客戶，但其實可憐的舊金山人必須承擔四分之一的損失，彷彿災難值他們一大筆錢。我不覺得，艾莉絲很想念她們的房子——因爲那是老李維太太的品味——也不在意她們被迫出售的土地，但生活終究不同了。我親愛的艾莉絲再也不像地震之前那麼自由。你想：守寡的她不再有錢，能按自己意思從事慈善工作。她很難想像，自己必須倚靠男人，她得像其他窮困的美麗女人一樣，找個人嫁了。

但最神奇也最能在悲慘的夜裡溫暖我的，是這件事：艾莉絲有全世界的人可以選擇，她卻挑了我。

「我們開始吧，」法官說著朝我們走過來，米卡度袖飛舞著。他拍拍口袋，似乎在找眼鏡。接著，他走向李維太太，嚇了我一跳：「妳是新娘嗎？」

「不是。」我大喊，聲音可能大了點。

我們這位見證人笑了，她女兒也笑了。「親愛的，我不是新娘，我是新娘她媽。」

「新娘是我。」艾莉絲說著變得非常正經，牽住我的手。

「我知道了。請站在我面前，親愛的……」

艾莉絲希望婚禮很簡單，不請客人，我心裡偷偷高興著，反正也不會有人來。她唯一的家人遠在西雅圖（而且，她早就厭倦他們了）而我跟她說，我沒有家人。她對我非常好奇，因此我到後來不得不編故事，說我父親是商人，後來失蹤了，我母親是歌劇樂手，從遠東旅行回來的時候，不幸在海上喪生。

除了死亡，還有什麼能阻止母親參加我的婚禮？但這是不可能的——鐘樓怪人娶妻子——我相信要是可以，她一定會停止自己的生活，幫我們繡圍巾織衣服做床單，過來教導艾莉絲衣服怎麼穿帽子怎麼戴（她肯定看不慣芽綠色的衣服）和婚姻生活裡的枝枝節節，而這一切，我親愛的寡婦顯然瞭若指掌。不過，母親不會來的，因為我根本沒跟她說。

最大的殘酷總是慢慢發生。剛開始要讓母親和米娜遠離我的生活，其實不難：畢竟，她們目前住在奧克蘭，離我們有一個海峽那麼遠。母親說她搬銀器經過火爐的時候，弄傷了背，因此決定再也不到舊金山了。她說，她喜歡山上的房子，而且靠南園被焚毀得到的保險金，可以舒舒服服過日子。不過，原因當然不止於此。她喜歡她的老家，她在那裡出生，親眼目睹礦工從山上下來，開採金礦，看著北灣的義大利人把葡萄榨成吉安地酒，少女一邊壓擠葡萄一邊唱歌。她看著老家繁華，也看著它沒落。因此，你怎麼能怪她在目睹死亡之後，不想在原地看到充滿光明的新生活出現呢？

我娶艾莉絲的時候，米娜拒絕見我。母親和我在一九〇〇年告訴她「比比叔叔」的眞相，當時她十二歲，說完之後她瞪著我，用手玩著蝴蝶結，一個字也不懂。「他會死嗎？」她問。母親回答：「嗯，就跟我們差不多。」說完，我可愛的妹妹用一雙深邃的黑眼睛看著我，說：「我們不能跟別人說，不能說，比比叔叔，拜託，不能說。」我知道她是什麼意思。後來那幾年，她不斷要我發誓。米娜覺得，這種畸形對我們家不好，對她尤其不好。她爲了比比叔叔而哭泣，但這傢伙必須待在閣樓裡。

不過，出了事不能怪她。跟愛慕者說悄悄話，在城裡的舞廳裡勇敢地大跳波卡舞，不，不能怪米娜。也不能怪母親待在海灣邊的房子裡，跟魂靈說話。錯全在我。因爲我做的不只是隱瞞結婚的事實，過去幾年，我沒有回她們任何一封信或電話，我不斷找藉口，不跟她們一起渡假和慶生，我不停減少拜訪的次數，減到只有吃個午飯或散散步，最後甚至連家都不回了。因爲我不希望她們揭穿我的祕密，毀了我費盡千辛萬苦得來的愛情，所以，我把生活藏了起來，我把自己藏了起來。這麼做，我不是第一個，我和父親一樣，就這麼在雪中消失了。

因此，婚禮當天，就只有我一個人。跟著我的只有帽子、西裝，還有甜蜜蜜的心。沒有朋友，沒有親人，親愛的艾斯加完全獻出自己，將戒指套上她的手指，在她耳邊輕聲呢喃那幾個字。

「嗯，我也願意。」艾莉絲說。我們那位見證人哭了。法官宣佈我們成爲夫妻。睡在毀壞的螺旋階梯上的鳥兒，振翅飛向我們頭頂上的天空。艾莉絲的手就和二月一樣冷。

「艾斯加，你在哭嗎?」

「沒有，沒有。」

「你眞誇張，吻我吧。」

我眞的很誇張，我吻了她，那一刻，我的生命裡只剩下妳了，親愛的艾莉絲。我把其他人都送走了。

爲了心裡的渴望，我們必須拋棄什麼?我們又會變成什麼模樣?

§

至於洞房夜，呃，你們這些好色的讀者，我兒子可能讀到這裡，他會臉紅的，所以我得在紙上架起屏風才行。屏風後頭，你愛怎麼想像都行：濃霧在身體上凝結成珠，洋溢著夾竹桃香味的回憶，十多歲的祈禱在三十多歲實現，喃喃低語摯愛的名字，雖然是錯的。燕子振翅高飛，還有其他其他……

§

多年以後，我和休吉老了不少，一起開車遠行，他問我爲什麼不找他去參加婚禮。

「你瘋啦？」我說：「你會把整件事情搞砸的。」

「麥斯，我會化裝。貼個假鬍子或披斗篷，甚至帶把洋傘。拜託，我不會躲在樹後面嗎？」

「那裡的樹都倒了。」

「那我就躲在胖女人後面。這樣，我就可以像證婚人一樣看著你們了。」

「太扯了。」

「你爲什麼不跟我說？」

「我們那時候不大親近，對吧？有很多事情，各式各樣的事情我們都沒跟對方說。」

「也對。」

他開車經過寶藍色的湖泊，一朵白雲在湖上投下陰影，空氣從打開的車窗吹進來，發出如音節般的聲音。我指著車外的小孩，他們三個聲音跟烏鴉一樣大，從碼頭上跳下去。他笑了，啊，好休吉。

不過，讓我們回到婚姻生活吧。

§

這是個貪婪殘暴的世界，卻被她紓解了。儘管我們經濟拮据，她還是有辦法把日子過得既富足又愉快。地震過後，什麼都貴，她卻能用芳香四溢的香料，煮出美味的米飯大餐，或是說服有錢的朋友送我們歌劇的票，或用舊衣服做出新的床罩，而且感覺毫不費力——彷彿將蠟燭混合融成彩色的細燭條，是再自然不過的事情。你知道，可以用地震震碎的瓷器當瓷磚貼廚房的牆壁嗎？我妻子就有辦法。她雇了鄰居家的小孩，用朋友清掉的不值錢的碎瓷片，把我們家的爛廚房整個翻新了。在上好的麗摩日「瓷磚」中間，還有一組破茶具——想想看，破茶杯就這麼從牆上伸出來，手把之類的什麼都有——她總是會把我給她的鮮花插進茶杯裡。

我和妻子吃的早餐是：箱子裡的威特比燕麥片。我們一起練習，在起居室裡偷偷大笑，卻從來沒學會的是：火雞舞。傍晚，我在起居室等她，她笑著走進來，身上的味道是：苦根花香。

告訴我：癡迷狂喜要配什麼酒？要用什麼刀叉最合適？

艾莉絲，妳想咒詛我就請便吧，但別說我吝嗇。其實，我把一切都給了妳——妳喜歡的長禮服，雖然遠超過我們的經濟負擔，我還是會買下來，掛在衣櫥裡等妳發現。當然還有妳原本不會買的書，我全都從紐約船運過來，這樣妳不用出門就讀得到——我給了妳這一切，還有更多。我甚至偷塞幾塊錢到妳鞋裡，讓妳隨意花費。我只想讓妳開心，看妳拆開意外的包裹，拿出皮裝書，看我辛苦掙來讓妳又驚又喜的模樣。我的奢侈就是買妳的微笑，買妳輕快的笑靨。野獸都會把少女關在下水道裡，或藏在高高的外國城堡，像喝果汁一樣吸她們的血。忌妒的丈夫跟野獸不一樣，不過，我們做丈夫的也知道，光要她們愛我們是不夠的。我們必須讓她們生活裡不能沒有我們，讓生活美好到她們捨不得離開。喔，艾莉絲，我做的一切就是爲了讓妳留下。

當我睡著的時候，山米聽到我嘶吼的不就是這幾句嗎？當夏天的雷電劃破天空的喉嚨，巴斯特在床單下瑟瑟發抖的時候，我說的不就是這幾句嗎？喔，艾莉絲，留下來，拜託妳留下來，拜託，留下來，喔，留下來。

你可能在想，老麥斯既然像個捕鯨人將她的名字刻在骨頭上，好讓身上每一寸肌膚浮現淡淡的這三個字的痕跡，他既然在心裡航行了全世界，尋找她、也找到她、抓住她、把握她了，一定很快就會心生厭倦。畢竟，我們是永不滿足的野獸，就算天堂也很快會變成無聊的監獄。她理家的能力不是最好的，這點確實三不五時惹我生氣，鞋子會莫名奇妙地在小沙發底下越生越多，洗澡的時候她會唱歌，浴室雖然會應和她沐浴時的歌聲，卻總是像沼澤一樣溼。她的機智常常缺乏遠見，戴淚珠耳環這類無傷大雅的惡作劇還蠻有趣的，但這些耳環不知怎麼回事，總是找不到路回家，最後都得靠我出面解決。我還記得，艾莉絲熱衷某個點子的時候有多煩人——例如，到山上野餐——而且非常堅決，要是後來事與願違，無論是下雨，錢不夠或其他原因，她就會像小孩子一樣失望，得花幾小時才能恢復。但這些都無所謂。不要一兩分鐘，我就會原諒她了。她會讓我在她肩上不停親吻，手指伸進她芳香的髮間，像觸碰海底似的撫摸她的頭皮。我會在她耳邊說話，讓她喃喃回覆：「你這個傻瓜。」我一次又一次地原諒她，當然永遠不會厭煩。你也知道，我愛她。

§

你在想：她察覺到了嗎？我身體特別的轉變，她在清晨感覺出來了嗎？那些年她讓我吻了這麼多回，難道沒發現我的唇更滑潤了一點？她難道沒看出來，我的頭髮更亮了一些，魚尾紋也從我眼睛四周消退了？正當她拒絕食物，想去掉大腿上的性感贅肉的時候，難道沒察覺我把褲子拿去修改，符合我越來越細的腰圍嗎？我們在一起那六年，在她四十歲離開之前，當我求她給我一個擁抱的時候——這男人似乎對她貪得無厭——她難道看不出來，我的熱切絕望有如二十七歲的青年嗎？

我盡一切力量去隱瞞，有回還到理髮鋪仔細染髮，好掩飾我的年紀。現在，我想出了其他招式，來對付詛咒。比方說，我買了一副沒有度數的眼鏡，鏡片是老式的橢圓形，讓我看起來上了點年紀，接近中年。我不再像過去那樣，對流行感興趣，因爲穿什麼對我都不合適，所以，我穿得像個老人，式樣單調古板，彷彿跟不斷前進的世界脫了節。我甚至要我信賴的理髮師把太陽穴附近的頭髮染灰——然而，當我對著鏡子的時候，卻發現頭髮反而更金了，在我面前的是眨著眼的陽光少年，而艾莉絲是不可能愛上這樣的人的。我和理髮師再把顏色弄深點，接近書本那種髒髒的暗棕色。我活著的每一天，時間都在開我玩笑，美化我的身體，讓我更瘦，肌肉更有力，雙頰更高，而我每天都在努力煙滅證據。在我皮膚底下跳動的，是一顆洩漏祕密的心，是我已經親手埋葬的人的心，而我試著忘記——因為愛教我們要忘記——自己有一天會變年輕，而她會盯著眼前的陌生人，魔咒從此破除。

但我很幸運，她只注意自己的身體變化，我常常聽到從寢室傳來的長吁短嘆。她笑自己的皺紋和下巴，新生的灰髮（去一趟髮廊就不見了），笑瘀青要很久很久才會消，還有她的背痛、腳痛。她說話的態度很輕鬆，好像並不在意，而我則是不停跟她說，她很可愛。你知道，我想看她變老。或許這也是一種畸形，但只要想到她的身體會隨時間變化，胸部飽滿而後下垂，頸間出現一道一道的皺紋，我就很興奮。我們在一起最後幾年，她已經無法掩飾嘴角的皺紋，但我對她的欲望卻無比強烈。她在我眼中，不是我十四歲遇到的那個渾身是刺的少女，而是她後來的種種變化。看著我的艾莉絲變胖又變瘦，身體虛弱，滿頭灰髮，笑起來滿臉皺紋，眞是讓我垂涎！我犧牲一切就為了這個：要她成熟，直到在我懷中死去。

§

有個涼爽的早晨，我們剛做完如夢似幻的愛——我年輕的時候想像過無數次，兩人剛結婚那幾年，我每天都急切地享受得到——我的新婚妻子轉過身來，對我說：「艾斯加，你沒辦法滿足我，我需要別的男人。」說完，她開心地整理床鋪，之後再次看著我，淘氣地笑了，說：「你爲什麼擺那張臉？是受傷了還是怎樣？甜心，我說的是兒子，我覺得，我們應該生個兒子。」

山米，是你，她需要的是你。那天早上，艾莉絲說到你的時候，是那麼開心，做了好多充滿希望的計畫，彷彿你是她生命裡埋藏多年的寶藏，而她這會兒正要回過頭來找你。她知道你所有的細節——聰明的笑容、在學校的惡作劇、早上泡在水裡的臉、沈浸在威恩小說驚人情節裡的狂喜、用頭倒立的樣子、唱歌的樣子、用鼻子吹口哨的樣子、在河裡游泳游得比朋友還要遠——做母親的是怎麼知道這些的？難道她的夢早在你出生之前，就會一個細胞一個細胞地跑進你生命裡？還是她擁有某種神祕的線索，一張祕密地圖收在腦袋裡，能夠知道你的一切？

婚後第一年，她與高采烈地談論你，總是在我們結束婚姻「擁抱」之後，當我躺在床上又開心又愛睏的時候談你。那種難以置信的感覺，還是那麼新鮮而純粹，我的小艾莉絲（我從她還留著麥芽糖色的鬈髮，戴著公主帽的時候，就愛著她了）竟然會這麼熱情地吻我，用指甲抓我扯我，彷彿要把我撕成碎片。每天早上，她都會像督伊德教修女，把我燒成灰燼。我們的房子永遠在霧裡，但我總會想像，陽光撒滿窗戶，鑽石般的狹長光影停在我們身上。當我躺著在至福中自得其樂的時候，你母親會用手指纏弄我的頭髮，告訴我，你就要出生了，她感覺得到你像顆珍珠，在她的扇貝子宮裡慢慢成形。

第二年，想你成了消遣：想你，還有你出生之後，會睡在我們床上，睡在我們之間。「艾斯加，別害羞嘛！」她常常會這麼對我低語，一雙暗色的貓眼朝我爬來：「你照我說的去做就好了。」我也照做了，像執行任務一樣。沒有比她更棒的老師了。然而，婚後第一年像珠寶般耀眼的不可思議的早晨，卻一去不復返了。現在，我們有任務在身，就像無人島上的探險隊員，她偶爾會拒絕我搔她癢的手指，拒絕我帶著呢喃的親吻，只願意履行愛情中必要的部份。

第三年就像鬼故事。她有時會放下手中的書本，凝望角落，像看得到你似的，彷彿你隱約可見，在走廊輕聲慢步。她睡得不好，夜裡會醒過來，走到廚房，我敢發誓，我聽見細微的歌唱聲。艾莉絲試著靠攝影來振奮精神，每天都很晚回家。每趟回來，她都會帶回城市重建的景象，新的中國城街道更寬了，希望藉此杜絕老鼠，還有塔形建築，小孩子抓著其他小孩的馬尾排排站。公園裡的小男孩，和坐在長凳上穿白色褶邊服的母親。她在浴室裡洗這些相片，有很多被她撕成碎片。她在找你的影像嗎？偶爾，我回家的時候會發現，她穿上綢緞戴著人造鑽石。我親愛的艾莉絲，靠打扮來讓自己高興，就像當年在南園一樣。我會發現她坐在窗邊閃閃發光，笑著跟我說：「親愛的，我覺得好極了。」但我的心卻會沈到谷底。她心裡究竟藏著怎麼樣的渴望？或是祕密？面對這樣的她，我會微笑、倒酒，希望明天會不一樣。人都討厭事情只看到一半。

我們在臥房裡爭執的次數變少了，卻更激烈了：就像降靈會，召喚不會出現的魂靈。「我覺得，那時候感覺有東西。」她擔心地喃喃自語：「嗯，不對，也許沒有。」說完，她便靜靜躺著，床單拉到下巴，鼻子因爲天氣冷而發紅。我陷入沈默的絕望裡，你知道，就像其他愛情中人。我沒有一刻能夠確定，她完全屬於我一個人。我知道，她隨時都可能消失。但有了兒子，我的兒子，就算她不再愛我了（老天保佑，希望不會）至少還會永遠愛你，這樣也就夠了。你可以救我一命。但是——我承認我有點緊張。從我魔獸般的腰際會生出什麼樣的後代來呢？半人半怪物，雞身蛇尾嗎？或者像神話一樣，長生不老？

不過，山米，你眞是漂亮，眞的。這會兒，我坐在我們共用的小書桌上寫字，你在床上像個死掉的軍人攤開四肢打著盹，嘴巴因爲夢裡的奇遇張得大大的，陽光撒在你的右耳，發出珊瑚般的顏色。你的一邊臉頰因爲摩到被子變得紅紅的，左手垂在外頭，角度很誇張，感覺又軟弱又無望。你的眼瞼在狂亂的睡夢中不停跳動著。兒子，你眞漂亮，雖然你來得太遲了。

§

打個岔。別在意灰塵，這本塗鴉是從閣樓上拿下來的。我總算找到通往閣樓的小走道——仙境般的大小——而那裡也確實像破椅子、死昆蟲和裝箱的回憶的理想國。我得暫停一下，先說從這扇髒兮兮的窗子往外看是什麼景色。景色好極了。我看到妳，艾莉絲，在很下面的地方。

妳身穿黃色，在花叢間彎著腰，裙子像從前的羅馬婦人一樣綁了兩個捆牛結，雙臂因為陽光和暑氣有些發紅，妳果決地修修剪剪，摘摘拔拔，像賭場裡的莊家，動作毫不遲疑，非常肯定什麼是雜草，什麼不是，就算不確定，一旦下手也從不後悔。妳沒有哼歌，沒有說話，也沒有憂慮地抓臉。妳對每一株天竺牡丹都很溫柔，像面對摯愛的人一樣靠近它們，但經過之後就忘得一乾二淨。哎，有隻蜜蜂跟著妳的一舉一動。

艾莉絲，這上頭很熱，塞滿了慈母積存的垃圾，和愛人的戰利品。我瀏覽山米的美術作品，從最早的塗鴉開始——大部分都像洞穴畫，細棒子上頭插著蜘蛛樣的大頭——到最近的素描，畫我們這個小家庭，重點在他的手，妳的髮型和我的下巴。我看得筋疲力盡，又覺得震撼。他畫給我的賽車圖，還有各式各樣他覺得會賺大錢的發明草稿，我多半很喜歡。做父親的就愛收藏這個——兒子只跟他分享的祕密。

不過，我上來這裡，找的可不是這些。就像其他大博物館一樣，妳把最偉大、最有爭議的寶貝永遠收藏起來，但這會兒，它們就在我面前，像地下墓穴裡的屍骨整整齊齊排列著：妳拍的相片。我不在身邊的這幾年，在我最後一次找到妳之前的這幾年，妳做的東西。沒錯，就在這裡：妳在池塘裡漂浮的自拍像。我愛這張相片，裡面的熱情讓我興奮激動，預示了一個私密的世界，一個狂風暴雨、洪水氾濫、花瓣散落、玻璃四碎的世界。我們的愛人閉上眼睛的時候，都看到了什麼？降臨在他們的白日夢裡的又是什麼？答案只有愛上藝術家的人才曉得，雖然我們總是傷心地發現，他們看的、夢的不是我們。

艾莉絲・蘭西，要是我想瀏覽妳的東西，我必須提防妳。但我一開始偷窺妳，就幾乎停不下來了。我不能坐在這個塞滿東西的房裡，尋找過去的片段，因爲你就在這裡！我找了這麼久要找的，現在就在下面的花園裡。妳的膝蓋和小腿張開，夾在罌粟花叢多毛蜷曲的拳頭之間。妳的皮膚有淺淺的瘀傷，是我前幾天玩遊戲抓妳的時候弄的。這是我做的記號。妳的一雙腿，從裙子底下伸出來。我回想起，像妳這樣的小女孩在黑暗的草地上找一根針，燈籠褲拉到大腿上，就像現在這個樣子。蜜蜂就在妳的上空，朝妳頭髮逼近，但妳卻沒有發覺。妳往後仰，用手肘邊擦去臉上的汗水，姿勢就像個農人。蜜蜂、陽光和妳四周的空氣、花園裡的景象眞是美極了。艾莉絲，不論老人或小孩都會永遠愛妳，妳小心了。

§

時間是一九一二年十二月，我已經開開心心和艾莉絲結婚四年多了，這時候，我們的生活有了小小的改變。她母親，也就是寡婦李維太太，生病了。她自從我們結婚之後就住在帕薩迪納，醫生始終沒找出眞正的病因，但是我記得，她拚了命地發電報過來，每星期送到我們門前，直到有天晚上，艾莉絲把我拉到一旁，說她母親的病非常嚴重。

「親愛的，有多嚴重？」

「呃，我非得去幫忙不可。」

我想了一會兒。要是我手邊有菸斗，肯定會拿來抽。我的姿勢就像席爾斯公司目錄裡的丈夫一樣，穿著毛線外套，思忖玫瑰般的生活是多麼短暫。之後我說，那好吧，妳母親可以過來和我們一起住。

「喔，你不會喜歡這樣的，」她說完，又接著表示：「再說，媽媽不能遠行，我必須去她那裡陪她。」

換句話說，他們想動手術，把艾莉絲從我生命裡切除——我還寧願他們把肺切掉！我妻子離開房間，行李箱一半裝舊衣服，一半裝新書和相機。她要離開三個星期，回來一個星期，之後再過去三個星期，依此類推，直到她母親好轉爲止。艾莉絲回到房裡，看著我的臉，眼裡閃過一絲哀傷。她走過來用溫暖的手拈著我的耳朵，吻我糾結的眉心。「喔，親愛的，不過就幾個月嘛！」我的心高興了起來，她母親的末日這麼快就到了嗎？「不對，艾斯加，」她說完審視我的眼睛，說：「不過，她的病情應該幾個月就會好轉了吧。」

她錯了，那老女人沒有變好。她花了整整五年。

§

艾莉絲的消失毀了我。少了她，我就像希臘神話裡失去愛女的女農神，把自己的世界變成了冬天。衣服堆積如山，染著紅漬的酒杯像部隊一樣排列在廚房桌上，每天晚上靠著沙發扶手枕著手臂睡覺。偶爾醒來的時候，我會面帶微笑，關節吱嘎作響，喃喃向愛人道早安，卻發現我的臂彎裡只有塡充料和霧氣，我剴剴切切地哭了。

我們在信裡說話，很浪漫。我告訴她客廳裡發生的蠢事，我上回在哪聽見家鼠快跑的聲響，我修了哪個樞紐或抽屜，還有房裡的任何改變。我讀到她母親的痛苦與哀傷，消逝的美貌，自私的本性終於顯露無遺。我讀到艾莉絲加入一個攝影俱樂部，在當地藝術家的工作室實習。其實，她還寄給我一張她在橘子林裡的自拍照，很漂亮。她微笑對著鏡頭（朝她丈夫，因爲這張相片是爲了我而拍的）悄悄傳達愛意。相片上還有銀色的工作室全景浮雕。我把照片擱在床邊，只要想起遠方的妻子，相片就開始取代我的記憶。

我變得和童話故事裏的藍鬍子一樣忌妒。我到奧克蘭火車站和她碰面，手裡拿著一束鮮花或髮飾——這些東西總會讓她微笑，贏得她中國式手提箱裡一個永恆的位置——總會發現她在和男人（通常留著鬍子，其貌不揚）聊天，男人會扶她下火車，直到她發現我在看她，才匆匆向他道別。那男人站在我們倆還有手提箱和蒸汽後頭，很興奮的樣子。她的微笑就像鎢絲燈一樣亮著。

「他叫什麼名字？」她讚嘆我送的禮物的時候，我問。

「誰？在哪裡？喔，艾斯加。」

「除了攝影俱樂部的人，我不准妳和其他男人說話。」

「艾斯加，我累壞了。媽媽要我唸言情小說給她聽，沒想到這種小說這麼無聊，而且很露骨，眞的。各式各樣的做愛姿勢，小說裡應有盡有。你一定不相信，我媽其實很好色……」

「他是誰？」

「希瑞爾，他是賣木材的，我很喜歡他。喔，別這樣，別這麼死板嘛！我不會爲了希瑞爾離開你的。現在帶我到你能吻我的地方吧。」她會這麼說，而我會把她趕上車，途中不斷想著，我拿來暖手的火是誰起的，希瑞爾、法蘭克還是鮑伯？喔，你不曉得，每天晚上在我頭骨下的化學池裡都冒出哪些景象！

但都變淡了。只要她在我身邊，雖然每個月就一星期，但是我的生活就會像是染了色的相片，色彩鮮明。即使艾莉絲家事做得不好，沙發底下都是鞋子襪子，拆開的信封散落各處，我都愛得不得了——這些都是我幸運猶存的徵兆。我的希望實現了，就算女主人離開了，我也要女傭留一兩雙襪子在地上，梳子上的棕色頭髮不要拿掉，就爲了證明自己不是在做夢。

§

約莫在她母親生病後的第二年，我們的命運再度改變了。有個星期，艾莉絲在舊金山，我下班回來看她在小起居室裡讀書。我發出聲響，艾莉絲抬頭看我，臉上充滿光彩。

「親愛的，怎麼了？」

她臉上閃過淘氣的神情，什麼話也沒說，從瓷碗裡拾起一張名片，上面寫著：萊斯特爵爺，費蒙特飯店。名片一角摺彎了，露出法文的「事務」兩個字。不知道是哪種事務。

「哦，那是什麼？」

「你猜。」

「我怎麼可能……」

她說：「好吧，我給你三個提示。高禮帽，塗油防水雨衣，勾人的眼睛。我只能告訴你這些。」

「我的私生子。」

她眼睛睜大，充滿狡黠。「是的話就好玩了。不對，是個老頭。很老，而且很生氣。手裡拿著兩根象牙鑲頭拐杖。」

「應該不是我的店員同事吧？沒那麼無聊？」

「不是，不是，沒那麼無聊。快點猜嘛，艾斯加。」

「我放棄了。是塔夫特總統。」

她嘆了一口氣，說：「你猜東西的技術眞爛，他什麼也不肯跟我說，只問當家的男人是誰。他說，他很關心你和另外一個人。」

「塔夫特太太。」

她雙眼又亮了起來，往前靠著椅子，說：「艾斯加，我猜他一定是你父親。」

§

第二天一早，我就到費蒙特飯店，雖然那地方不是我這個窮店員進得去的，我還是穿上最好的西裝，順利讓門房放我進去。我請門房去叫萊斯特爵爺先生，之後就在怒放的鬱金香旁邊的鏤空雕花沙發坐著等了好久。

門房回來了，釦子在會客廳裡閃閃發光。他揮揮手，這時一個人從他身後冒了出來，身穿大外套，修剪整齊的灰鬍髭，左眼蒙著翳失明了，鼻子像藤壺似的斑斑點點。艾莉絲太有想像力了，竟然以爲他有兩根手杖，其實只有一根，頂端鑲著象牙。我起身，那人把手杖遞給門房，盯著我，渾身顫抖吸了一口氣。

「爸？」我出言試探。

「什麼？」他問。

聾了。又聾，走路又蹣跚，我想。「我不知道該說什麼。」

「說？」

我更大聲：「你是，你是……」

「堤弗利先生，我是律師，」他說著，喉嚨斷斷有聲。「我是來執行命令的。要不是你天殺的這麼難找，我也不用在這裡待這麼久了。我猜你是不想讓妻子知道你的眞實身分吧。艾斯加・凡達勒，是啊。你眞傻，你父親已經過世了。」

其實，事情很簡單：父親在雪裡的足印直直通往碼頭，這我們都知道，但不是因爲他被人挾持出海了，他只是走出自己的生命，不再回頭，就這麼回事。

他從舊金山消失一個月之後，來到阿拉斯加，靠身上帶的錢買了間小雜貨店，在美國最偏遠的角落做起小生意來。那裡生活寂寞，天氣又冷、太陽看起來像灰濛濛的星星，誰知道他在那裡有什麼樂趣。肯定是讓人發抖的快樂。說不定突如其來的一場雪，給了他啓示，讓他想起自己拋下多年的北方故鄉。雜貨店從一間變成兩間、三間，父親開始投資房地產和採礦，讓他賺了更多利潤——採銅，不是金礦——之後，他隨隨便便做什麼，財富地位就不斷飆高。

「他的確再娶了，」執行律師跟我說：「她有一半的印第安血統，叫沙拉・霍華。不過，她沒替他生下一兒半女，組成新的家庭。反正跟錢沒關係。我相信，她是死於上世紀末爆發的流行性感冒。」莎拉．霍華的其他方面，反正跟繼承無關，就沒什麼好知道了。當然，我在心裡想像她的模樣，穿著鹿皮戴著無邊呢帽，顧著木頭爐子，幫潦草寫字的父親做玉米烤餅。不過，他們其實是有錢人：顧爐子的是女傭，送飲料的也是女傭，有印第安血統的莎拉則是在起居室裡編織。沒有鹿皮，也沒有無邊呢帽，而是絲質洋裝加裙撐，穿了好幾年，過時了還穿。她的阿留申黑髮映著永不下沈的太陽散發光芒。可憐的死人莎拉，「反正跟繼承無關」，但是，他愛她。

之後，他鰥居了十年，採礦業務下滑了一點，罐頭工廠卻大發利市。房子也慢慢修葺完成，再轉手給更願意經營的人。他髮色灰白，擔心世局，之後便過世了。沒有親人圍繞病榻，也沒有死前的囑咐。怎麼可能有呢？父親早就一句話不說離開我們了。

「他過得令人滿意的生活，等你看自己繼承到什麼東西就會知道了。」

這就是他要的生活？寒冷刺骨、遠離人世的幸福生活？他離開著名城市裡的房子，拋下衣服、拋下我們，就爲了這個？聽起來難以置信。我總覺得，美麗喧鬧的舊金山就像商人的愛女，可愛芬芳又快活，看到的人沒有不愛上她的，但總會有人覺得她的魅力太過強烈，寧可要個說話小聲，長痣，眉毛發黃，笑容冷漠的人。父親就是這樣，永遠選擇最錯誤最離譜的人生。

他們爲什麼要離開我們？爲什麼？

§

阿拉斯加和蒙大拿共十二處銅礦、三間鋸木廠、兩艘蒸汽船、一座漁場、一家罐頭工廠、十二雙十號的鞋子（爸，我的腳也是十號，直到後來開始縮水）、兩打古怪土耳其色調的絲質領帶和領巾、一台活動放映機（附帶中國、印度和其他各國佳麗入浴的幻燈片）、一組奇形怪狀的農莊彩色陶器、黑玉和火山岩袖口鏈扣、沼澤橡樹雕成的女性手掌，還有一堆嚇人的新穎電子產品，可以攪拌、研磨、鑽孔、照明、投射、催眠和治病（但沒有一個能用的）。一只金鏈錶，上面刻著「獻給吾愛艾斯加」，我不記得父親之前有這只錶。不過，他的銀指環我就記得（讓我突然想起他把指環摘下來時，手上兩道粉紅色的痕跡。）。幾塊租賃地，還有一張房地產支票，不是來自父親的戶頭（他的房地產的投資都非常明智），而是在費爾班賣掉的四棟房子和安哥拉治的一棟房子，那些傢具、壁畫、其他雜物，還有撐著傘的鑄鐵男童噴泉，實在沒辦法讓我生出任何思父之情。

父親給我的就是這些。

§

那天晚上，我把這件事告訴艾莉絲，她的臉像通電似的亮了起來。

「你是什麼意思？」

我們有錢了，我說，不像她認識的銀行家或鐵路大亨那樣家財萬貫，但有的錢跟他們家從前有的差不多棒，差不多舒服，也跟我小時候的家境相當。命運之輪再度轉向我們這邊了。我說，我很喜歡現在的生活，狂野的廚房裡的茶杯插滿玫瑰，她從有限的雜物清單裡變化出種種奇蹟，用工場買來的蕾絲幫洋裝重新車邊，還有在這間純粹又完美的房裡過的純粹又完美的日子。我說，我們應該小心，不要變動我們所喜歡的生活。但是。「但是，艾莉絲，你要什麼，我都給妳。滿足妳心中的任何渴望。」

我幻想，我們應該搭著新造的郵輪環遊世界。沒有地震搖撼我們，戰爭的魔手也碰不到我們。我可以實現夢想，買下一座鍍金的島嶼。在遠方，不就有這麼一群人，獲得應許將置身在這座天堂裡嗎？海上的波浪就會將她催眠，讓她沈睡不醒，而我便可以看著她，凝視她的夢境，看著從海浪中誕生的艾莉絲躺在漲滿陽光的舷窗底下，或許就這樣看著望著，直到永遠。

我把心裡的幻想告訴她（可能是縮短過的版本）她聽著，身子靠在壁爐架上，廉價的耳環隨著頭部的動作輕輕發出叮噹聲響。

「不要，不要，那不是我要的。」

「那妳要什麼，艾莉絲，妳告訴我。」

她心裡的想法停在嘴邊，像隻杯子鳥（cupped bird）。她的目光在壁紙上逡尋，彷彿上面寫了字，是未來的她傳來的信息。終於，她開口了，語調就像直流電：「我想創業，有自己的攝影工作室，還有工作之外的空間，沒錯，沒錯，喔，我想要……」

妳想要自由。我們每個人都想要自由，我早該知道的。蘭西太太，事後回想起來，我很訝異，妳竟然沒有很快就離開我，讓新婚不久的我回到房裡，發現裡面空空如也，或是什麼都沒少，唯獨妳和妳最愛的那幾件洋裝（紅色的）不見蹤影。妳爲什麼在我身邊待了這麼久？

「也許，艾莉絲。」

妳笑了，歡樂像泉水般湧了出來。「眞是個好機會啊，艾斯加，眞是個好機會。」

「也許。」

她開始跳舞，看見鏡子裡的我，對我眨眨眼睛。「艾斯加，我覺得我們應該慶祝一下。」她帶著永恆的微笑跟我說。「吻我脖子這裡，沒錯。」她委身於我的暗示是那麼強烈，我體內年輕的部份開始燃燒。我聽見她對我低語：「艾斯加，把我身上這件該死的洋裝脫掉。」

喔，我眞脫了，用我又熱又滿懷感激的雙手。我扯下飛蛾的翅膀，而她得到了工作室。

§

「麥斯，你的頭髮該上上色了。」休吉張著新蓄了彎鉤鬍的嘴嘟囔著。

「什麼？」

「你看起來就像個送報童，都可以當我兒子了。」

「休吉，這眞是夢魘。」

我們倆坐在休吉的俱樂部裡，我因爲新增的財富而受邀加入。於是，我又開始幾乎每晚和休吉坐在紅玉釘接的皮椅上，讀著管家幫我們剛熨好的發燙報紙。這陣子，艾莉絲又常常不在，晚上有休吉作陪，我很感激。

「麥斯，你還是有錢比較好。」

「你白癡啊，你之前說我還是窮一點比較好，你忘啦？」

「眞的嗎？」

「眞的。」

他想了想，說：「嗯，那是因爲我當時也很窮。但你至少能夠花錢弄個像樣點的髮型吧？」

「把酒拿給我。」

「你起碼很享受吧？我是說，你這筆意外之財。還有艾莉絲，我覺得你是世界上最幸運的男人了。」

我的確是。我和艾莉絲在擁擠的小公寓待了幾年之後，總算換了一間可以自在伸展的房子，就在冷颼颼的葛林，可以俯瞰整個艾卡崔茲。房子另附很現代的車庫，可以放我們那輛老奧斯摩比。還有那些很蠢的新玩意兒，就是人們重新有錢之後會買的東西。加上小裝飾品和迷人的小物事，都是我們很懷念的東西——衣服、食物和許許多多神奇的習慣——現在享受感覺更勝當年。當然，換了新家，我也得重新找地方藏匿我的祕密，包括幾封信和外婆打給我的金墜飾，以免留下證據。之前把它們埋藏在鞋子之間並不難，但我現在很擔心，找不到夠安全的地方，所有東西僕人都會碰。最後，我把墜飾和信件鎖在箱子裡，放進衣櫥，並吩咐女傭不用打掃這塊地方。

雖然艾莉絲喜歡打探別人的祕密，但我卻不擔心她，因爲她幾乎都不在家。她回來看我的時候，我會極盡奢華地對待她，我覺得她愛死了，她會笑我買給她的裝在紫色小盒裡的滑稽珠寶，那輛車她也從來沒開過。其實，她儘管有這麼多錢在身邊，卻依然穿著原來那種風格特異的便宜衣服——只要能矇過去，連褲子也都照舊——把全副心力投注在創業計畫上，希望成立自己的工作室。我發誓要幫她出錢，但我眞希望能夠回到過去，把承諾從我唇邊抽走。然而，我那時候哪會知道呢？線索來得太晚了：她踏下火車的那天早晨，她在我臉上啄了一吻，之後就像掏出手帕的魔術師，從外套裡抽出一張紙：她剛簽下的房屋租約。她是那麼快樂，那天晚上根本就在我的臂彎裡融化了。她夢寐以求的專業攝影室，在新興區的街角，一間小工作室，可想而知，當然，在帕薩迪納。

「她必須待在母親身邊，」我向休吉解釋，他挑了挑眉毛。我說：「她們母女比我想像得還親。就像東方花園裡的無花果和柏樹一樣，長在一起。我沒想到會是這樣。再說，她的工作夥伴也在那兒。她之前在這個男的那邊實習，他是蠻有名的藝術家，她說，呃，她說她是他的謬思女神。他有客戶又有經驗。」他是她母親的老友，年長的維克多先生。我喜歡把他想成蓄著白色鬍髭，眉毛因為感光粉而微微燒焦。

「你很能釋懷嘛，麥斯。」

我說：「那是她要的。愛一個人的時候，不會希望對方的夢想實現嗎？如果你能幫他的話？反正她都得待在那兒，我想看她的時候，就可以去看她。這樣就夠了，不是嗎？只要你是眞的愛他。」

「我猜是吧。」他默默地說。

「所以，一切都很好，休吉。」

「是嗎？」

「是啊。」

他用那雙鑲著斑白睫毛的藍眼睛盯著我，接著搖搖頭碰了碰我的袖子，說：「麥斯，你要跟她說，不然你會失去她的。」

「我不想談這個。」

「你眞蠢，」他噓著說，其他人回過頭來，對我們兩個爭執的聲音微笑。「染頭髮，我還聽說你買了一根拐杖，我敢說，你不認為她是個笨蛋，你會失去她的。」

我看著他，那嘴可笑的鬍髭看起來就像很明顯的僞裝，既淸楚又愚蠢。「閉嘴，休吉，」我怒氣沖沖地說：「我不知道你有什麼資格說我，大家都知道你對愛不在行。」

我想我的意思是（我們非得解釋酒後說的話嗎？）他對婚姻不在行。有天下午，我到休吉家去遞邀請函，女傭要我等他妻子艾比蓋兒出來。她出現的時候身穿金線綢緞長禮服，眼神迷離，金髮的顏色像塵土一樣。樓上傳來她兒子的尖叫聲。「他不在，」她說著，又對我露出那副禮貌性的微笑。「他到舊家那邊去看看了。他會待在那裡修理大火弄壞的地方。」

「哪個舊家？」

她微微退縮，說：「南瓜屋。」

我頭先以爲——我想她也這麼認爲——南瓜屋裡躲了個天使般的情婦。不用說，我立刻趕了過去，卻什麼也沒發現，只見到房裡放了東方地毯和檯燈，書架上擺滿閃閃發亮的新書，和一名新的男僕，而休吉自己則穿著短衫。事情再簡單不過了：這裡是男人的避難所。休吉相當無辜地向我解釋，在家裡，老婆大吼大叫，不時頭痛，加上小孩和他們養的幾隻貓，他實在沒辦法好好看書。我看他在牆上掛了幾張軍隊肖像，都是艾比．蓋兒絕對不准他掛的，畫中的男人我全不認識，個個上了妝微笑著。這時，男僕拿了菸斗過來——我們就像過去那樣——抽著大麻，直到躺在地上咯咯直笑。我記得自己在恍恍惚惚當中想著這名男僕——泰迪——外表跟我同樣年輕，油亮的黑髮，紅潤的雙頰，但目光裡那種年輕人獨有的近乎驚恐的神色，卻是我再也無法擁有的。泰迪拿了枕頭墊在我的頭下，同時幫我蓋上毯子，一言不發。「泰迪，謝謝你。」我說。

「先生，不客氣。」

休吉嘆了口氣，學我說：「謝謝你，泰迪。」接著就突然睡著了，在沙發上發出鼾聲。我知道他和女孩子的事，和艾莉絲的事，知道他在大學的事，婚後的生活，但是到頭來，他還是一個樣。形單影隻倒在單身公寓裡，留著鬍髭有個男僕，妻子在其他地方唱歌哄小孩上床，歌聲完全聽不見。他對愛不在行，我想他知道我的意思。

我得暫時放下手上的告白了。因爲要辦雞尾酒會——親愛的，這麼做其實是違法的，但是我不會說出去——房子重新整理過，艾莉絲，妳正在臥房裡頭大吼，要人來幫妳拉洋裝的拉鍊。我得用跑的，這樣才能趕在山米前面。

§

現在，讓我們來補充一下遺漏的細節：我拿著邀請函到休吉家，不是找他去平常那種俱樂部聚會，不是那種有錢男人必須參加的無盡的枯燥晚會。而是個意外的邀約。他的邀請函和我的夾在一起——我猜女主人只曉得我的地址——而我會把邀請函拿給他，是因爲我需要他陪我去。爲了回憶，也爲了往事去參加舞會。主辦者不是別人，正是我家的前女傭，瑪麗。

我希望，讀到這份告白的人，就算年紀最小的，也不會吃驚。大地震之前，所有參議員和商人都曾經在她店裡的點唱機投過銅板，在女人身邊喝一瓶香檳，有些人更曾經在芳香四溢的「處女室」裡偷窺過專為他們準備的表演。杜邦夫人甚至開了一間入口隱密的男妓院，招待女客人，這些女客人都戴著綢緞面紗以免被人認出來。據說裡頭有一後宮的男人，全是志願的。當然，這些撐了十多年就結束了。教會的壓力，立法機關，還有我們那親愛的腐敗政府的終結，都讓杜邦夫人不得不結束生意。她其實做得不錯——客戶裡有做經紀人的，幫她選了幾項好投資，在她擁擠的起居室裡也不難聽到操作股票的祕訣。但是，我們聽到的還不止於此，因為晚上幾杯黃湯下肚之後，她常常跟我說，她最渴望的夢想還沒有眞的實現：「我希望能成爲貴婦，」她說著撥了撥金色的假髮。「該死，那是我應得的，我服侍那些男人就跟他們的妻子一樣賣力，我希望能和鐵路大亨凡德比特這樣的人一起參加晚宴，希望他轉身跟我說：『夫人，這是我的榮幸。』」這就是爲什麼，在她的妓院關門多年之後，當大部分的人早就不在意她所代表的罪惡的時候，舊金山的每位重要人物都收到了這張邀請函：

某某先生夫人

九月舞會

一九一三年三月二十日

晚間八點
瑪麗・杜邦寓所

你不能禁止妓女賺錢，而錢在我們城裡可以買到任何東西，因此，我們所有人都出現在這棟座落在鐵路大亨和西班牙伯爵宅邸之間的優雅白色建築裡。夜裡開花的茉莉、杜松，樑柱的弧線看起來就像羅斯福總統的微笑。我猜，瑪麗把她掙來的錢全花在這棟房子上了，不爲晚年的舒適，而是爲了今天晚上。閃爍的煤氣燈緩緩靠近——不是電燈——管絃樂團的聲響像遠方的瀑布穿過敞開的門，流洩進來。一切都計畫得好好的，起碼在她砸下一百萬美元的時候，是這麼希望的。我想像，年邁的瑪麗在空蕩蕩的房裡穿梭，時而緊握雙手，時而放鬆，幻想著這場晚宴，而她的兒子、父親和愛人們都會出現，打算分一杯羹。她最好的珠寶和笑話都要留給這場晚宴，這天晚上會像其他聚會一樣，充滿了最好遺忘的回憶。

領我們進門的是個英國管家，不是非洲女傭，但杜邦夫人還是沒變，站在樓梯欄杆旁邊微笑著。我唯一的感覺就是她瘦得離譜，有點駝背，肯定是上了年紀的緣故，還有那一頭昂貴的金色假髮。男性和女性在年幼和年老的時候，是很相像的，她站在那裡手插臀部的樣子，就很像男警官。她應該有七十歲了吧。

「鄧西先生！我就知道你會來，」她說著朝休吉伸出因爲戴戒指而微微顫抖的手。「你看起來還是那麼英俊，那麼容光煥發。」

「夫人。」休吉說著親吻她的戒指。太瘦了，她是什麼時候變得這麼瘦的？

「太太沒一起過來？」她說著繃緊酒紅色的雙唇。

「抱歉，沒有，我們最近都不會一起出門。」

她緊緊盯著休吉——用她一貫的皮條客眼神——但等她轉頭看我的時候，卻顯得非常迷惑。「不過，你倒是找了個英俊的男伴來，眞是驚喜。」說完，又是過去那種嚇人的低沈笑聲。

隨著年紀增長，有些年少時的特徵會重新出現。雖然誰一眼就明白，我親愛的老瑪麗的外表美貌是不可能回復了，就算身體包在黑色的直禮服裡，眉毛接上長長的白鷺羽毛，四處伸手寒暄調情，彷彿談情說愛的機會就在眼前，也於事無補。

不過，金色鈴聲一響，那隻手馬上就抽回去了。「幹，」她大叫一聲，之後便開心地大聲嚷嚷：「天哪，你是麥斯！」

§

「不是有個女的嗎？」我扶她走進舞會廳的時候，她像站在舞台上似的對我低語：「可憐的麥斯，就是你愛著的那個女孩，你變成這麼年輕之後，有沒有看過她？」

「她叫艾莉絲，」我溫柔地對她說：「而且，夫人，我娶了她。」我想，她要是能哭，肯定會流淚的，但她就像只上了色的葫蘆，只是嘆了口氣，身子搖晃一下，年華老去和多年來的辛苦已經搾乾她心裡的一切。

「休吉呢？他還好嗎？」她問道。休吉正在吧臺那頭等香檳酒，對著幾個聚在一起的男人點頭致意。置身在這群妓院老顧客當中，他看起來就和我們每個人一樣不自在。

「他很快樂吧，我想。」

「不對，他這種人不可能快樂的。」她說完轉過來仔仔細細地打量著我，彷彿在檢查奴隸。「麥斯，我必須告訴你，你沒有變成我想像的樣子，我是說，你不像我在你還是個小孩子的時候所想像的模樣。」

「不像嗎？」

「不像，親愛的，我第一次看到你的時候，喔，你是世界上最醜的生物。包著老人外衣的小孩，有什麼比這更悲哀的嗎？那時我想，天哪，有誰會愛上這樣的傢伙。我說眞的。我覺得好難過，天知道爲什麼，爲你這個有錢的小東西難過。看到你變了，我眞的很開心，而且你不停在變。我沒辦法告訴你，在我這個年紀，變成這副醜樣，是什麼感覺。像隻穿著絲緞的大蜥蜴似的。你看，我們現在互相交換了。今天晚上，男人會喝我的酒，跟著我的樂團起舞，看著我心想，天哪，有誰會愛上這樣的傢伙。這是我應得的，對吧？但至少我有名有分了，麥斯，我是貴婦了。所以，你不要跟他們說，我在你們家當過女傭，你只能跟他們說，我是貴婦人。」

「妳是貴婦人。」

「麥斯，你變帥了，你自己覺得意外嗎？別再變年輕了，維持現在這個樣子，你妻子會永遠愛你的。」

我看這個老女孩兒是有點醉了，因此我把事實眞相告訴她：「我沒辦法。」聽我這麼說，她只是用手背碰了碰我的臉頰。

不到半小時，更多俱樂部成員聚集在舞會廳和圖書室，抽著雪茄，挑著眉毛意味深長地看著彼此。我發現有個老人，他曾經付錢要瑪麗去他家幫傭。在不放棄希望的指揮帶領下，管絃樂團又開始興奮彈奏著藍色多瑙河，期待哪對夫妻心情好起個頭，帶動大夥兒瘋狂跳舞直到天明。但是，這裡沒有夫妻。賓客不斷抵達，我聽見杜邦夫人在隔壁說話的聲音：

「您的夫人呢？她怎麼沒來？」

「夫人，很抱歉，她今晚沒辦法過來。」

「沒辦法？」

「妳的房子眞漂亮。」

「麥斯，我無聊到掉眼淚了，」休吉朝我發牢騷：「杜邦夫人的宴會什麼時候變得這麼無聊啊？藍色多瑙河，老天，我眞想尖叫。還有這些爛人，我敢說，要是他們褲子脫到腳踝，說不定還比較容易認，這會兒全都在她的妓院裡喝著香檳，穿得整整齊齊的，眞是太無聊了。」

「這對杜邦夫人好。」

「這是勒索，我又不欠她人情，我之前做什麼可都是付了錢的。」

「嗯，我欠她人情。」

「我沒力了，酒幫我拿著，我就回來。」

他離開很長一段時間，我怕他把我丟在這裡，心裡很慌，便走到外頭去看車子是不是還在。車子還斜斜停在車道上，我鬆了一口氣。休吉和司機正在車裡爭吵，天氣眞是冷極了，我突然很想回家。我走過濡溼的草皮，試著聽他倆在吵什麼，但有個司機正好在發動引擎，所以，我只能看著我朋友和他僕人泰迪，一個戴著熠熠發光的高禮帽，一個戴著蘇格蘭帽加護目鏡，像演默劇似的在我眼前互相抱怨著。夜霧甚至遮去了他們身上的顏色，我心裡納悶，自己怎麼那麼粗心，沒有早點發現。

我後退閃到一株龍舌蘭後面，差點割到手。舞會廳裡剛換了一首華爾滋舞曲，休吉聽著年輕人對他大吼，有點退縮，一指按著太陽穴輕輕回話，年輕人冷冷地眨著眼，手套緊握在拳頭裡，粗暴的言辭飄散成爲霧氣。我這會兒才弄明白的事情，各位熟知世事的讀者可能早就知道了。一封信著火，被扔進火爐裡，大學認識的朋友，感情很好但一下就忘了，妻子丟在家裡，和泰迪共處一室。休吉受傷的眼神——他還有哪些心痛時刻我錯過了？看他們在一起，我很火，我之前都沒想到。話說回來，一個人能有祕密，不是因爲他聰明或行事隱密，愛是藏不住的。

祕密能保住，是因爲我們根本沒有留心去注意。

一切發生得太快，我根本記不得自己當時的感覺——排斥吧，我想，還有震驚和嫌惡——但事後回想起來，我卻心懷感激。我看著這對愛人默默坐著，沒有微笑，十指交握。泰迪臉上寫滿了哀傷和歉疚，我想，他已經儘可能去愛我的朋友了，也差不多夠了。不一會兒，休吉湊在年輕人耳邊嘀咕了幾句，雙唇滑過他的臉頰，吻了一下。眞沒想到會見到這樣的景象，又邪惡又哀傷，而且還非常好運。寫到這裡，我問各位，我認識休吉五十年了，除了他，我這扭曲的一輩子還有誰更適合和我作伴，除了他，我這頭沒有朋友的野獸還能找到誰做好朋友？而休吉——他也和我一樣，是頭祕密的野獸？

§

回到舞會。我離開的時候，氣氛也正好變了。烈酒開始發揮效用，男士分成一群一群的，呵呵笑著。有幾個人進到舞池，搭檔跳起了華爾滋，彷彿回到過去採礦的年代，沒有女人一起跳舞，世界上只有男人。等會兒，我什麼都不會跟休吉說。有什麼好說的？告訴他，人心裡有些地方是其他人看不到的？

有人過來救了我。他朝我微笑，低聲說了幾句。

「你說什麼？」

他朝我眨眨眼，他聽過我，但一時認不出我來。「我說這不是很恐怖嗎？不是很可口嗎？」

「酒是不壞。」

他立刻就生氣了，說：「不是酒，是老婆。」

「老婆怎麼了？」

「年輕人，你結婚了應該曉得。每個人都躲著她。」

「誰？」

「杜邦，那個老妓女。這裡沒有半個妻子出席。」

從隔壁房間傳來另一個人道歉的聲音：「很抱歉，她今天晚上不能來。」杜邦夫人走進來的時候，我們倆連忙轉身——說不定舞會廳裡所有人都轉身了——她帶著孤單的微笑，優雅地接下另一杯香檳。這個任性的女人微微駝背，似乎再度消失在閃閃發光的珠寶和洋裝當中。她總算發現今天晚宴的狀況了，一切就像精靈給的願望：她召喚了城裡所有的重要男士，卻不代表什麼。她這下應該明白，目標其實不是男人，他們並不是社會的支柱。說到底，被其他女人接納，才是最重要的。但是做妻子的是不可能接納老瑪麗的。

我無法形容她眼中那種絕望、獸性的恨意，她站在那兒，盯著她這群老主顧，眼神好像自己坐了冤獄，只能對著牆壁看，看了好幾年，她終於把鎖打開溜了出來，卻在我們身上發現另一道牆。她終究沒有擺脫貧窮和蹇運，也不像我們一樣擺脫了年少時光。你看看我們：看看我們身上的硬領、俱樂部戒指和啤酒肚。在場的每個人盛裝出席的時候，都知道結局是什麼。我們每個人都曾經在她起居室的橘子汽水色的燈光下，享受她提供的娛樂。然而，當我們今晚打著領帶，對著鏡子聳肩，想起自己打算對杜邦夫人這個老妓女玩的惡劣把戲，卻還是忍俊不住。我想，我們都想說服自己，應該忘掉年少歲月。但要忘掉它，光是不去記得它是不夠的，還得毀了創造這些記憶的那個女人。

「今晚只有男人，是吧？」她用清澈的聲音問道。

賓客群裡傳來歡呼聲，老瑪麗，我們爲了老瑪麗大聲喊叫，而歡呼聲正意味著：我們不會讓妳改變的。

「喝吧，男士們。」

指揮暫時將目光從樂隊身上挪開，或許在等女主人的指示。等她手指一揮，叫音樂停下來，要所有人回去，要這些小子們回去，因爲他們背叛了他們的老母親。

但她只是抬起頭，稍稍回復往年的爽朗，說：「幹，你們這些小夥子，有誰要出來陪我跳支舞啊？」

又是一陣歡呼。還眞的有人站出來，我放下酒杯，穿過歡笑的人群離開了。

§

時間是一九一七年，艾莉絲在舊金山停留幾天。由於她在南方的攝影事業蒸蒸日上，因此回家拜訪的時間越來越短，我還記得自己有天早上打開衣櫥，發現她的衣服幾乎全部不見了的時候，心裡的感覺。我幫不上忙，只能用充滿恐懼的忌妒面對她。我批評她忽略婚姻，她聽了眼神裡出現一絲溫柔，覺得我說的對，然而我卻不知節制，斗膽點名她的同謀。「勞倫斯！」我朝她大吼，說她和年輕的火車站務員有問題，而她則是饒富興味地看著我。喔，艾莉絲，妳的感覺沒錯，我很誇張，因爲復仇女神不會化身成長得像電影明星的金髮少男。因爲，天殺的，妳要這種人，要我就好了，我每天都變得越來越像少男。

那天晚上，我們去看了莫札特的歌劇，就在女高音唱嚇死人的詠嘆調的時候，艾莉絲開始在座位上亂動，雙手摩擦取暖，動作就像馬克白夫人試著洗去手上的血跡似的。她身子前傾，微微內縮，我一開始在她耳邊低語，試著安撫她，她伸手握住我，她的手好冰。接著，我發現在她裸露的背部燙得發燒。我們後面有位貴婦在咳嗽，艾莉絲瞪著我，喃喃要我救她——至少我隔著花腔女高音是這麼聽到的。我們等到詠嘆調唱完，我用披巾和禮服大衣裹著妻子，帶她上了計程車，回家上床。我解開她身上衣物的時候，動作是多麼溫柔啊！我的美人兒顫抖著，熱從腰部開始發起，通過她的胸前直上脖子，像隻手似的一把勒住了她，讓她嘆氣。我整晚不停沾溼她的眉毛，傾聽她的呼吸，看著她眼皮顫動，睜開眼睛，眼皮顫動，睜開眼睛。我沒有睡覺，想聽她洩漏祕密。但她什麼都沒說，可想而知，一夜折騰下來到了早上，我病得比她還重。

我們倆臨終睡的床擺在同一個房間裡，我只記得幾個扭曲多彩的情節和片段，彼此沒有關連，夢境就像一道風暴閃電，我只看得見屋子的輪廓：

這中間，我想應該過了午夜，我曾經醒過來，覺得喉嚨很痛。我看看艾莉絲，她躺著注視著我，眼神既憂傷又充滿愛慕。我記得，那房間佈滿黑色和紫色的條紋，還有一道來自樓上大廳的顏色。艾莉絲因爲生病臉色蒼白，可能還有幻覺。「媽，去睡吧。」她說，眼睛眨也不眨。我很聽話地照辦了。

過了好幾小時，我自己裹在熱騰騰的被子裡，房間裡窗簾雖然拉下了，還是顯得很亮，女傭拿了一杯水給艾莉絲，艾莉絲坐在床邊，身上穿著發皺的細麻布白襯裙。一絲陽光點亮杯裡的水，世界彷彿就要爆炸了。我肯定是弄出什麼聲音，因爲我記得的下一件事就是她們倆都看著我。「艾莉絲，我要告訴妳。」我說。她扶著床柱支起身子，滿臉期待地看著我。女傭已經不在房裡。「艾莉絲，我要告訴妳。」她臉色蒼白，看起來既困惑又害怕，從病榻上起身，那一瞬間看起來就像是我外婆。這時，女傭回來了，遞給我一粒鮮紅色的藥丸，很難吞，我水一喝，轉眼又昏了過去。

那天深夜，我睜開眼睛，希望已經是幾天過後，我的病已經好了，結果只覺得腦袋昏沈沈的，像在蒸汽室裡的海獅一樣蹣跚無力。我馬上就注意到艾莉絲，她已經穿好衣服，黑白兩色的綢緞，站在門邊手握著門把。爲什麼我的衣櫥是開著的？月光射進房間，像個老情人似的躺在艾莉絲空蕩蕩的床上。

我想，事情應該發生在早上，眞珠色的早晨。我病雖然沒好，但還能走，因此我直直走到房裡花盆前面，像個國王蹲下來心懷感激地開始撒尿。房間像艘船搖搖晃晃的，我發現我的祕密盒子擺在床上，鎖已經斷成碎片，我聽見她的聲音從背後傳來。

「艾斯加，你給我解釋。」

我伸長脖子，看見一個金色的東西在她手裡熠熠發光。那亮光讓我難過，蹲著讓我腹部絞痛。我說：「什麼？」

「你怎麼會有這個東西？」

她把東西甩到地上，墜飾彎成S形，上頭的數字映著木頭地板閃耀著：一九四一。

我想起戴著無邊呢帽的外婆，想起父親舉起剛洗完澡全身光溜溜的我。全死了，埋了，不見了。我想起很久以前的那次晚餐，艾莉絲一個數字一個數字摸著，同時笑我。

「我沒見過這個東西。」

「這是你的東西，我在你衣櫥裡發現的，告訴我爲什麼。」

我跟她說，我覺得房間在旋轉，我沒辦法思考。

她拿了一封撕開的信給我看，上面寫著咒詛的話語。「我還找到這個。」她把東西朝地下一丟，我發現那是休吉給那個麥斯堤弗利的。

「我不能思考。」我反覆地說。

「艾斯加，你給我解釋清楚。」

「妳媽不是認識他嗎？這些東西一定是她的。」

「不是。」

「或許是從班克拉夫那裡來的，沒錯，我想起來了……」

「艾斯加，你說謊，告訴我是怎麼回事。」

人生病的時候，就管不住自己了，只會按本能行動，很醜陋，很可悲，平常很自然就能展現的魅力，全都消失了。更慘的是，我們要嘛變得跟小孩一樣，哭著要水喝，或像父母一樣，在病榻上喃喃禱告。我們累得沒辦法繼續維持易碎的虛假自我，只能像蟬一樣蛻下它，在衆人面前變成快樂不起來的悲傷大人，就像我們私底下常常是的那樣。換句話說就是：眞實的自我。生病總是讓我暈眩、虛弱，這是我唯一的藉口——而不是捏造一個更合理的理由，因爲艾莉絲雖然在懷疑，但她肯定猜不出眞正的原因——解釋我爲什麼對她說了實話。這是我第三次打破「規矩」。我輕輕地小心翼翼地說，彷彿她是可能攻擊我的眼鏡蛇，我用不屬於我的粗嘎聲音跟她說，同時眞的覺得懊悔也鬆了一口氣，我不停地說，只有偶爾因爲突然想吐或眼前一黑才稍微暫停，我跟她說了自己發誓絕對不說的事情：眞相。

艾莉絲，妳坐在床邊，用從來不曾有過的眼神看著我，我認識妳這麼多年，從半是小孩半是陌生人，到成爲夫妻，從來沒見過這樣的眼神。妳看著我，彷彿我很重要，彷彿我是妳不小心敲碎的珍貴花瓶，而時間正好慢下來，讓妳絕望地看著它落到石頭地面上。妳看著我，彷彿妳終於願意拯救我了，雖然已經太遲了。「喔，不，」妳說。我想我開始哭了——我很絕望，又生著病，很多地方都碎了——但我只記得妳穿著黑白兩色的衣服，記得妳說「喔，不」的時候，嘴唇的開闔，還有妳雙眼裡那兩個飽受折磨的小麥斯。不過，妳接著說的幾個字，卻徹底把我擊垮了。

「喔，不，你眞的瘋了。」

我的心開始陣陣作嘔，我沒辦法攔住妳不讓妳離開，因爲我胃裡僅剩的一點東西這時再也留不住了，我的腹部開始劇烈起伏，像狗一樣乾吐在地上那封休吉的信上。我眼見自己的名字被吐出來的膽汁給沾汙了，這時有個護士走進來，扶我到床上，我說不出話來，因爲藥丸塞在我嘴唇之間。我看見妳蒼白的背影走過門廊，妳雙手摀著臉，他們把門關上。

§

我醒來，發現自己正在和人說話，嚇了一大跳。這時才剛剛傍晚，天還亮著，窗簾也拉起來了。艾莉絲躺在另一張床上，全身穿著紫羅蘭色的縐紋泡泡紗，脖子邊是網狀的褶邊，手套擱在腹部，彷彿外出了一整天。她的外套和帽子在床腳邊，桌上有威士忌，兩只玻璃杯，杯裡的酒差不多都沒了，顯然我一直在喝酒。我醒來，她開始說話：

「這裡的東西，我統統不要。」

「不。」我直覺地回答。

「東西對我不重要，地毯啦瓷器啦，都不重要。我都不要。這一切很快就會變成往日雲煙了，艾斯加，我的生活早就已經移到帕薩迪納了，你也明白。所有東西都在那裡了。我只會帶走幾本書，還有你送我的幾樣小東西。」

「好。」

「女傭會把其他東西送到維克多那邊，我會告訴她地址。」

「沒問題，誰是維克多？」

她看著我，臉上沒有絲毫憐憫，我再也認不出她來了，我可以感覺得到，在我眼睛深處，有樣黑暗又堅硬的事物出現了。「艾斯加，艾斯加，你一定要聽好，我知道這很不容易。」

「麥斯，我是麥斯。」

「別說了，你不要再說了。」

「艾莉絲，我是麥斯！」

她朝門口望去，模樣像盲鰻的護士手裡拿著藥丸，我點點頭，倒在枕頭上，門在她身後關上。我視線的邊緣有點模糊，像是漩渦，感覺就像住在什麼東西的底端。「誰是維克多？」我再問一次，輕輕地。

「喔，你……我們已經說過了。維克·多蘭西。我跟你說，我要到樓下一會兒，你不要下來，你生病了，你會弄得一團糟。答應我。」

「好。他是醫生嗎？」

「艾斯加，你有在聽我說話嗎？我要搭火車離開了，我要到帕薩迪納，這次再也不會回來了。永遠不會。」維克多·蘭西，沒錯，我腦袋中的疑雲這下終於散開了，我想起他是她母親的朋友，就是那個攝影師，她的生意夥伴。他？怎麼可能？但她開口了：「艾斯加，請你聽我說，拜託。你和我應該分開了。」說完，她語氣變得比較溫和了：「喔，你不要哭。」

我沒辦法不哭。你可能覺得，像我這麼頭腦簡單的傢伙，會哭是因爲得不到想要的東西，尤其是我渴望了一輩子的東西。一個小孩，一個瘋子在號啕大哭。然而，事情不是這樣的。我哭是因爲我愛她，就算她已經變成我們婚姻裡的訪客，而不是主人，就像只有幾幕戲的客串演員，我還是愛著她。艾莉絲，聽妳在更衣室裡試穿舊衣服發出的嘆息聲，發現另一本妳喜歡的書，被妳不小心掉進澡盆裡給毀了，壓在字典底下免得漲開。在椅子後面找到妳的襪子，像條蛇似的蜷曲著，是我證明妳還在我的世界裡的證據。妳在廚房唱歌的聲音，妳的笑聲，那傻氣的聲音。喔，艾莉絲，我得把這一切保存下來。

「艾莉絲，」我說：「我今天很失常，有些話我想說，說了會改變這一切，真的。我說了，艾莉絲，妳就會留下來。但是我現在沒辦法好好思考，我有點頭昏腦脹，所以妳要自己想。艾莉絲，幫幫我，妳覺得我想說什麼？想想看，我知道大概有十個字，都不是難字，妳想是什麼？」

妳手扶著帽子。「艾斯加，我們已經形同陌路了，沒什麼好說的。」

「有，艾莉絲，有。我非試試看不可。生命苦短。」我下了床，因爲生病變得溫柔起來，坐在妳身邊。妳是不是退縮了？我想，這回妳總算開始聽了。「艾莉絲，等我病好了，我會帶妳離開這棟房子、這個城市，還有老麥斯。妳說得對，我不是麥斯。艾莉絲，原諒我，我在發燒。不，不要原諒我，愛我，把一切都忘了。我們一起去環遊世界。妳是我生命的核心，妳聽到了嗎？這不是我要說的話，但很接近了。艾莉絲，在這個世界上妳不可能再遇到像我一樣的人了，妳也知道，對吧？」

她哀傷地說：「嗯，艾斯加，我知道。」

「看吧，艾莉絲，妳非留下來不可。」

「不，老實說，我再……我再也不認識你了。」

「妳當然認識！是我啊，艾莉絲。」

她搖搖頭，我見到淚水在她眼眶打轉。

我眼前越來越黑，我往前傾，輕聲說道：「妳要留下來，我會死的，妳不懂，對吧？」

「艾斯加，走開……」

可怕的事情發生了，但我燒得太厲害，阻止不了。我聽見自己喃喃低語：「艾莉絲，留下來，拜託妳留下來，喔，留下來，留下來。」我眼前又黑了幾次，腦袋裏似乎不停冒著瀝青泡泡──又是幾秒鐘迷迷糊糊──接下來，我發現自己在吻她。我記得自己覺得在她心裡對我還存有一點愛意，對年輕的丈夫還有一絲欲望，我發燒的腦子發現，宇宙沒有最後的形狀，只要你在乎，就能改變它，我把她帶上床，強行佔有了她，我的臉靠在她臉旁邊，氣喘吁吁地喊：「留下來，留下來，留下來，」直到我灼熱的淚水滴進她張開的眼裡。

我警告妳，我是頭怪獸。

之後，她一言不發坐在床上扣釦子，默默穿上外套，對鏡子用小指修飾唇線，一手用別針穿過帽子。

「艾莉絲。」我說。

她說：「別試著找我，別想要再見到我。」

「艾莉絲。」

但她只是面向大門站著。後來在夢魘裡，我無止無盡地雕琢妻子的塑像，雕塑那一刻，她背對著我的姿勢。我從來沒能雕出她的臉。惡夢中，她沒有轉身，而是直直走出家門，迎向她的新生活。這次，我永遠失去了她。

§

當然，不是永遠。我再度扭轉了命運，而這會兒，她就在眼前：穿著白色裙泳裝在陽光下躺在我身邊，對著收音機嘆氣。她剛剛從躺椅上翻身，女性化的大腿上一條條的，是沒被太陽曬到的痕跡。泳裝背後的切口是心型的，我眞希望能用手去碰，將粉紅的痕跡從我親愛的艾莉絲身上抹去。她的身體因爲天熱微微冒汗，五十七歲的她比四十歲的時候更瘦了。

「山米，幫我把飲料拿過來，」她說。但是山米在高高的樹上，幫不了她。「媽，」他大吼：「妳看！」他的小父親看著笑了，他母親調整一下遮陽帽，瞇起眼睛。收音機傳來歌聲：「把外套鈕子扣上，當風吹的時候，」

艾莉絲，妳也唱了：「好好照顧自己。」

我扯開小孩子清亮的嗓子跟著唱和：「因爲你是我的。」

艾莉絲，妳知不知道妳走了以後，我做了什麼事情？妳知不知道爲什麼會奇蹟出現，讓我能夠拿著漫畫書和泡泡糖坐在妳身邊？因爲我那時候一心想死，爲了找死，我假裝自己是二十二歲的年輕人，加入軍隊。艾莉絲，我眞的從軍了，我這個四十出頭的男人，眞的去當兵了，渾然不知自己的小孩正在消失不見的妻子體內偷偷生長。我當兵當到心靈麻木，又過了一個月，我的希望實現了，我嚐到了死亡的滋味。我參戰了。

艾莉絲，妳的琴酒杯在我旁邊，杯子結了霜。「我拿來了。」我說著把冷冰冰的東西遞給她，裡頭的冰塊叮噹作響。

「謝啦，甜心。」

妳拿過杯子，把我手指弄溼了。妳小飲一口，嘆了口氣，對我眨眨眼，之後又繼續做日光浴。我在心裡想像，晚一點太陽下山之後，妳會在鏡子前脫下泳裝，欣賞妳新曬的皮膚曲線——妳誘人親吻的皮膚上殘留著斑斑鹽跡。

「好冰。」妳說著把杯子遞給我，我打開胸腔，把杯子放進原本是我心房的地方。

第四部

一九三〇年九月一日

山米，我現在藉著月光和螢火蟲的微光寫字，離家很遠，離現代化的詭異噪音很遠，離巴斯特很遠（牠現在一定在哀號），也離夏天待在家裡那種無聊的感覺很遠。我坐在河邊寫字，河水汩汩流著。月亮的白巫婆。家人就在附近，熟睡著。我的妻子和兒子，養母和弟弟，都睡了。現在，我孩子般的臉上爬滿眼淚，我得等淚水停下來。我們家出來露營，就在那裡。

幾個星期前，艾莉絲提議露營的時候，我樂壞了。我覺得這是個新的機會——也可能是我最後的機會了——全家人在洞穴裡可以窩在一起。我在心裡幻想，我們一起生火、唱歌、用削過的長樹枝烤香腸，煙朝我們飄過來的時候，我們一起眨眼，微笑。聽到像大熊的聲音的時候（其實大熊在我們這個很安全的州已經絕跡了）——我們這些城市鄉巴佬——會竊竊私語。我想像，在黑漆漆的帳篷裡過夜，我們三個人嘰嘰喳喳試著入睡。在黑暗中，我覺得我幾乎可以假裝自己變回大人，變成父親，躺在妻子和兒子身邊，貓頭鷹在帳篷上方靜靜地巡獵，蟾蜍高低鳴叫，月亮像綢緞躺在帳篷上。在黑暗裡，我們幾乎可以擁有渴望的生活。

結果並非如此。

「哈波也要來。」露營前一天晚上，我們打包的時候，山米告訴我。艾莉絲在我們兩個小孩的內褲上用筆寫上我們的名字，我用大拇指撫摸那幾個湮開的黑字。

「誰？」

他生氣地瞪著我，就像平常那樣。「哈波醫生，你的醫生，豬頭。」

「不會吧？」

「就是。他要開車，露營就是他這個笨蛋想出來的點子，我覺得眞是爛透了。」

我應該注意到妳和我的醫生哈波——妳還記得這個會讀我骨頭的無害庸醫吧——之間有某種情愫正在滋生。但是我太專注於這份告白了，還要盡量挪出時間和我那個鹵莽的兒子相處，所以都沒察覺。當然，之前有幾次晚上妳出門，把我們交給鄰居照顧，好幾個小時才回來。現在回想起來，我知道妳其實是和醫生在一起。妳在意外表，染掉灰色的頭髮，練習勝利的笑容，都是爲了他。

當然，最大的線索是妳辦的雞尾酒會。我運氣好，幫妳拉拉鍊（我的手像教徒一樣發抖）看妳塗上太黑的眼影和唇膏，變得太新潮不合我的口味。我和山米被妳趕上床，因此我的發現都是從樓梯踏板之間的縫隙裡看來的：鄰居都來參加盛宴，鬧哄哄的，接著是幾個碎碎念的退休老師，最後，哈波醫生才帶著他那張香菸店印度老闆的臉出現在我們家，他帶了一大束玫瑰和一隻塡充小熊，在我最鍾愛的臉頰上留下一吻。妳忘了開手搖留聲機，就找了個鄰居去開。舞曲，不是我喜歡的那種。不過，我看到他和妳在樓梯間竊竊私語，妳和哈波醫生。我看妳微笑、眨眼，摸摸他的領帶。很久很久以前，妳也曾經這麼渴望過我。

於是，那天一大早，哈波醫生就開著他的奧斯摩比到了我們家，車上裝滿戶外用品——我猜他應該很迷這類東西——和一個過時的「叭哇叭哇」叫的喇叭。我被安排坐在後座，和我兒子一起，大人坐在前面討論書本和藝術，聲音太輕了我聽不見。因此雖然陽光燦爛，我卻一路嘟著嘴，直到我們抵達目的地。我立刻宣佈，我要母親跟我和山米睡。

「喔，拜託！」山米說。

洛尼：「我想，妳媽可能希望自己睡，對吧，艾莉絲？」

艾莉絲，妳笑了，一手扯著網球手鍊——妳是不是在下意識想起這副手鍊是誰送妳的？在某個充滿希望的紀念日？「是啊。」妳說。

洛尼：「你們兩個小傢伙在一起應該會很好玩，對吧？」

山米：「豬頭尿床就不好玩囉！」

喔，對老人寬厚一點吧。

洛尼：「各位，把帳篷架起來吧。看到那些架子了沒？我要你們去那裡幫我數有幾根，該死，沒錯。山米，把石頭搬走。」

第二天眞是糟透了，首先是中午的野餐——等兩個「小男孩」收集到的乾樹枝都夠讓農莊莊主過冬了才開始——之後又釣了四小時的魚。我覺得釣魚不錯，很和平很清新很夏天，但是坐在河邊，聽我的小兒科醫師教我兒子釣魚祕訣，實在很變態。當然，更糟的是哈波的釣魚技術非常好，而我從小在城裡長大，又是個怪胎，釣起魚來就跟十一歲的時候一樣差勁。半小時後，哈波過來幫我了。

「你那邊怎麼樣？」

「我和魚和解了。」

「什麼？」

「沒事。」

「來，試試這個。你選到水最淺的地方了——你要不要到那裡？那裡不錯。你做得很好，其實沒什麼訣竅，就是要有耐心，耐心。」

我抬頭看著他有稜有角的慈祥大臉，心想：耐心，我可比你懂得還多咧。

他大手放在我頭上，我感覺到他手的重量和溫暖。其實蠻舒服的，不過我試著不去理會。

「你的動作很自然嘛，」他輕輕地說：「你爸爸曾經帶你釣過魚嗎？」

「沒有，醫生。」

「艾莉絲說他人很好。」

「是很好。」

「我想跟你說，我對發生的事情覺得很遺憾。」

我點點頭望著河水，銀色的河水流著，像音樂盒裡頭的滾軸。

「我想跟你說，艾莉絲她，她很喜歡你。」他說。他的語調讓我想起老友休吉，我不曉得艾莉絲有沒有注意到。「你知道，她把你當成親生兒子看待，就像山米一樣。」

「眞的嗎？」我的語氣裡不禁透露一絲希望，跟我假扮的小男孩身分很吻合。

「艾莉絲很愛你。」

我的魚線在水裡弄出圈圈漣漪，波光糓糓。艾莉絲愛你。這句話，我等了大半輩子才等到，沒想到卻是從她愛人的口中說出來。

後來，我們吃完包在鋁箔裡烤焦的肉丸和裡面還很硬的馬鈴薯，哈波開始跟我們講很久以前的鬼故事，讓山米手上的寒毛全都豎起來了。艾莉絲要我們唱她喜歡的歌——老歌「古柏豆豆」，我儘可能拉開小小的嗓門，讓你知道我知道所有歌詞——之後我們看著熊熊燃燒的火堆，終於到了睡覺時間了。

「乖小孩，晚安啦。」艾莉絲探頭進到帳篷裡，笑著對我們說。在她身後，在她眼裡仍然映著火光。她用輕軟的雙唇吻了我們兩個的前額——我的雙眼閃爍如火——之後就拉上帳篷拉鍊離開了，留下映著火光的三角形。一陣沈默，我和山米聽著艾莉絲和醫生在火堆旁邊說說笑笑，拔開軟木塞，輕聲細語。火光突然一閃，轟鳴一聲，之後又靜靜燃燒著。

「你覺得哈波怎麼樣？」我悄聲說，心情沮喪。

山米，你在黑暗裡躺了一會兒，火光和月光穿過樹枝，形成彎彎曲曲的光影。我可以聽見你孩子氣的呼吸聲，感覺很有趣，還有你用手指摳帳篷的窸窣聲。

「我不知道。」你說。

「你覺得他是豬頭嗎？」

「不會，我不知道，我不是很喜歡醫生。」

希望讓我精神一振。我說：「嘖，我很討厭醫生。」

你笑了，用尖細的聲音模仿我說：「嘖，嘖，你好像老人喔，你才是豬頭。」

「你啦，你才是豬頭。」我說完用急救包打你。

你高興得尖叫出來，好像被人謀殺一樣。

帳篷外頭傳來我前妻的聲音：「孩子們，你們那邊怎麼啦？」

後來，在一陣蒙著被子的細微笑聲過後，我聽見你的呼吸聲，覺得你馬上就要睡著了，雖然我體內的父親想聽你睡覺的聲音，因爲你的呼吸聲是你夢境的影子，但是我不能錯過這個機會。時間不是站在我這一邊的，我可能再也沒機會咬著你長滿雀斑的耳朵低語了。

「山米？」

「幹嘛？」

「你父親是什麼樣子啊？」

「我不知道，我沒看過他。」

「我是說，你媽媽是怎麼說他的？」

「嗯，她把蘭西當成我的親爸爸，告訴我他的事情。你沒見過他，他跟我們在一起四年左右吧，我還隱隱約約有點印象，媽媽說，他教過我游泳。我不知道。不過，我很小的時候，我們就離開了。反正他也不是我眞的爸爸，只是她嫁的人而已。」

聽他這麼說，我好開心。這讓我覺得她的背叛根本微不足道，因爲維克多・蘭西只不過是「某個人」而已，不是終結我婚姻的傢伙。「那誰是你爸爸？」

「我只知道他的名字，而且我不應該談他。」

「爲什麼？」

「我不知道，我猜可能是因爲她有點怕他。」你甜美的聲音在黑暗中響著。接著，你的語氣變得很輕快：「我想，可能——呃，說不定他已經換了名字。說不定他已經變成名人了，變成電影明星之類的。我去年看了鐵面人，裡面有道格拉斯・費爾班，還有劍和城堡，你有看過嗎？我看那部電影的時候，心裡想說不定他就是我爸爸，因爲他太有名了，不能讓人知道，所以，媽媽盡量沈默，或許因爲他有一天可能來找我，你知道，帶我到好萊塢，給我一大堆錢。他們只是想保密，因爲他太有名了。」

我們靜靜坐在唧唧喳喳的森林裡，之後，我說：「你覺得是這樣嗎？」

「是啊，我知道我爸爸很偉大，」你急匆匆地說，說完又補了一句：「不像蘭西。」

帳篷外頭傳來笑聲，火堆劈啪作響。

「也不像哈波。」

「我想是吧。」

「要是你爸爸來找你呢？」

沒有回應。過了一陣子，他說：「我不知道。」

「要是他像這樣，和你一起露營呢？」

「天哪。」

那天晚上，我看不見你，但是離你很近，在煙味和燒焦的馬鈴薯味裡，還是聞得到你的味道：混著牛奶味和青蘋果味的汗臭。你不安地扭動身子，我想越過狹小的黑暗空間，抓住你的肩膀，跟你說：我來了，我就在這裡，沒事了。「山米，要是他現在出現的話呢？」

「閉嘴啦，」你大聲地說：「豬頭，你閉嘴。」我聽見粗重的呼吸聲，明白自己做得太過分了。於是，我不再多說什麼，像關愛幼獸的動物一樣，嗅聞沈重的空氣。山米，我可以聞到你的淚水。

因此，等我確定你睡著之後——我聽見你在夢中都會發出的嘟囔和嘆息——又過一會兒，我走出帳篷來到河邊，營火早就熄了，只剩灰燼微微燃燒著。大人都不見了，只留下艾莉絲的拖鞋，一瓶違法的酒和不搭配的酒杯。我看見一隻鹿從山上下來喝水，鹿角在月光下像覆了雪，我聽見失眠的魚的濺水聲，後來，我坐著凝望天空，心想我怎麼當兒子的父親，怎麼把他生命裡的蛇毒給吸出來，我發現周遭有動靜，讓我屏住呼吸，有個男人從平行四邊形的帳篷裡鑽出來，是穿著睡衣的哈波醫生。

跌倒，咒罵，拖著腳步往更遠的帳篷去，艾莉絲的帳篷。山米，你還在睡覺，醫生卻拉開薄薄的帳篷，小聲說話，接著只聽見老女生的笑聲在空氣中迴盪，男人信心大增，腰桿一挺，踏進帳篷裡，把拉鍊拉上。媽媽出軌的時候，你在睡覺，我這個老前夫卻得聽著映著月光的六角帳篷裡的輕聲笑語。我哭了。

§

這是個愛情故事，所以，我就不提炸彈和破裂的頭骨了，戰爭沒什麼好說的。在徵兵辦公室，我跟年輕人一樣信心滿滿，因爲我不怕死，別人甚至誤以爲我很勇敢。我跟第一批部隊被送到法國，那裡的遭遇告訴我，神是不存在的，我在那裡遇到的每個年輕人，貧窮的普通男孩，他們的生命都支解甚至消失了，而我這個壕溝裡的魔鬼，卻只留下幾道傷疤，就是最近我希望被人看成水痘的傷疤。煙霧，燒灼的眼睛，失去下巴的男孩尖叫著。戰爭沒什麼好說的。戰爭結束，我意外活了下來，毫髮無傷，血像石油一樣濃。我躺在倫敦的病房，收到休吉寄來的便條，他有個壞消息要告訴我。在加州，有數千人因爲流行性感冒死亡，他兒子巴比還有我母親都死了。

我們怎麼能原諒自己？我們小的時候，爸媽那麼小心看顧我們，害怕錯過我們第一聲尖叫，第一次踏步，第一次說話，從來不曾將目光從我們身上移開。但我們卻對他們不理不睬，讓他們在臨死前孤孤單單——就算住在一起，也是死得孤單——幾乎不曾注意他們生命當中的重要階段：嗎啡生效前的最後一聲尖叫，不良於行之前的最後一步，喉嚨封死前說的最後一個字。

然而，我還是感覺到了，我的心陡地一沈——可以的話，我眞想把世界敲開，賣掉我的骨頭換她回來——因爲母親雖然抱過小時候的我，卻從來沒有機會看到我是小孩子的模樣。

§

母親的死奪走我僅有的一點理智。我陷入心靈的風暴，弄得部隊把我遣送回國監禁了兩年之久，在一間叫金林屋的退伍軍人精神病院裡。那兒可能是我在地球上待過最舒服的地方了。那裡的人管我叫「老人」，他們毫不遲疑就相信了我的祕密，但醫生卻不相信，決定把我送回正常世界。父親的財富讓我總算可以環遊世界了，但後來我覺得很無聊，便再次回到我的國家。我想辦法讓別人相信我十九歲，混進羅德島學院，但我發現那裡根本就是粗野不文——我被人打了兩回，只因為我大一的時候不戴「丁克帽」——我也沒有畢業。於是，我打道回舊金山，在低價旅館租了一個房間，沒有人找得到我來煩我。我越來越年輕，髮色越來越金，但我的心始終沒有痊癒。我就像一隻有鰭怪物，躺在黑色的湖裡等死，而我的同類都死光了。這就是一九二八年三月休吉找到我的時候，我的樣子。

§

可憐的休吉，在我最後落腳的撒滿垃圾廢紙的街上——伍華園那裡——尋尋覓覓，最後回到附近的愛爾蘭社區，也就是我小時候玩耍的地方。那裡已經沒有豪宅，也沒有綠地了，變成一片沿路佈滿公寓大樓和洗衣店的廢地，只有幾家不供酒的晚餐店，一間供酒的地下餐館，還有客滿的街車，車上的人都是要去老瑞公園看比賽的。我選擇回到那裡，是因為所有我能住的地方，我只想回到從前那個木頭牢籠裡。就是斷鼻吉姆在桿子上爬上爬下賺花生吃，在我面前抓牠沾滿灰塵的身體的地方。戰爭結束之後，我有時候彷彿夢見，早上從籠子裡出來發現有個帶槍的德國人站在面前的不是吉姆，是我。

我聽見有人大喊了幾次「麥斯！」接著從門後傳來聽不清楚的對話聲，然後是一聲清楚的轉動鑰匙的聲音，顯然是屋主康納太太（她骨瘦如柴的胸腔裡裝不下一顆心）背叛了我。

微弱的窸窣聲，房門喀地一聲打開了。我聽見有人喃喃自語（我猜是在默誦聖經）還有踢開瓶子的聲音——不對，事情沒有你想的那麼糟。我把小窩維持得很乾淨，房裡唯一一瓶琴酒和我一起睡在床上，溫暖得像隻寵物，而我正在玩塡字遊戲。那天早上，我用咖啡杯喝酒，杯子就在桌上。我是個愛乾淨的酒鬼。重重的靴子踏地聲，來的人是我最好的朋友。

「欸，起碼你沒死。」他說。他站在那兒，禿頭，瘦得像竹竿似的，穿著花呢長外套。

「休吉，出去。」

他走到我身邊，說：「我想說那趟旅行，還有，嗯，土耳其，絕對會要了你的命。我還以為你會被槍殺，不過，呃，顯然你想死在這裡。」

「沒錯。」

「麥斯，你這樣做很傻。」

「出去，有女的要來。」

「是嗎？」

是眞的。艾莉絲，妳別吃醋，那段日子確實有個可愛的女孩跟我廝混，我沒想到她非常聰明，很會穿衣服，有著一雙美腿，笑起來像美洲獅。除非我很確定她已經不在人世了，否則我不會提她的眞名。雖然她很有魅力，卻不時吸毒，而且腳趾之間的皮膚都用針刺青。莎賓娜喜歡在中午的時候過來，和我玩塡字遊戲，偶爾甚至拉我下床跳一小段舞，但通常到了兩點左右，她就會因爲父母親的事情在那裡哭哭啼啼——我知道她父親很有錢，而她傷了父親的心——最後只好出門找毒品。接下來幾天，甚至一個星期，我通常看不到她。我給過她一點錢。她很年輕，我想她也覺得外表年輕的我很有吸引力。我跟她說我已經五十多歲了，但她從來都不相信。「哈！那你爲什麼看起來簡直像個小孩咧？」她會用沙啞低沈的嗓音對我說，同時向我借菸。「我可能因此被捕呢，小寶貝！」不過，她其實並不愛我。她人格太破碎了。

我說：「其實，我想你應該會很喜歡她。」

休吉笑了，直接倒在床上躺我旁邊。我們聽見窗外傳來群衆歡呼的聲音。老瑞公園有海豹隊的比賽。他說：「把琴酒拿來，我要喝一點。」

「那是咖啡。」

「瓶子。」我把琴酒遞給他，他把鞋子踢掉，喝了一大口。

他剩下的頭髮灰中帶黃，看起來已經和他蒼白的臉分家了，但是他有一點很幸運：他生來就不是特別優雅，也沒有什麼不尋常的特徵，所以，時間對他幾乎沒什麼影響。好看的人，我們只記得他們的皮膚、眼睛——這也是爲什麼我們看見他們到了六十歲，變得像沙子一樣乾巴巴的，會倒抽一口氣——但對休吉，這些我都不特別記得，只認得他使用眼睛、皮膚這些東西的方式。他前額密密麻麻的紋路其實都沒變，跟這些紋路倒底是不是永遠不會消失，沒什麼關係。他那種讓人感覺像是在思考的咂嘴聲，現在聽起來就和小時候一樣讓人不爽，就算他的嘴唇越來越薄也是如此。起碼，歲月對不可愛的人是很仁慈的。

「這酒是從哪裡弄來的？」他說著把酒瓶遞給我。

「我自己做的。找非法賣酒的人拿馬鈴薯提煉的酒精，用洋鐵罐裝著。加上一加侖半的蒸餾水、杜松莓，和一樣祕密成份。好吧，其實就是薑啦。把它浸在裡面。這就是我的簡陋釀酒法。」

「嗯，眞可怕。」

「你說對了，這東西不好。喔，休吉，我有件事要跟你說。」

他沒聽到我說話。「麥斯，你知道我退休了吧？」

「你瘋啦，你還這麼年輕。」

「我不年輕了，我受夠了，就這樣。巴比死掉之後，艾比蓋兒回娘家了，讓我鬆了一口氣，再也沒有東西綁住我了，我想買一間農舍，或許就在這裡往北一點。養幾隻雞，我想應該不錯。」

「養雞？我怎麼沒聽說？」

「麥斯，我已經多少年沒見到你了。」

「呃。」

「瑪麗死了。」休吉跟我說。

「那個老瑪麗？」

「就是杜邦夫人。」

「我從來沒想到這件事，她是應該不在了。」

「沒錯，嗯，他們說她活到八十歲。」

「她老是說她只有六十四歲。」

「老瑪麗，她眞是個好人。」

「你知道她跟我說什麼嗎？」我說著開始模仿她蛙鳴似的聲音：「我想，時間誰也不偏袒。她是這麼跟我說的。」

「起碼沒站在她那邊。我得把你弄出這裡。」他跟我說。

我們聽見隔壁房間有人講話，接著椅子啪啦一聲，對話變成洪亮但無法辨別的爭吵，之後又突然靜止下來，只剩下水流聲。我和休吉又聊了一會兒往事，談談世界發生的變化，接著我說：「休吉，我有件事要跟你說。我在西班牙遇到一個女孩子，你絕對不會相信的。」

「是嗎？那你就說吧。」

「好，事情是發生在一個小村莊裡。我在這個小村莊的一間小旅館落腳，旅館裡有個美國式的酒吧，應該是吧，酒吧裡沒別人，只有那個小女孩，皮膚曬成棕色，紮了個辮子，嘴唇像草莓一樣紅嫩，女孩很小，大概只有十二歲吧。」

「這是最近發生的事嗎？」

我說話的聲音很輕，幾乎像在喃喃自語：「這是幾年前的事了。一九二四年，女孩十二歲，正在酒吧裡喝酒，不知道是什麼酒，你知道，我那時候心裡在想什麼嗎？」

「什麼？」

「她看我的時候，我有點嚇到了，她看起來像個老女人，不像妓女。我心想：她和我一樣。」

「麥斯……」

「眞的，我那時候想，又一個像我這樣的人，就在這個村子裡。我說不上來，她看人的時候，眼裡好像有那麼一絲恨意。我覺得她知道我是誰。我很確定。她應該六十歲左右了吧。」

「你有跟她說話嗎？」

「我試過。你相信嗎？她竟然買一杯酒請我，但是我不會說她說的語言，她說的不是西班牙文，也聽不懂英文。酒保對待她的態度很好玩，感覺很尊敬她又有點怕她。我想，村裡的人都知道她，我在心裡幻想，他們看著她從老女人變成小女孩。我猜，她可能被當成女巫看待，就像我一樣，你知道。她一直用哀傷的眼神看著我，彷彿在說：別像我這樣，別像我這樣。」

「麥斯，我不知道。」

「之後，我們喝了幾杯酒，不過當然沒有交談。後來，她開口說了什麼，我想她是希望到我房間去。我眞爲她感到難過，你看我，看起來可能只有十八歲，但你看她，模樣就像六十幾歲的老女人，天知道上回有人愛上她是什麼時候，又還要多久才會有人愛上她。在那麼迷信的天主教村落裡，有誰會愛女巫啊？我的下場會跟她一樣嗎？我覺得很難過，覺得自己應該救她。」

「老兄，你沒有，沒有那個……」

「上床？沒有。我沒有。要是她眞的是個十二歲的雛妓怎麼辦？我直接起身離開了，雖然感覺很悲傷。但是，她的眼神，我始終無法忘記。你知道，別像我這樣。」

「麥斯，我會把你弄出這裡。」

「眞的？」

「眞的。」

飛機的嗡嗡聲。收音機裡的兩個聲音從窗外傳來，彼此對抗——悲傷的黑人女聲，和樂觀的銅管樂隊——接著，這兩股聲音又神奇地和有點單調重複的肥皀廣告聲融合起來：左格肥皀不傷衣物，不傷衣物。陽光照在我們兩個年過五十，喝著琴酒的男人身上，感覺非常像生命的盡頭。說不定眞的是，起碼我們倆的故事到此爲止，雖然休吉可能不以爲然。

他說：「麥斯，我帶了這個給你。」

他從口袋掏出一個小信封，丟在我的胸膛上。方方的白色信封，已經拆開了，邊角還沾了點土。我看見寄件地址是麻州，但沒有寫寄件人姓名，而日期差不多是一年前了。

親愛的休吉：

老友，你好。你應該很久沒有我的消息了，說不定已經不記得我了。我最近常常想起以前認識的人（老人就是這樣）和自己有多糟糕，竟然和其中那麼多人失去了聯繫。我想，這是因爲你搬家的次數和我一樣頻繁。我聽說你結婚了，有個兒子。其實，幾年前，我和未婚夫出門散步的時候，曾經在某個公園裡看見你和你妻子。你看起來非常開心。那很好，因爲我也很快樂。我嫁了三個丈夫，沒什麼好說的，不過，愛總是會讓人得到什麼，你說是吧？就拿我和艾斯加的婚姻來說吧，我就得到一個好兒子。在我這把年紀，眞是個奇蹟。休吉，想到你和我都各自有了兒子，不是很有趣嗎？

你可能覺得很怪，但是我眞的差點就替兒子取你的名字，因爲我始終希望擁有一個「休吉」。但是，我們家族裡頭已經有個休吉了，所以，我兒子就改叫山米。母親過世之後，我離開第三任丈夫搬到麻州，很高興只有自己一個人。請務必寫信給我，我對南園和花卉溫室的生活充滿回憶。溫室裡到處都是玫瑰花的香味，很誇張，對吧？我大概是老了，多愁善感了，呃，反正我們都老了，不是嗎？我希望你還是一頭紅髮，常常微笑。生命苦短，朋友無多，請務必寫信給我。

維克多・蘭西（艾莉絲・李維）太太 敬上

§

我花了一個小時，費盡思量幫休吉倒琴酒，再用清楚的邏輯說服他同意。畢竟，他到康納太太這裡來，心裡不就是這麼想的嗎？他不是說他要把我弄出去嗎？他躺在床上，我則在房裡走來走去，拉開窗簾，迎向照耀著麻州的陽光，信裡的麻州。我想講的，是人性的脆弱，是時間的流逝。一個孩子，私生子，名叫山米。因爲我的身體很年輕，動作迅速輕盈，我像牧神在房裡跳上跳下，在在說明了在我生命當中，歡樂是多麼難得。鄉下可以等，雞可以等，從這扇窗看出去，可以見到一輛克萊斯勒穩穩停放著，藍色佈滿星星，照顧得很好，輪胎的狀況也很棒，拿它暫時當家應該沒問題。內華達的陽光就像長滿尖刺的長矛一樣刺眼。我提醒休吉，從這裡開到麻州，中間經過的州，駕駛年齡上限都低得離譜。不過，想想愛情吧，休吉，想想像我們這樣的孤單老人。

克萊斯勒整理得好極了，裡面的空間清理得閃閃發光，線路管子都按規定上過最合適的油，底盤也塗上厚厚的油脂，還在水泥地上留下一灘油漬。這輛車感覺起來就像一間剛打理好，準備迎著遊客旺季的大飯店。我和休吉按最新的流行樣式把帽子固定好，用我的舊柳條箱子裝滿行李，又買了旅行用的衣服和露營裝備。我們還在儀表板的置物格放了武器，以防公路強盜（一把槍：泰迪當兵的紀念品，他後來離開休吉的時候忘記拿了）。一箱酒，安安靜靜放在行李廂，像歹徒的屍體。我們倆刮了鬍子，噴上香水——在那時候，開車可是非常紳士的藝術——坐在抹了油的皮椅上，霧在引擎上凝結成了露水，又蒸發散去。

「哈，麥斯，這就對了！」我們出發了。

§

我和休吉都是很差勁的旅行者，不是中途食物吃完，就是沒油了。我們看到蒙他拿州的晶瑩落葉林，都著迷得不得了，便停下來過夜。沒想到天色微明的時候，黑暗中雖然沒有絲毫動靜，我們卻感覺有妖怪出現，嚇得要死。我們的水老是帶不夠，菸卻帶太多（雖然途中有店員拒絕賣菸給我，說菸會「妨害我的成長」）。我們上了太多好奇的寡婦，她們都在噴泉附近，穿著櫻桃紅的衣服，和休吉調情（感覺很恐怖）問他身邊的親愛兒子的事，這時候，我就會微笑，掏出香菸，嚇嚇她們。我們咖啡喝太多，酒喝太少，睡覺睡太多，照相照太少（其實根本沒照）。卻始終沒有艾莉絲的蹤影，也找不到山米。

起初，出於男人天性的樂觀，我們在休耕的田地上露營。在田裡露營很好，很有鄉間氣息，看著營火劈劈啪啪，我跟休吉說，我想起他開車的時候每個小時都會扳手指的關節（每個小時耶！），他則說他想到我睡覺呼吸很大聲。田裡雖然好，但是土很粗，很難睡，那種沒有星星的沈重夜晚，嚇壞了我們兩個，所以都七早八早就起來了。我以前沒參加過童子軍，對森林裡的聲音完全不懂，每次落葉我都以爲是熊或獵人來了。休吉每次醒來都渾身僵硬，心情沮喪，喃喃說自己太老了。因此，我們開始改住路邊新建的旅客小屋。小屋裡頭多半什麼都沒有，殺蟲劑的味道很濃，雙人床太軟，但我們兩個卻睡得一夜無夢，就像身在海上。

他跟我說，我晚上會做惡夢。那時候，我們踏上旅途才剛一個星期，在猶他州頭骨谷的北端，我們開車開了一整天，穿越發燙的紅色樹叢和碎裂的藍天。他說，我睡覺的時候會大叫，還會哭。他說，我哭叫的內容每次都一樣，應該是和戰爭有關。我不能告訴他實話，我的心饒了我，似乎只有在我睡著的時候，才會記得當時的恐怖。他說我會啜泣，而他會抱住我，撫摸我的頭髮，之後我又會沈沈睡去，像個死人。

§

到了秋天，我們總算找著麻州的那棟小房子，但卻沒見到艾莉絲。一個漂亮的德國女人開的門（那地方之新之白，簡直就像是從以前的席爾斯公司型錄裡冒出來似的）說他們母子倆一年前左右就離開了。「蘭西太太人很有趣，」德國女人微笑地說著，同時比了比暗無天日的房裡。「我想那些書架是她裝的，」她說她只看過她一次，就是她要搬家的時候。有一個小孩在號啕大哭，名字叫做山米。還有幾箱書和幾幅裱了框的裸女照。「眞是個瘋女孩。」那女人說著，又吸了一口菸。

「妳知道她搬去哪兒嗎？」

她用腳把門擋住，不讓貓跑出來。可憐的小傢伙只好晃回房子裡。「嗯哼。」意思是不知道。不遠處，一隻黃鸝從樹上飛到另一棵樹上。

我轉身離開，走在過長的紫藤的蔭影底下，突然發現門前野草堆裡有個舊的木頭玩具。我把玩具撿起來，是個無聊的木頭鴨子，底下有輪子，因爲在雪地裡放了超過一個冬天，變得有點黑。是附近的小孩子掉的？還是我們在找的那一個小孩子掉的？

我回到車上，告訴休吉我不打算放棄。山米，我覺得你離我好近，好近好近。「我們不會回家。」我斬釘截鐵地說。我的老友伸手放在我的肩頭，笑著問，我們有家嗎？那會是哪裡呢？

附近村落的人都沒聽過你或你的母親。她離開蘭西，接著離開麻州，世界這麼大，她哪兒都可以躲。但是——但是，我還是確定自己聽見了你的喊叫聲。有時候，在酷熱的傍晚，當我把頭伸出窗外，總覺得在風中聞到你母親身上的苦根花香水味。我和我母親一樣，確信人類絕對不只有五種感官，我和她一樣，都陷入了自我欺騙的迷妄。

差不多每個星期，我都會追到一點你的蹤跡。在肯塔基州的霍普金維爾，小學四年級的學生名單上，我一看到「蘭西」兩個字就跑去找秘書，拉著她一跛一跛到教室去找人，卻看到一個淡黃頭髮的小女孩，正在拼「蜜蜂」這個詞，用自信滿滿的語氣說「ㄇㄨㄧㄈㄨㄥ」。另一回在艾瑞湖邊，我在猶太教堂的記錄冊上看見「艾莉絲・李維」的名字。我從頭到尾參加了古怪又讓人困惑的猶太禮拜，卻只見到一位穿著皮草，頭戴灰色假髮的女士。她對我微笑，給了我一枚兩毛五的銅板，眞是個可人兒。明尼蘇達州有個艾・凡達勒，雖然不是艾莉絲，卻是我的表親。之後還有其他人。市政府的檔案，教堂的記錄，女士們的備忘錄，童子軍的名冊，少棒聯盟的清單，還有各式各樣的地方組織、協會，當然，有好幾次我都以爲找到你了，就像虔誠的信徒會在聖經裡找到他們個別生命的啓示一樣。但是如同童話裡的饗宴一樣，我的快樂頂多持續幾小時，到我不再相信爲止。到處都沒有他們的名字，我找不到他們，美國不願意透露半點祕密。

要不是休吉自己有事做，我可能早就放棄了。他計畫從馬里蘭到明尼蘇達州，一路品嚐路邊賣的檸檬汁，然後在一本特別的筆記本上，寫下誰是贏家（想也知道，是喬治亞州）。同樣的競賽還包括晚餐咖啡、肉塊特餐、義大利麵，和休吉特別喜歡的一種叫「潘朶第」的甜點（只有三家餐館有，全都太水了）。另外，還有比較沒那麼正式的比賽，例如最棒的蘇格蘭寺廟、最幽默的理髮師、最胖的警察、最大聲的搖擺樂和最佳電影字幕錯字（得主是南加州格林威爾的艾茲特克，放映的電影是爵士歌者，我猜應該是默片）。我記得，那一年就在這些比賽記點，胡亂記錄和歡笑當中度過，讓我覺得舒坦許多。不過，我懷疑，這段回憶應該還摻雜著時間的嚴峻，多半時候，我們只是長時間開車，沿途只有讓人看到累的阡陌縱橫，再也不夠新鮮有趣。車窗也捲起來了，不讓糞肥和臭鼬的味道進來，收音機有好幾天只是嘶嘶作響，直到收到新的電台訊號。不過，艾莉絲，到最後洩漏妳的行蹤的，就是收音機。

到了密西西比州，開車的刺激感已經從休吉的生命中消失了——我握著方向盤的時候，警察也開始要我們開到路邊，拉長聲調對我說：「小子，最好請你爸另外找地方教你開車。」因此，休吉只好扛下這個擔子——我們把克萊斯勒送進車廠，檢查叫個不停的警告聲的時候，休吉大吼：「你們就不能裝台收音機嗎？」

「什麼？」

「收音機，我到城裡就可以買到。」

「你是說室內收音機？」

車廠的技師很瘦，很年輕，人很友善，一頭黃色的鬈髮垂下來。現在回想起來，我猜，我們之所以裝了心愛的收音機，就因爲休吉喜歡看技師在十月陽光下的古銅色肌膚。不是那種念頭——既不淫穢，也不饑渴——只是出於對青春的戀慕。我和休吉後來眞的進城去了，他挑了一個閃閃發光的飛歌收音機，看起來像間小懺悔室，有標準的網狀面板。年輕技師把機器拖進後座，帶著微笑開始連接線路。這可不是件容易的工作，條狀天線放在車頂上，可憐的儀表板必須穿洞，但是，休吉很有耐心地看著男孩發亮的手臂動作著。後來，他轉動木頭旋鈕，幸運好時光的聲音迴盪在空中，我的老友痛快地賞給他十美元小費。我們開車離開的時候，他嘆了口氣。

「休吉，收音機？」

「閉嘴，把聲音開大一點。」

呃，這問題實在很難解決：車子和風的聲音永遠比收音機大。我們差不多得慢到停下來，才能聽清楚新聞的內容。音樂電台就比較好，因此，我們到哪裡都試著找音樂電台。不過，因爲美國中部收訊相當不良——只有幾座發射台，寥寥可數的聽衆用的又是風力發電的收音機——我們兩個後來都學會欣賞時下年輕人似乎很愛的那種難聽的廣播閒扯。我之所以知道他們喜歡這種節目，是因爲每一回我們到了小鎮上，穿著無袖連衫裙的女孩和穿著超耐連身燈籠褲的男孩都會圍上來傾聽著，像太平洋群島上的部落居民一樣嘖嘖稱奇。偶爾，其中一兩個人還知道搭配音樂的那種猥褻舞步。不過，長輩常常會出面制止，並要我們出發離開。不過，受歡迎的感覺還是很好，要不是我看起來像長滿粉刺的十三歲少年，用這招來泡妞實在是很棒的方法。

無止無盡的靜電嘶嘶聲都快把我們逼瘋了，不過，每回被這種像大海一樣空洞的聲響弄得很厭煩的時候，休吉總是要我「再試一次」，而後某個寶貴的當地電台就會冒出來，一開始像幽魂一樣，之後慢慢成形，鮮活起來。在穿越德州那段無比沈悶的漫漫旅程中，我們愛上了一個講海洋郵輪的神祕連續劇（「砰！乒！那是什麼？電報，天哪，是電報！」），等我們到了戴夫史密郡的時候，差點沒掉頭回去，因爲所有主角都在一聲巨響之後溺水了。布萊絲從頭到尾跟著我們，用她惱人的聲音說：「惡作劇寶寶。」在山頂上，我們聽見「胖人」的開場：「他現在站到體重計上了，多重？」——一陣沈默，等指針停下來——「一百六十三！他是誰？大胖子！」名指揮家柏尼會對我們低語：「唷吁、唷吁、唷吁，」還用法語跟我們說：「再會，好夢。」當然還有廣告，提供我們有趣的見解，了解中產階級的迷戀：「想要牙齒如珍珠般閃閃發亮嗎？請買史塔斯卡博士牙膏。」老實說，我還眞買了幾條。在美國南方，我們又變成好玩的烹飪節目的忠實聽衆。節目裡那個女的（肯定是男人用假聲）會跟聽衆說：「現在，拿起紙跟筆，我會等著，去拿吧，這道菜很棒。」接著是暫停，哼歌的聲音，之後她就會唸出你想像得到的最誇張的食譜。我相信，有些地方餐館裡的「特別菜式」肯定是那些笨蛋聽來的。

雖然很誇張，但是到現在，我還是保留著對收音機的熱愛。山米，你跟我說過你最喜歡的節目，某幾個晚上，我們和艾莉絲一起害怕地聽著孤兒與海盜的冒險故事，重重的腳步聲和用力甩上的門，一聽就知道是假的雷聲，還有讓人毛骨悚然的沈默，就像燈全部暗掉那麼恐怖。有天晚上，我記得很可怕，那時候我剛到你們家，結果收音機壞了，艾莉絲站在那裡轉動旋鈕，但就是沒聲音。山米，你試著打起精神——「嘔們現在要做什麼？」——心裡卻像得知神祇死掉的阿茲特克人一樣，哀痛欲恆。我和休吉旅行了這麼久，我太了解了。

不過，收音機給我最棒的禮物還是新聞。我們旅行了這麼久，已經習慣活在時間和世界之外，一些可悲的小事，例如我浴室裡有個黃蜂窩，或是我習慣把看板上的字大聲讀出來（顯然很惱人）反而變得像是天下大事。然而，聽新聞會讓我們不會過度自我膨脹。沙可和凡賽堤被處決了，福特 model T停產了，有個飛飛機的傢伙飛越了大西洋。S 4型軍艦沈沒了。消息通常都是傍晚聽到的，我們在松樹的黑色蔭影下休息，傾聽遠方的新聞·暴動、地震、火災和死亡。輕柔的微微顫抖的男聲。有個父親告訴我們，有錢人很快樂，股票在漲，但是世局還是很差。黑夜裡，雨滴漫不經心地在我們頭頂上啪噠作響。有個父親跟我們說，我們離家太遠了。

§

我們有了收音機之後不久，經過克利夫蘭，休吉故意帶我走一條特別繞的路，穿過郊區，說要帶我去一座植物園，裡面有株蘭花是用她母親的名字命名的（我幹嘛要感興趣啊？），但又中途變卦，突然把車停在路邊，兩人匆匆跑進餐廳。餐廳的氣氛很友善，店名——例如「瑞典屋」之類的——完全沒意義，因為供應的餐點都一樣。休吉非常心不在焉，望著窗外出神，點了我從來不曉得他會點的東西——雞肉煎牛排——就連女服務生都不敢相信。我點了一碗紅椒，味道棒極了。我吃完了，休吉還望著窗外，這時我才順著他的目光往外看，對街的辦公櫥窗裡，有個男的在講電話，頭髮是死黑色的，鼻子雖然斷過，卻很好看。我愣了一會兒，才發現他就是休吉的老情人泰迪。

我們倆靜靜坐了一會兒，彷彿是欣賞日落的人。只見主角無聲地說話、微笑、往後靠在椅背上。他變胖了，不然就和十年前一樣年輕。我的朋友看我一眼，笑了。

他說：「很好玩吧？他是我之前的佣人。」

「真巧。」這讓我想到，待會兒上車之後記得鎖上置物格，免得休吉拿槍過去對付泰迪（約莫是這個意思）。

「我幫他寫過推薦信，所以知道他住在這兒。我想或許可以順道過來，打聲招呼。」

「你點的東西都沒動過。」

「它太難吃了，是雞肉煎牛排。」他說：「不過再想一想，我們或許不應該去打招呼。」

「休吉，泰迪的事我都知道了。」

我的朋友雙手托腮注視著我，他看起來好老，感覺又累又憔悴。他說：「老頭兒，我知道你曉得。」

可憐的老友。他看著過去的愛人，彷彿光靠希望的力量就能讓對方燒成灰燼。天哪，老玻璃，他已經變得和我一模一樣了。

§

在美國的某處山區，我們在連綿無盡的細雪裡閒晃了幾個星期之後，我的身體終於背叛我了。年過五十五，我發現身體有些地方明顯改變了。我的肌肉開始消退，鞋子變得太大，更驚人的是，周遭的世界開始長高了。鏡子、窗台還有抽屜把手——過去幾個月，他們在我不知不覺當中生長，直到有一天，我伸手開門的時候，才發現眞該死，我的手肘竟然比門把還矮了三五公分。我正在縮水，我開始撞到水玻璃（臂膀短得像望遠鏡）踢到人行道（腿變短了）。休吉可樂了，尤其是我的新聲音，就像管絃樂隊把音調調高了似的。雖然我會和他一起笑，雖然可以買便宜的電影票感覺很棒，我還是非常擔心。躲在這副新的身體裡面，再也不安全了。我到死前，都得這樣跌跌撞撞了，因爲我已經變成小孩子了。

實在很難想像，之前一路上的年輕女孩子都會朝我們按喇叭，對著十幾歲的小男孩和他父親微笑，休吉去買冰淇淋給我吃的時候，街上的女孩子也會盯著我瞧，但是她們現在對我卻視而不見了。我好像已經沈到湖面底下，看不見了。我變小、變弱了，彷彿掉出別人的視線之外。不過，最糟的當然是我的身體縮著縮著，在某個點上深呼吸一口氣，就悄悄把我的男子氣概收了回去。

我沒辦法告訴你是哪一天。反正就是在那個溫和的冬天，一場雪風暴當中，在那十幾家咖啡館裡（裡頭有疲憊的女服務生、牛仔，還有窮到絕望的人，死盯著休吉的手錶看。收音機和天空一樣沒有動靜）我失去了男人的資格。濃密的毛髮沒了，我看起來就像小狗，還會慢慢縮水變成光滑的小蝸牛。我試著裝大人，也眞的撐了一陣子，不過到後來，我的皮膚越來越軟、越來越有彈性，只有從遠遠的路邊看過來，才不會穿幫。我覺得丟臉死了。我小心不讓休吉發現，但是我們常常同住一個房間，遲早有一天，他早上會看見我從浴缸出來，發現我已經變成了太監。

後來在車上，他一言不發，我知道他被我身體的改變嚇壞了。最後，他終於開口問我，是不是應該找個好地方，或許就是離我們不遠的城鎮，兩個人定居下來，直到生命的末日來臨。看板在呼喚我們——好地小屋、雷恩哈特麵包坊、A&V照相館——發了芽的蘋果樹枝刷過車窗。找一個好地方。

「麥斯，我們不可能找到他們的，除非我們長命百歲。」

「住下來？」

電線桿一根接一根地從我們身邊經過，發出陣陣聲響。我們開進市中心，街上的店面比我們想像的還多，教堂前有一群人，看起來是兩個老怪物可以住下來，快快樂樂過日子的地方，接著我們就開出了市中心，道路平坦向前延伸，沒有盡頭，消失在一團模糊的藍色的遠方。看起來像座山，其實是雷雨雲，正在附近的城鎮揮灑甘霖。

「我們找不到他們的，再找下去就不好玩了。我們可以回頭，」他輕聲說道。這是他的主意，目的是爲了拯救他在浴室裡看到的小男孩。「反正你有錢，我們立刻就可以買棟房子。拜託，這個主意不壞吧。我們可以回到城裡，那地方叫什麼來著？我們可以回到那裡，買棟房子，甚至就在這裡買棟宅邸，有門廊有院子，後面再養條狗。你不是想要養狗嗎？你不是膩了這輛車嗎？我是說眞的，我們眞的可以回頭。」

我順著想了下去，這個建議聽起來蠻順耳的。畢竟，比起之前，我們根本沒更接近我兒子多少。「你可以在這裡開家律師事務所。」

「沒錯，我可以上法庭，至少可以假裝假裝。」

「我可以去上文法學校。」

「就像一家人。我們可以在這裡住下來，眞的，我是說眞的。我們可以回頭。」

我看見他眼中的認眞。我心想，雖然現在他會關切、擔心，甚至跟我一起嘲笑我的身體狀況，他卻從來沒想過自己會這麼貼近我的生命。這就像我們從來都不會想到外婆會老，她就是外婆，永遠都是，直到我們有一天去看她，發現她雖然還是會對我們微笑，親吻我們，但她有一天會失明，會死。對休吉來說，我永遠都是麥斯。我發現他在思考，在觀察，而他眼中的我已經不是麥斯了——不再是那個又老又笨重的大熊，不再是斷鼻吉姆的孩子——而是個坐立不安的十二歲男孩，挑著臉上的粉刺，厭惡地摩挲被曬傷的鼻子。休吉已經開始哀悼我的逝去了。

「呃，休吉，老兄，也許——」

就在這時候，奇蹟出現了：

「歡迎前來拍攝復活節相片，」收音機傳來一陣低沈的聲音：「清楚鮮明，永遠準時。艾莉絲．維克多相館，就在第八街和大街交叉口。」

休吉說：「呃，我們去——」

「噓！」

「爲您留下永恆的回憶，我是維克多・蘭西，在此向您保證。」

克萊斯勒緊急煞車，鳥兒四處飛散，從樹上小心翼翼地看著車子急速迴轉，打了半個圈，發出巨大尖銳的聲響，朝城裡直奔。

§

蘭西的店不難找，一棟雅緻的雙層磚房，頂上用鐵條鑲了數字：一八七一。窗下的花盆是空的，紫葳佔據了原本該是玫瑰的地盤，只留下一朵白玫瑰。一個黃銅痰盂，被當成收傘的地方，象徵著過往時代的消逝。有塊牌子寫著，週日不營業。附近教堂傳來飄忽的合唱聲，提醒了我今天是什麼日子。

休吉沒來。我們兩個爭執了很久，最後他總算答應待在車上，但卻用戒慎的眼神看我站在新漆的門廊前面，他不知道我會怎麼做，就連我也不清楚。我可以看見蘭西的身影在房子裡移動，整理相框，搬動箱子，像黑暗的水裡的動物。然而，我卻沒看到他。

這時候，奇蹟又出現了：門竟然開了。

房裡傳來醋和濃煙的味道，懾人的巨幅海洋照片佔據了一整面牆，另一面牆是一片麥浪，其他地方則是擺了小相框，盡是些婚禮、家族和嬰兒的照片。有個新郎筋疲力竭地靠著牆，櫃檯霸住遠處的角落，後面兩扇門打開著，其中一個房間很暗，另一間有光影閃動。那是人的身影。

突然，他出現了，就在我所在的房間裡。一個高大的老人，一撮白髮，兩眼腫脹，尖細的鼻樑顯得很知性。她怎麼會愛上他？長得這麼高，襯衫袖子捲起來，還有一雙骨感的大手。太普通了，實在太普通了，不過，有誰能夠一眼認出流氓呢？他看著我，這時又開始下雨了，雨水打在窗上，像是爬滿淚水。他比我想像的還要吃驚。

「山米？」他結結巴巴地說。

我過了一會兒才發覺，原來我長得和我兒子一模一樣。

§

「不對，我是提姆。」

「喔，提姆，我不捐錢給童子軍的，」他說。英國口音，這我倒是沒想到。他笑著對我敬禮，動作很滑稽。「軍事訓練，眞恐怖。」

「你是維克多・蘭西嗎？」

「我是。」

「艾莉絲・維克多相館。艾莉絲是你太太？」

「沒錯。她還是這家店的股東。」

「但是她已經不住在這裡了，她去哪裡了？」

他好奇地看著我，說：「提姆，讓我猜猜看，因爲我常常看偵探小說。我猜，你是從加州來的。」

「她有個兒子。」

「我會跟你說的。我是從車牌上知道的，我知道，這沒什麼了不起。」

「艾莉絲和山米。」

他揮揮手，似乎要把往事甩開。「沒錯沒錯，艾莉絲和山米。不過，提姆，那已經不是現在式了，你是不是在寫學校的作業？我得跟你說，我不是個很有名的人，在這個城裡不有名，在你出生之前也不有名，大家只記得我牆上的這些照片，但那是在紐約，不是這裡。你可以看看這些相片，想看多久就看多久，你的研究完成了。你做得很好，見到你眞讚，年輕人是不是這樣說的？我希望自己跟得上時代。眞讚。記得再來喔，提姆，再見啦。」我還來不及反應，他已經消失在另一個房間裡了。我跟了上去。

「我有問題。」

「你可以把小刷子遞給我嗎？」他問。我走進一座陽光斑駁的峽谷——這又是他的另一幅攝影背景——落葉的幻象美極了，遠方天空飄著淡淡的夏日薄霧，還有一道沒有修補的籬笆。我的敵人站在梯子上，畫著樹上的葉子。我想從維克多・蘭西身上得到什麼？殺了他嗎？車上有泰迪的槍，沒有人會聽到槍聲的，因爲附近裡的詩班正在合唱「時代磐石」，而且唱到女高音的重頭戲。不然，我也可以朝老舊的梯子推上一把，讓維克多・蘭西摔在自己畫的峽谷裡，其他人要好幾天才會發現他骨頭斷裂。我有一千種可怕的方法可以謀殺維克多・蘭西，但是你應該知道，我想也沒想過。在那個房間裡，一個老人和一個小孩站在落葉當中，彼此都不是對方的敵人。我們都是被拋棄的丈夫，被甩的愛人。那個星期天，我們是同一個宗教的信徒。不，我不想殺他，我發現我要的不只是個地址，我要聽這個同樣失去謬思女神的人說話。

「維克多・蘭西，你愛她嗎？」

「誰？」

「艾莉絲，你愛她嗎？」

「不愛，」他還在畫，毫不費力地創造新葉子，畫完一片再畫一片，似乎完全不在意有個小孩在問愛情的事。我發現，他和我認識的老人都不一樣。我猜，藝術家可能都像他一樣，是小孩子。「不是鎮上男人愛他們的妻子的那種愛，我不知道你爸媽是誰，不過不是那種愛。」走近一點，我可以看見他醜陋的鼻翼。「提姆，我崇拜她。她跟你遇到的任何人都不一樣。堅強、獨立，我從來沒有一時片刻把她視爲理所當然，或假裝自己懂她。她想離開，我就讓她離開，因爲她就是藝術，她就是音樂。」他畫了一片葉子，又一片葉子，片片都在他想像的微風中翻飛著。「你不會懂的，我不善於表達，去看看門後面吧，那裡有一張相片。」

果然。那是艾莉絲五十歲左右拍的，她像出浴的女孩，一絲不掛躺在一池浮萍之間，手臂柔軟有著小窩，乳房在水裡滑向兩側，乳頭大而蒼白，她咧嘴微笑看著天空。我不知道用的是什麼曝光技巧，那片天空看起來就像是雨水滴落的湖面。她不美，起碼不是我記憶中保存的那樣身材勻稱，雙唇溼潤地熟睡著。她被細密的泥沙包圍著，微笑從水裡浮了出來。眞是神奇啊：我親愛的艾莉絲雖然老了，卻以全新的方式顯得美麗，在水裡快樂自在地漂浮著。

各位唸藝術的學生，你們可能因爲它的短暫名聲而認得這幅相片，至少別人是這麼告訴我的。要是你知道，請不要說出去，就讓愛情能夠平靜過日。

「那是她拍的，」蘭西說。他似乎完全沒想到，老人不應該拿裸體畫給小男孩看。「我只教她最基本的，但她實在了不起，站在照相機後面，就完全變了一個人，這裡大部分的相片都是她拍的。」

我環顧房間，發現到處都是她的自拍照，擱在牆邊：艾莉絲用好玩的表情吃無花果，艾莉絲幾近全裸站在曬衣繩後面，陽光在她瞇起來的眼裡閃爍，艾莉絲慣有的熟睡表情，相片裡的艾莉絲變得越來越老。山米，就是這些相片陪你長大的。它就像是一本生活日記，只是裡面沒有我。我看著眼前的女人，心裡想自己可能從來都沒有眞正地認識她。

男人的聲音悄悄從我身後傳來：「每過一年，她就讓我年輕一歲。」

「她去哪裡了？」我終於問了。

他說了一個村莊的名字，離這裡有兩天的路程。我不敢問地址。

「你是在加州遇到她的嗎？」

他點點頭，閉上眼睛思索接下來該用什麼顏色。「在帕薩迪納，我認識她母親，所以邀她和我共事，她來了，我覺得眞是天上掉下來的禮物。」

「爲什麼？」

「嗯？」

我的語氣太衝了：「她爲什麼要走？」

我說的是自己。她爲什麼要離開我？不過，維克多沒聽出來。他看看我，既不同情自己，也不同情任何人。

「呃，孩子，因爲她不愛我。」

「原來如此。」

「你可以扶住梯子嗎？」

「當然。」

他又咧嘴笑了，眞是天眞得無可救藥。我馬上就能想像，他和新婚妻子在麻州的房子裡，艾莉絲手忙腳亂地照顧剛出生的山米，年老的維克多聽見艾莉絲的笑聲在房裡迴盪，不禁微笑著喃喃自語。窗外的鵝掌楸，烤箱裡的起司派，空氣中飄著苦根花香。他失去的是多麼美好的生活啊！他說：「關於我太太，我有個理論，雖然我不知道原因，但是既然你有興趣，我就跟你說吧。她跟其他女人一樣，必須靠結婚才能改變，而她永遠都想改變，成爲全新的女人，所以才不斷結婚。她先和卡洪結婚，他讓她變得更聰明，再來是凡達勒，他讓她變得更美，還給她一個兒子，而我……呃，我教了她可以離開我過日子的能力。她要是再婚，我一點也不驚訝，誰知道她接下來會變成什麼？她不愛我，但是我能夠體諒。眞的。她是個多愁善感的女孩子，我想，她眞正愛過的，只有一個人。」從他的表情，我看得出來，那個人不是他，也不是我。

§

山米，請原諒我在這裡打斷，因爲我聽到了一個壞消息。不過，這是最後一次中斷了。昨天，我和妻子兒子去拜訪哈波醫生的一個住在湖邊的朋友。他是個胖子，人很大方又開心。知道他是精神分析師，把我嚇壞了。但他只給了我一個探詢的眼光——就像植物學家看到常見的可愛花卉那樣——接著就要大夥兒玩很詭異的大富翁遊戲。我和艾莉絲馬上就輸了，於是她說我們兩個要出去散步。艾莉絲，幸虧妳向來都沒有運動精神，我們走到外頭，夜鳥在潮溼的空氣中歌唱，就在我們邊走邊聽的時候，妳跟我說了。

我們在湖邊停下來（看不到月亮，只有雲層裡一片明亮的磷光）坐在閃著微光的黑暗裡，她說她年輕的時候就喜歡這種沒有燈光的黑暗，那種屬於往日時光的黑暗。遠方傳來湖水潑濺的聲音，她說也許水裡有怪物。我說我覺得很冷，幸好她隨身帶了毛衣（眞是個好母親），於是她就要我舉起雙手，把毛衣套在我身上。我聞到我兒子的味道。我們倆丟了一會兒石頭——我手變小了，所以丟得很差——她笑了，我也試著笑，但是我這個小孩實在太緊張了，因爲我愛著自己不可能擁有的老女人。這時，妳總算跟我說，哈波向妳求婚，而妳也接受了，山米也知道這件事。

我像花園裡的兔子盯著她看。

「你覺得呢？」

我說：「嫁給哈波？」

「沒錯，哈波醫生，他讓我快樂。他說他會帶我們去環遊世界，你想想看！你有想去什麼地方嗎？我已經想到好多地方了。」

艾莉絲，妳的頭髮垂下來，像個少女。我覺得，妳好像在模仿自己年輕時候的模樣，那時候的妳不需要曬傷的醫生帶妳旅行。是我創造了那個少女嗎？或者，幾十年前她還藏在自己體內，而現在只活在我的記憶當中？

我問她，她之前的丈夫是不是都讓她很開心。

「當然啦。」

我瘋了。我的心在燃燒，完全失控了。艾莉絲，我還沒找到妳的日記，也不知道有沒有，所以只好把心中的疑惑大聲問出來：「那妳幹嘛要離開呢？山米的父親，妳幹嘛要離開他呢？妳不愛他嗎？」

有那麼一瞬間，過去的智慧、殘酷和興奮像個魔法記號出現在她臉上。我以爲她就要說出不應該對孩子說的事情了，我的心怦怦直跳，擔心她看穿了我的眞面目，我的皮膚緊緊繃在骨頭上。接著，她像搖動翅膀入水的天鵝，撫平了自己的記憶，看著我天眞童稚的臉龐。

她說：「那是很久很久以前的事了。」

「我敢說，你們在一起一定會很快樂的。」

咯咯一陣笑。「謝啦。」

低聲呢喃愛意，我投向她的懷間，嚇了她一跳。

哈波要是發現這份告白，我敢說他一定會拿給他的精神分析師朋友，喔，那個老傢伙會有多震撼哪！我可以聽見他鉛筆滑落的格格聲。我想他會在筆記裡寫：「病患企圖和母親交媾。」——喔，醫生，我怎麼可能用那麼迷你的傢伙辦事呢？不過，我相信你的說法是象徵性的。要是我在成爲兒子之前，就娶了母親，算不算伊底帕斯情結呢？還是有更好的神話來描述呢？不，醫生，我的癥結太錯綜複雜了，解不開的。想釋放我，除非把我切成兩半。

§

我們在圖書館要了點把戲，要到地址，之後再藉著市政府附近貼的地圖，一小小時之內就已經駕著老舊的克萊斯勒朝家前進。

「老頭，你在想什麼？」休吉問我。

我們之前就把收音機關上了，只剩徘徊不去的鳥叫聲和隔壁街上看不見的機車發出的隆隆聲。「我只想見兒子一面。」

「只有他嗎？」

「還有她。」

「之後咧？」

「我不知道。」

一塊綠地在我們身旁出現：林肯公園。山米，就是你玩棒球的地方。休吉慢慢開著車——對後面的那輛車來說，實在太慢了，於是他們便超過我們，車裡的收音機大聲響著。他用我痛恨的聲音說：「我知道你，我們都走到這裡了，你不可能只是從窗戶外面偷看一下就回到車上，對吧？」

「我想，我們應該會敲門。」

他笑了，說：「眞蠢，她會認出我的。」

「我知道，那無所謂，就說你正好經過這裡，而我是你兒子。」

他順手摸摸頭皮，這已經變成習慣了，用手尋找已經掉了十五年的頭髮。之後他重新握住排檔桿，一陣金屬摩擦的味道，他總算切到正確的排檔。這時，我跟他說了。

我告訴他，我在蘭西那間充滿化學藥劑氣味的工作室裡想到的計畫。沒錯，我們不只要敲門，或拍一張充滿感情的合照。我告訴他，我最後的夢想，詩一樣的夢想，藝術品般的夢想。我跟他說我想從那個家，從艾莉絲和山米身上得到什麼。能夠要求別人，眞是了不起的一件事，我想，簡直太了不起了。不過，我把他的沈默當成是同意，因爲他自己也說了：我們都走到這裡了。

「你會說嗎？」他終於開口問了。

「不會，我想我永遠不會跟她說。」

「我是說山米。」

「他不會相信我的。」

「他會相信你只是個小男孩嗎？」

「其他人都信哪。」

「呃，你要我跟他們說你叫什麼名字？」

我望向窗外的馬路，發現嬰兒車裡的嬰兒正在看著我，眼神就像劇院包廂裡的女士一樣戒慎恐懼。

「休吉，那還用說嗎？小休吉，跟父親同名。」

他笑了。

我們到了，石木街一一四〇二號，休吉停車的時候發出很大的聲響。車子安靜下來之後，我們才聽見屋後傳來小小的狗叫聲。很普通的房子，黃黑夾雜，門上有雕花小窗，木造的二樓是加蓋的，材料很便宜，有點斜斜的。教堂的尖頂露在樹木上方。一邊的籬笆沒有關上，精明的狗就是從那裡溜出來的。只見年邁的巴斯特，顏色黃得像塊蛋糕，從草坪角落汪汪地跑了過來。突然，牠停下腳步，轉頭面向門口。牠的小主人就站在那兒嚼著口香糖，像個瘋子。一個長得和我一模一樣的小男孩。

§

「這個派是你媽媽做的嗎？」

休吉坐在廚房的燈光下，笑著伸手用叉子挖了一塊蘋果派。我吃不下。我已經到洗手間把胃清空了，還對著鏡子嘆過氣。我現在只能盯著眼前的小男孩。他正對著我們眨眼睛，拿著棒球在兩手之間拋來拋去。接著他聳聳肩膀。

「喔，眞的很好吃。」

「應該吧。」

「你眞好，讓我們在這裡等你媽媽。」

又是聳聳肩。山米望向後院，巴斯特正傻傻地繞著老鐵杉樹轉圈圈，嚇樹上的松鼠。一隻飛蛾困在後面的紗門裡，但是沒有人，沒有半個人去救牠。

「山米，你在上學了嗎？」

沈默，彷彿這其中有詐。「我在哈里遜小學上課。我今年五年級，老師是麥克佛太太，她生病了，所以我們上星期整個星期都沒有家庭作業。」

「你喜歡她嗎？」

「還好。明年就是史帝文斯太太了，我聽說她是……」你在說粗話之前頓了一下，說完便看著我笑了。我的腦袋一陣金星。

維克多・蘭西讓我對你的長相有了心裡準備——不是你小號父親吐口水的樣子，不過也差不多了，只是耳朵大了許多，一頭金髮在前額蓬亂地鬈曲著——然而你把從父親那裡得來的臉給搞亂了，完全認不出來。你的臉從來沒有靜止下來過：無聊的時候拉長了臉，想事情的時候吱嘎作響，停不住的眼睛轉來轉去，一會兒眨一會兒瞇，好像休吉講的話讓你昏昏欲睡。還有你的嘴唇，天哪，咂咂咂地咬著口香糖，好像在嚼檳榔一樣。你一隻手肘剛擦傷，流出一點黃色的「果汁」，另一隻手肘則有瘀青。我們坐在你面前，你還是繼續咬指甲，不時從椅子上跳下來，對著窗外無所事是的巴斯特大吼。不過，我猜牠是你生命當中最好的朋友（是我永遠也無法取代的）。你雖然有禮貌（聽到我們是你媽的老朋友，會請我們進來坐）但又對我們頤指氣使，要我們坐在哪一張椅子上，還說：「不准把蘋果派吃完，我要留著晚一點吃。」從這裡絲毫看不出來，你喜歡一個叫做瑞秋的小女孩，也很難想像你會自己坐在房裡爲母親禱告，或是幻想學校老師和同學淒慘的死狀，或是這些白日夢讓你害怕魔鬼，或是，其實你還是有一點像我。那時候，我完全看不出來。我只覺得你是棒球高手、牛仔迷、自以爲是的小個子，認爲自己說出來的每句話都又新奇又聰明，因此邊說邊笑。我以爲你只是個完美、瘋狂的小男孩。

「我們正在研究亞洲。」你說。

「聽起來不錯。」

你的臉垮了下來，充滿對整座大陸的厭惡。「那個爛地方上面，大概有一百萬個小爛人，大概有一百個小爛國，全部都長得一模一樣，國名我都說不出來，除了中國，你知道，主要的出口作物是茶葉，不對，是絲綢，不對，是米。反正是其中之一就對了。還有日本。你想聽我寫的俳句嗎？」

「好啊。」

他的頭在燈光下挺得直直的，接著便開始唸他的傑作：

小小的三明治
甜甜地對自己唱：
鮪魚沙拉

他立刻補充說：「那是因爲我寫這首徘句的時候，肚子非常餓。不過，我得了甲喔，我每一科都得甲。」

休吉說：「你現在是十一歲，對吧。」

「快十二歲了。」

「哇，那你跟小休吉一樣大了嘛！對吧？對吧，兒子？」我的老友看著我，眼神非常詭異——很生氣，好像快要哭了——我一時神智不清，以爲那是我死去的母親的臉，在對我說：他們當你是誰，你就是誰。

「對啊，爸。」我用悲傷微弱的聲音，邊打著嗝說：「我今年十一歲。」

「你有槍嗎？」山米問我。我眞懷疑，我太太她小孩到底是怎麼養的。

不過，山米等不及我回答，就說了：「媽媽不讓我有槍，她對槍一點兒也不懂，因爲她從來都沒有槍，我敢說，我爸一定會給我一把槍。街角的夏恩就有一把雙喞筒的BB槍，可是有時候會爆炸，他爸爸就會對他大吼大叫。伊斯頓有一把鋼珠空氣槍。」說完他突然大聲把廣告詞喊出來，興奮得不得了：「鋼珠空氣槍耶！」這時候，巴斯特跑到紗門邊汪汪叫，於是，山米過去逗牠玩兒，直到牠搖搖晃晃跑開爲止。

「你媽媽還小的時候，我就認識她了。」休吉說著又吃了一點蘋果派。肉桂太多了，空氣裡都是那個味道。

「鋼珠空氣槍耶！」我兒子又喊了一遍。

「你長得就跟她一樣，有人這麼說嗎？」聳聳肩。「你的嘴巴和她一樣，她很漂亮，又很坦率，把她媽媽逼瘋了。你沒見過外婆，對吧？她眞是個好女人，永遠都是那麼風趣、慈祥，又有想像力。有個……我有個朋友說她和你媽媽以前會穿著舊衣服，打扮得很正式，坐在爐火前面玩棋。你想想看，你媽媽穿著硬布裙子，還有南北戰爭時候的帽子！她是個很有智慧的女孩子，人很機警，跟其他小孩都不一樣。我眞的很欣賞她。」

我兒子笑了，他缺了兩顆牙。「她跟我說，她還是個小女孩的時候，在街上看見一頭美洲獅，把某個人養的鸚鵡吃掉了。」

「我不知道這件事。」

「你認識我爸爸嗎？」

休吉低頭看著桌子，說：「我不確定，他叫什麼名字？」

我又開始覺得嘔心想吐了。

「凡達勒，」山米說：「是個丹麥名字。」

「是嗎？凡達勒，」休吉偷瞄了我一眼。雖然想起來不大可能，但她還是跟他說了。艾莉絲，感謝妳寬大的靈魂，讓我在我兒子的心裡依然活著。「凡達勒，」休吉又說了一次：「不，不，我想我不認識他。」

「喔。」

「你媽媽有沒有說他的事情？」

「沒有。」

「我有槍。」我總算開口了。

「眞的嗎？」我兒子興奮地問。

「沒錯。」

「我可以看一下嗎？」

這時，有人加入我們的對話。從隔壁房間，在打開的前門邊傳來大喊的聲音，我們三個全都轉頭望向空蕩蕩的走廊。發自喉頭的笑聲，奇蹟發生了，彷彿是死去的過往回憶的再生，我第三次重新聽見她的聲音：「嘿，山米，我回家了，你不會相信我看到……」

她走進房間，我滿腦子金星，滿腦子金星。這麼多年，跋涉了這麼遠，我的呼吸開始不順，只能注視她帶著棕色螺紋的虹膜，注視她眼白上的血絲。眞的是妳嗎？都快六十歲了，拔過的眉毛像兩個逗號，還紮了個誇張的髮髻。喔，妳那張寬臉還是一樣可愛，當然了，是妳沒錯。我心愛的紙做的女孩，縮縮在口袋裡半個世紀，現在終於在廚房裡，在我面前舒展開來。她一雙空洞的眼睛睜得大大的，充滿希望和詫異。那雙眼睛看的不是我。

「嗨，艾莉絲，」休吉說著，平庸的老臉上漾著微笑。

她手搗著胸口。我們每個人都有人用一輩子去愛。

§

我們留下來吃晚餐，兩個老人輕聲交談之後，決定我們要在這裡過夜。

「住旅館？怎麼可以？」艾莉絲說著皺眉搖頭。

「呃，可是，艾莉絲，這麼做太過分了。我們不能待在這裡。」

「你們是老朋友。」

「鄰居他們……」

艾莉絲笑了，說：「我才不管鄰居怎麼想咧！」接著，奇蹟出現了，她竟然轉頭對我說：「別聽你父親的，小休吉，我家就是你家。」她摸摸我的頭，慈祥地注視我的眼睛，完全沒有想到我是誰，完全沒有。

他們把我安排在山米房間，要我們看漫畫書，接著兩個大人就坐在門廊上，看著太陽從樹間落下。當然，我們沒看漫畫，而是看山米收藏的粗糙下流圖片。他很得意，我也適度表現出驚訝的樣子，之後他用你能想像最溫柔的動作，把他珍藏的寶貝全部攤在我的面前：夾在書裡的兩打普通郵票、非常圓的石頭、仿埃及王圖特陵墓的錫棺，和一個機械存錢筒，小丑會用投石機把錢扔進獅子嘴巴裡（用的是我的銅板）。另外，還有三個玫瑰色的扇貝、一顆棒球、一隻手套，和從雜誌上剪下來的女明星克拉鮑兒的照片。我們兩個並肩坐著，看著這些神奇的寶貝，把它們搬來搬去，玩了大概十分鐘。我兒子問我，要不要玩他的伊瑞特積木。於是，剛才的寶貝都被留下來，被拋棄了，他在床上擺滿了鏗鏗作響的金屬。

我騙他說我從來沒有看過伊瑞特積木，他露出驚訝的表情，看起來像青蛙。這時，我認出了他的臉，登時倒抽一口氣：那是少女時代的艾莉絲的臉。在這個陌生的小房間裡，竟然出現了陌生的小鬼魂。我在心裡想，要是等得更久，我會不會看到自己的身影閃過？不過，我從打開的窗外聽見微弱的聲響，於是我走上前去，透過攀爬的常春藤傾聽著。兩個聲音，輕輕的，從底下的花園裡拋了上來：

「雙騎馬車。」男的說。

女的說：「一條馬勒，兩條。」

「煤氣燈。」

「當然，」她笑著說：「還有裙撐。」

「伍華園。」

我的老朋友和老情人坐在天色將暗未暗的溫暖空氣裡，玩一個哀傷的遊戲。他們在想有什麼東西已經完全消失了。我訝異自己竟然這麼好運，能夠溜進兒子的生命裡，一窺他的寶藏，看他臉上寫滿期待我肯定他的表情。我眞幸運，能夠化身小孩子和他在一起！但與此同時，我也覺得惋惜，不能到樓下和老人一起，在往事的閣樓裡細數過去。休吉穿著紫色的衣服，艾莉絲戴著公主帽，而老麥斯則在鏡子裡。我們三個都和過去一樣。

「艾莉絲，妳會很想念嗎？」

我聽不見接下來的對話，便從窗子探出頭去。

山米拉著我的袖子，說：「嘿，你知道嗎，我要做一艘船，那你也做一艘船，到時候我們在床上比賽，床就是河，知道了沒有？」

我知道。在我下方，連翹被溫暖的天氣騙了，黃花開得非常燦爛，兩個老人坐在花叢間的長條鐵板凳上，看著花兒。如果時機湊巧，是我坐在下面，我也會這麼做的。

§

休吉回到房間的時候，我已經等在那兒了。

「她還好嗎？」

山米很早就上床了，我年紀太大，沒辦法這麼早睡，於是便等到聽見他在夢中嘆息，再溜出去。我聽到大人在低聲細語，不過聽不出來他們在講什麼，因此我就跑到縫紉室，也就是休吉下榻的地方。新窗簾擱在床上，還有一條剛做好的圍裙。

我朋友笑著脫下外套，我們沒有開燈，月亮映在窗頭，他說：「嗨，麥斯，我還以爲你要跟山米睡呢。」

「他已經睡了好幾個小時了。」

「看到他，你有什麼感覺？」我們把聲音放低。

我雙手緊握，放在睡衣的下擺上，休吉開始脫衣服，我說：「很怪，很特別，我不知道，我想我必須學著適應。他覺得他自己會變成世界上最偉大的人，他還不知道自己要做什麼，不過肯定會是最偉大的事。他跟我想像的小男孩不一樣，也跟我以前不一樣。」

「麥斯，你從來沒當過小男孩。」

「我在試。來說說艾莉絲吧，她還是沒變嗎？」

「我不知道，我認識她的時候，她才，才十六歲是吧？」

「十四歲。」

「天哪，那是好久以前了。」

「她還是沒變嗎？」

「我記得她以前，我不知道，她以前成天都在說自己腦袋裡的想法，問我問題，而且，呃，她其實沒有等我回答，就又開始講其他的事情了。她那時候就有點像這個樣子，有點夢幻，常常望著天空，她的心始終在流浪，不知道跑到哪裡去。」

「沒錯，她還是一樣，」所以，我終究沒有毀了她。「她有提到我嗎？」

「我沒跟她說……」

「我是說，她有沒有提到我是她丈夫的時候，或提到我們租房子給她們的時候？她說了什麼？」

「我只說你是我兒子，說你是個小流氓，自我中心又聰明，你知道是真的，比其他小孩還聰明。我說你始終格格不入，喜歡跟我在一起。我們在廚房玩很蠢的文字遊戲，喝摻水的咖啡。我跟她提到我們的旅行，說你喜歡挑最靠近浴室的床，這樣搶匪進來的時候，你才能逃跑，還有你討厭牛肉乾。我說我試著教你開車，結果你把望後鏡撞壞了。」

「我也跟山米說了，我說你毒打了我一頓。」

「我是該打你。我說學校的女孩子都很迷你，說你喜歡看書，說她一定會喜歡你的。」

「謝謝。」

咧嘴微笑。「唔。」

休吉撇過頭，脫下內褲，年老的身軀一絲不掛，肌膚微微顫抖著。他知道自己的欲望取向已經多少年了？他顛顛倒倒地套上條紋睡衣，房子很安靜，沒有半點聲響，窗外月明星稀，天空在月光照射下發著薄光。我覺得時間到了。

我想說什麼，他已經知道了，我說他必須儘快離開我。

他沒有回頭，說：「我跟他說妳不喜歡甜菜，她說山米也是。」

「休吉。」

「我現在不想說這個，我好累。」

我說我已經想了很久，他最好早上就離開。

「現在別討論這個。」

「你要在他們醒來之前離開。我在你袋子裡放了點錢，包在襪子裡，別弄丟了。」

「明天不行，麥斯，我做不到。」

「我們不是說好了？」

「我做不到。」

「你答應過我的。」

他跟我說，其實有更好的辦法。我們可以一起離開，現在就走，我們可以拿了東西，坐進克萊斯勒裡——車子這會兒正在對街睡覺——悄悄啓動車子，悄悄離開這個可怕的地方。「我們可以像之前說過的，找一個小鎮住下來，這是最好的辦法，你不覺得這是最好的辦法嗎？」

我說他忘了一件事。我就要死了。

他雙手按在臀上，看著我，睡衣的鈕子沒扣，露出胸前正中央的一撮灰色。「別太誇張，你還有十一年好活。」

我沒誇張，他知道我沒有。接下來的十二年，我不會慢慢凋萎，我不會頭髮漸漸灰白，然後在一九四一年，我七十歲生日的頭一個小時，在他幻想中的鎮上沈沈睡去，讓心臟停止跳動。也許他會是這樣死的，但是我被下的詛咒不同：我生命的最後幾年，會是一場身體的惡夢。個頭越來越小，嬰兒肥，失去心智和記憶，失去說話能力，到最後只能在地板上爬，看著我老友父親，用眼神求他殺了我。休吉和我都知道，我一定會早早結束這一切。

「喔，天哪，麥斯，」他說著搖搖頭：「聽著，你想想這一年會發生什麼？你又矮了五公分？那我呢？」

「他們不會發現的。」

「要是你的衣服變小了呢？」

「不會發生的。」

「你真蠢，你這樣就叫做自私。麥斯，你從小到大就是這樣，自私。你想一想，想一想就好，你對她做的還不夠嗎？難道你還想再騙她一次？還有你兒子，你也想騙我嗎？」

「休吉，這跟你沒有關係。」

「哦，我——」

「讓我留在這裡，我的妻子和兒子都在這裡。」

「你不可能當人家丈夫，不可能當人家父親的！」

「噓，我會繼續當小孩，再當一陣子。」

或者是其他什麼之類的。我不記得詳細的對話內容了，但卻記得對話的氣氛，休吉最後的表情，燈光，還有房間裡灰塵和油垢的味道，所以，我是從記憶裡重建當時的情景的，就像修補毀損的藝術品一樣。

我說：「你可以自己找個小鎮住下來，我給的錢夠你用很久了。」

「我不要你的錢。」

「很多錢耶！你可以買棟房子，還有一大片土地。養隻狗，找個女的，每天傍晚五點過來幫你煮晚餐。」他很清楚，我心裡想的是一座農場，長長的車道，兩旁都是柏樹，一座穀倉，還有他媽的雞舍，應有盡有。我說，他要的話，還可以再找個泰迪。有錢人做什麼事，沒有人在意。他可以找個人愛。

他沈默了一會兒，轉頭過來看著我。

「找個人。」他說，他的眼神讓我害怕。

有些事我們只能說一次，我看見話語在他唇邊打轉，那些話他之前就說過了。好幾年前，好幾十年前，我躺在他家起居室的沙發上，吸大麻吸到傻愣愣的，爐床裡的柴火發出細碎的爆裂聲，那時候，他就說了。他也是這樣看著我，面對爐火，喃喃說著什麼，卻被火焰的霹啪聲蓋過了。我可以假裝沒聽到，假裝我們就是我要的樣子，假裝火焰太吵，我耳朵裡的脈搏太大聲，甚至假裝他喝醉了，把他的話忘掉。但是，三十年過去了，他的一雙藍眼就在我面前，而他沒有忘記。我看著話語在組織成形，但有些事我們只能說一次。他開始扣上衣的釦子，雙手顫抖著，我知道，他和我的生命都大錯特錯了。

「休吉，把威士忌遞給我。」

「你太小了。」

「我以後就沒機會喝了。遞給我。」

「麥斯，我不會離開的。」他一副討厭爭辯的表情，卻還是這麼跟我說。

「你會，我知道你會。」

「我很頑固，你應該知道，對吧？我們小的時候，你只有，天哪，你比我高了差不多三十公分，我還是把你摔到地上。我一點也不怕，雖然我身材只有你的一半，但還是打贏你了。」

「事情不是這樣。」

「還有比那時候更好的事情嗎？我們早上一起上課，我爸會把地圖拿顛倒，指著上面的陸地，好像那是一塊新大陸。後來，變成你可以把我舉起來，丟到草地上，麥斯，你記得嗎？」

「那些事沒什麼好的。」

我們又聊了一個多小時的往事：擦寫字板的時候，粉筆的味道；我們藏在餐具室裡用來嚇瑪姬和中國佬約翰的青蛙；溜進我父親的起居室，拿著他放在「違禁品」架上的每一樣神奇玩意兒（我們把猴子的頭撞碎了，卻把責任推給清掃煙囪的人）心裡的那種驚恐。只有我們兩個人懂的笑話，陳年的童年祕密，還有在墓地裡滑雪橇的經歷。說完，月亮已經下山了，我從他輕柔的聲音裡，聽出來他又累又睏，我說，該上床睡覺了。

他嘟囔著：「不要，不要……」

「該走了。」

「晚上睡在這裡。」

「好吧，但是我會在天亮之前走。」

「最後一件事。」

「休吉，你該走了。」

他聲音變大，用盡僅剩的力氣，說了最後一句：「老實說，你眞的不跟我一起走？現在就走？還是等個幾天再離開？或者我先走，你再搭巴士過來？你先跟家人聚聚，再搭巴士，或要他們開車載你去找爸爸。答應我，你會這麼做，跟我一起到農場生活。這樣我會很快樂，你會來的，你會的，你會變老，你會……你會變成小男孩，變成嬰兒，你會害怕，但是我不會。我會陪著你，我會照顧你，直到你死，我會的。喔，麥斯，跟我一起走。」

他的睡衣上有羊。我說：「休吉，不行。」

「不行。」他低聲說，他聽到的是絕不。

「再見。」我說。

輕輕地，他說：「我不要說再見，我不會走的。」

「你會知道該怎麼做，你醒過來之後，自己決定。」

「晚上睡在這裡。」他說，眼睛沒看著我。

「喔，休吉。」

「睡在這裡。」我照做了。我用我小男孩的手臂摟著他，直到他大腿猛地一抖，我聽見他呼吸變慢，變得死氣沈沈爲止。他揪著臉，彷彿要在夢裡集中精神，讓夢境比生活還美。他嘴巴張開，開始輕輕打呼。每回，我想到他——我無時不刻想著他——他就是這副模樣：嘴巴張開，不像個小孩，像個老人，在夢裡回想過去。我吻了他，鑽出被子，回到我兒子的房間，在小床上睡著了。我好累好累。

§

我應該寫下來，今天是我生日，我們一起去野餐。我現在光腳在草地上寫字，草地綿延好幾英畝，墓碑和墓碑之間有著十幾塊草地，修剪得不是很仔細，所以零零星星長了點牧草，小鳥在草叢裡吱吱喳喳，打來打去，還有蜜蜂。成束的綠草種子在風中搖曳，感覺眞美。九月的陽光雖然強，空氣卻很涼爽，河邊有很多樹已經迫不及待，葉子紛紛變黃了。今天來這裡的人很少，只有一對老寡婦來這裡換花，還有兩個年輕女人來清潔方肩碑的碑面。當然還有艾莉絲，她在另一頭。我可以看見她的紅圍巾在微風中飄動，在她身後不遠的地方，是山米。

草地上鋪了一張毯子，上面有中餐雞蛋沙拉三明治的碎屑，還有番茄湯、幾粒桃子核和一個橘子蛋糕，上面插了十二根融掉的蠟燭。螞蟻已經開始工作了，毯子上還有禮物的包裝紙，揉成兩團天藍色的紙球。山米很喜歡我送的艾瑞特積木，艾莉絲說：「可以跟另一套混著玩。」但是他不喜歡我收到的書——厄文、布雷克摩和哈里斯的書——全是上個世紀的書，都很過時了。「我小時候很喜歡這些書。」艾莉絲跟我說。親愛的，我怎麼會不記得。你要山米去找南北戰爭留下來的墓碑。只剩我和妳。

「我還有一個禮物。」妳說。妳穿了一件長洋裝，上面有紅色的刺繡，另外還戴了一頂小小的鐘形女帽。妳的相機像寵物一樣躺在妳身邊。

「眞的嗎？」

妳把禮物遞給我，很普通的信封，裡面是一張政府寄來的卡片，註明我更改姓名的記錄。我再也不是小休吉了，再也不是妳老朋友很久以前拋下來給妳照顧的小孩了。我現在叫做休吉・

哈波。妳和醫生領養了我，再來是妳要結婚，再來是生命的最後階段。

「休吉，你現在和我們是一家人了。」你說完便笑了，笑自己的小惡作劇。

「沒錯。」我說。

雖然嚴格來說，這不是我希望的樣子，但已經夠了。山米，現在你可以拿到遺產了，你祖父的所有財產，沒有任何法律問題。至於我的新媽媽：親愛的艾莉絲，除了爬進妳的子宮，這是我所能達到的最靠近妳的死亡地點了。

「下巴抬高。」妳說著拿起照相機。我微笑，一道狂喜的閃光。這下就有一張怪物的相片可以讓醫生見獵心喜了，說不定還能拿來當研究報告的卷頭附圖。她又把相機放下來。

「你高興嗎？」艾莉絲問我。

這樣的問題無論你什麼時候問，有誰答得出來？

她跑到墓園裡去找山米了，我坐在這裡，儘可能不讓自己寫下去。螞蟻從紙上爬過。你知道後來發生什麼了，對吧？深夜裡，當你強人所難的時候，就應該知道早上會發生什麼。

§

我離開休吉房間之後，隔天一早醒來，世界清朗又冷冽。我聽見樓下有收音機的聲音，有人在跟著哼歌，我看見另一張床是空的，而我把床上的東西都弄下床了。房裡只有我一個人。

金魚在前寒武紀魚缸裡游動著，而巴斯特靠第六感知道我已經醒了，便蹦蹦跳跳跑進房裡，耳朵飛舞，我還來不及趕牠走，牠已經開始舔我的臉了。牠跳到床上，咬住塡充動物的頸子——一隻老虎——跟牠廝殺了一陣，才把牠丟了。接著，牠又開始舔我，然後箭也似的往樓下衝。樓下傳來更多聲音，我應該加入他們的，但是我等了一會兒。這一切都不會再來了，清晨的藍天，陽光穿透進來，一切都不會再來了。無論發生什麼，無論休吉決定如何，事情都已經發生了——從今天早上開始，一切都變了。還有陽光也是。好幾年前，我也看過一樣的陽光，在另一個早晨，我醒來發現自己的世界徹底改變了。那一次，地上覆著薄薄的白雪，而我的心就和現在一樣安靜。還有空氣中的光線，依舊燦爛得一如幸運。

我走到走廊，經過縫紉室，門是關著的。

在樓梯間就聞得到威化餅的味道，我又停了下來。除了威化餅，還有其他東西，味道眞是嚇人。收音機在放「生命中最棒的事都是免費的」，我可以聽見山米在模仿，用小拖鞋在光滑的地板上打拍子，說不定還拿著雞毛撢子當麥克風。巴斯特的爪子在地上發出踢躂舞的聲響，我想像牠跟在山米後面，或許想討點食物屑屑吃。而艾莉絲穿著浴袍，正在攪蛋——絕對是蛋沒錯。浴袍是綠色的，是她在離開我之前一個月買的。她的頭髮用方圍巾包著，眼神充滿夢幻，剛剛啜了一口咖啡。

「嗨，賴床鬼。」我走進廚房的時候，她說。同樣的微笑，同樣的艾莉絲。廚房只有兩個人。

「早餐吃什麼？」我說。

「豬頭。」我兒子對我說，接著又對著巴斯特的耳朵說悄悄話。

廚房只有兩個人。

我的妻子用湯匙輕輕敲了我兒子一下。黃浴袍，紮馬尾，不過管它的。「蛋、威化餅和土司麵包。豬頭要另外點。」她轉過來對著我說：「小休吉，你爸爸呢？」

「我不知道，還在睡吧，我猜。」

「他不在房間裡，」她說：「他把車開走了。」

「他可能出去買豬頭了。」山米說。

她彎下身子，瞇起眼睛對我們的兒子說：「有可能，豬頭！」

「哈！」山米說。

我坐下來，艾莉絲幫我倒了柳橙汁。我試著記下這一刻的所有細節：縫在窗簾上的緞帶，窗簾底下的陽光像是茶漬，威化餅和烤土司的味道，艾莉絲把烤焦的地方刮進垃圾桶的聲音，她平凡的臉龐，還有她的頭髮，在我上個世紀第一次回吻她的地方，染過的髮根浮現灰色。收音機的頻道對得不大準，播放新歌的時候，底下還有播報新聞的聲音，聽起來就像背後靈一樣。

艾莉絲的棕色眼睛一亮：「嘟、嘟、嘟嘻，掰掰！」她一邊唱，一邊輕輕拍打膝蓋，又把收音機的音量開大，還用抹刀點了山米一下，要他一起唱：「嘟、嘟、嘟嘻，別哭！」

只要我想，事情就可以這樣繼續下去。是休吉讓這一切發生的。讓我可以在這裡和妻子兒子在一起，跟著收音機唱歌，或許一年，直到我再度越線。從以前到現在，有誰像我這麼幸運的嗎？要是事情非常順利，要是我身上的詛咒不但解開了，還倒轉過來，從縮成小孩慢慢死亡——就在今天早上，就在這間廚房——變成開始變老，那會怎樣呢？天下奇蹟無奇不有。每隔幾個星期，我和山米就會靠著廚房的門量身高，數著：一公分，兩公分。我會和其他男孩一樣，開始變老變高，重新擁有之前的手掌和手指——親愛的讀者，當然還有我工整的字跡——還有眼睛和笑聲，所有的東西。全新的機會，全新的生命。轉眼，十五年過去，有一天，我回家看老媽媽的時候——我和山米回家過耶誕節——我已經二十出頭，再度英俊如昔，年老體衰的她會看著我，不知道是自己上了年紀，還是扎人的記憶作祟，竟然在我身上看到丈夫的影子，艾斯加的影子，看起來就和她離開的那天晚上一樣年輕。

「嘟、嘟、嘟嘻，掰掰！」

休吉現在會在哪裡呢？喔，可能已經過了艾普斯，正在轉收音機的旋鈕，希望艾莫絲和安迪的歌聲能夠聽得清楚。我猜，他會在某個加油站停下來，更換車上所有的油油水水，把布料清理乾淨，去掉這一年來跟一個卑劣胡來的背叛者一起旅行的所有痕跡。全新的機會，全新的生活。他會靠著水槽打開地圖——現在要往哪兒走呢，老弟？一個人可以在蒙大拿州的密蘇拉了此殘生，待在城中區的小房子裡，到週六市集買日用品，順便看男人把貨物搬上火車嗎？或是到大城市過日子，到紐約，在公園附近買一間大樓公寓，門房聽你問候他的小孩會滿臉感激，這樣又如何？或是在生命最後這一、二十年，回到舊金山去？坐著渡輪穿越濃霧回去。懸崖邊的房子，看得到金門大橋，霧角聲讓老人在夜裡靜靜入睡。或者換一個國家，尋找躲起來的愛人，花上好幾年去找。

「你和你爸爸來我們家，我好高興，」艾莉絲說：「我很久沒這麼開心了，大概有——」

「不用等他了，」我說：「他可能去做晨間散步了。」

「我好餓！」山米沈不住氣了。

「你確定？」她問我。

「我們先開動吧。」

我回家了，終於回家了。然而，讓人難過，讓人絕望地快樂又難過的是，我雖然回家了，卻還是永遠孤獨一人。

三小時之後，警察上門了。那時候，我和山米已經吃完飯，艾莉絲要我們幫她把所有書本挪出來，清理書架上的灰塵。書散在地上，在我們四周像一片大海，經過生命中沈悶、快樂和可怕的片刻，我的老妻依然深愛著這些書——書是很私人的東西，沒辦法和人分享，我每清一本書，就會想起她沒和我共處的時光。裡面有好多書，我都認得。這時候，門鈴響了，艾莉絲輕手輕腳跨過狄更斯全集去應門，山米疲憊地嘆了口氣。警察的說話聲，然後是我妻子的哀號。沒錯，沒錯，終於。我已經把所有的好運用完了。

§

一名釣客在印第安湖發現那輛車子，離鎮上只有八公里。他那天早上湊巧經過那裡，發現車子的擋泥板在泥濘當中閃閃發光。車門全都上鎖，錢還在襪子裡，泡得溼溼的，但是一張不少。我眞的要爲這裡的警察部門和拖吊大隊鼓鼓掌，這個小鎮的人眞是誠實。車子沒有馬上沈沒，克萊斯勒雖然看起來很重，但是只沈到車窗就浮起來了。根據驗屍官的報告，駕駛當時從置物格拿出一把舊的美軍手槍（置物格沒關），對準嘴巴開了一槍。大概又過了十分鐘，車子開始下沈，因爲車體和那台罕見的收音機的重量，車子很快就沒頂了。全部過程只有三分鐘，說不定更短。當然，車沈的時候，駕駛已經死亡。沒有人聽見槍聲，再說事發當時是凌晨，公雞正在啼叫，而且一九二四年工廠關閉之後，印第安湖附近就沒有人住了。

§

艾莉絲，妳知道發生了什麼，而山米，你應該記得。警察在起居室說明案情，我倒在那一片書海裡，淹沒其中，你母親虛弱地靠在牆上號啕大哭。小傢伙，你父親出了點事情。誰？你父親，休吉‧鄧西。你應該記得，我整個晚上都躺在下鋪哭泣，巴斯特聽我哭也跟著嗚嗚哀鳴。看一個小男孩站在皎潔的月光下，像從瘋人院裡逃出來的，聽他低聲詛咒，謾罵你愛的上帝，你一定很困惑。

§

在小鎮上，發生這樣的事，報紙一篇報導，教堂一場追悼會，還有一場葬禮，頂多就這樣。而我們有的就是這些。報導內容和我剛才寫的差不多，有釣客的訪問，警察的說法（「我們非常震驚！」）和一小篇關於我這個沼澤死者之子的報導。報導的語氣透露著害怕和憤怒：他怎麼敢這麼做？怎麼可以這樣對小孩子，對這裡，對我們這個黃金小鎮！我們不能理解。我們不是這樣的人。追悼會上的氣氛也好不到哪裡去。來參加葬禮的人非常多，到處是音樂和好奇的居民，雖然他們當中就只有艾莉絲見過死者。

我其實記不大得了，我只知道我有一隻眼睛抽痛了一個月。我記得，我不停地吃，晚上會哭，而且不肯換衣服。即使我飽受驚嚇，即使我的怪獸血液渴望人性的滋潤，我還是努力作個好人。我查出來，休吉太太人在內華達州，便打了電話給她。那時候，我在殯儀館裡，他們把我一個人留在棺木旁邊（老朋友，棺材是橡木和青銅做的，頂蓋也仔細關上了），我在辦公室的角落找到電話，就擺在一堆發臭的絲蘭中間。「艾比‧蓋兒嗎？」電話那頭傳來女人的聲音，我說。

「我是麥斯‧堤弗利，你還記得我嗎？我是休吉的朋友。我有個壞消息要告訴妳，休吉死了。」

「怎樣？」

「年輕人，你是誰？」

「艾比‧蓋兒，我是麥斯，休吉死了。」

這時候，接線生告訴我電話掛斷了。我又試了一次，但是這回沒有人接電話。我看著電話，心裡想我這是何必呢？我覺得，她有權帶他走，但是我不想讓她這麼做。我也不想讓泰迪帶走他。我很高興，我能把他永遠留在我身邊。我回到大廳，他們都在等我，一雙雙眼睛都直直看著我，因爲想也知道，他們都覺得我是個心碎的小男孩。

艾莉絲把我們留在家裡，去幫死者守靈。她現在的生活中，只剩這一項李維家的傳統了。她從來不上猶太教堂（當然這裡也沒有猶太教堂），不過節慶，想吃的時候就吃培根和蝦子，星期六會打開收音機聽廣播節目「古德堡世家」。就我所知，她不相信上帝，但只要牽涉到死亡，她依然是個猶太人，是李維家的小女孩。她必須這樣。死亡會把所有人都變回小孩，這一點，我是從戰爭裡學到的。

你只要一想，就知道這根本沒道理：她是休吉的誰啊？當然不是他的家人，她誰也不是。

她和休吉有整整四十年沒見面了，兩人只寫過一封信，在公園見過一眼。然而，小鎮的人都把她當寡婦看，送她烤鍋、燉肉和烤肉。我馬上想起我和母親在納博丘的時候，是怎麼抵擋那些披著面紗的貴婦的。小鎮的人問我父親的事，我總是回答：「他是個好人，他愛我。」之後，他們便從猶太人哀悼親人的壯觀場面裡匆匆脫身離開了。我們遮住窗戶，穿上黑衣服，在胸前扯破一個洞。我們遵守猶太教的飲食規定，像她母親半個世紀前做的那樣把銀器分開。這根本就是瘋了，但這是艾莉絲僅有的。

我之前從來沒有看她哭過。我這輩子從來沒看過。你壓傷她溫柔的心，她通常只會生出怒氣，但是，艾莉絲卻為休吉哭了，眞的。她穿著黑色的絲質衣服，坐在那裡空望著牆壁，讓淚水潸潸落下，眼中火焰熊熊燃燒著。深夜裡，我聽見她在呻吟嗚咽。我睡不著，畢竟，在她失去其他人之後，爲她帶來這最後的傷痛的不是別人，是我。

她過了好久才問我。那時候，我的家人早就不知去向了，而我也已經成爲她家的一份子，已經深深融入我之前跟你們提及的生活當中。我不肯住在縫紉室裡——我把它叫做「老爸的房間」——差不多半永久地以山米的下鋪爲家了。我已經註冊，在史帝文斯太太的班上唸書，已經是山米眼裡的「豬頭」。我之前已經跟你們提過這一天晚上：就是兩個失眠的人望著天空那天。艾莉絲穿著睡袍，衰老、輕柔、曲線盡失，邀我到樓下喝牛奶。我們坐在餐桌前面，巴斯特在我們腳邊。她倒了一點月白色的牛奶到杯子裡，之後終於用悲傷的破碎聲音問我：

「他爲什麼要這樣對我們？」

艾莉絲老了，無可挽救地老了。但在那副身軀裡，有妻子，有女人，有少女，全部收在裡面，像個俄羅斯娃娃。

「抱歉，我不該問的，對不起。」

「沒關係，沒關係。」

「天哪，可是我睡不著。我知道你也睡不著，我晚上會聽見你走來走去，就像今天晚上。因爲我們都搞不懂，對吧？」

「我想是的。」

「他把你帶來給我。我很高興。我猜，他是希望另外找人愛你。」

「也許。」

「但是，這對你來說，負擔太大了。我有時候眞的很氣他。」

「別這樣，拜託，別對他生氣。」

「抱歉，我不是眞心的，我很愛他，你知道。」

「我知道他爲什麼這麼做。」

妳那雙眼睛，那雙大吉嶺茶色的眼睛，被蜜蜂螫痛的時候，我看過一次，之後在舊金山街上又看過一次，眼神裡滿是驚恐和死亡，但是我不記得自己有沒有看過這雙眼睛沈浸在愛河裡。

親愛的，我可以告訴妳。我可以坐在這裡，看著牛奶在杯裡留下白色的影了，黑暗在窗外喃喃低語，等眼淚在妳佈滿魚尾紋的眼角浮現。吾愛，妳會哭的。他爲什麼這麼做？很簡單：因爲我要他這麼做，因爲他愛一個人愛了一輩子——他愛我愛了一輩子——他只想要靠近我，但我卻要他離開，要他再也不要回來。他眞的再也不會回來了，永遠永遠。他爲什麼這麼做？因爲他以爲沒有人愛他。

但是，此刻妳就在我面前，這就是爲什麼。妳是我的殺人禮物。和妳，艾莉絲，還有山米，能夠在一起一下下，終於。但是沒有休吉，再也沒有了。我幾乎活不下去，但我必須活下去。每個人都要爲生命付出慘痛的代價。

「爲什麼？」妳說。

我不能告訴妳眞相。太遲了。所以，我告訴妳接近眞相的事實，比較溫和，反正會是妳希望聽到的：「我想是因爲過去的愛情吧。」

妳擤擤鼻子，低頭看著牛奶。妳聽見妳想聽的了，我想，妳應該可以睡著了。

「我可以親妳嗎？」我說。

我沒有掩飾自己的聲音，妳的臉突然變僵了，緊抿嘴唇。妳發現了嗎？其實再也無所謂了。

「媽？艾莉絲？」

「什麼事，休吉？」

「我可以親妳嗎？」

一陣沈默，雙眼在空茫的光線中尋找我的身影。「呃，可以啊。」

要是我抱妳抱太久，逾越了兒子的分寸，請妳原諒。請想想我愛妳愛了一輩子，還有小孩子怕黑。請想想道別時的哀傷。

隔天，我從老師那邊偷了一枝筆，還有一疊筆記本。就在那個四月天，我坐在沙坑裡擤著鼻子，開始寫下你所讀到的一切。

§

偶爾，我會想起那隻黃蜂，螫了我心愛的艾莉絲的那隻黃蜂。金色條紋像老虎的眼睛，住在南園裡頭那個高高懸垂著的蜂窩裡。當然，牠早就死了。五十年前就被踩扁了。但是，我喜歡想像，那隻黃蜂還活著的時候，在起居室的窗戶外頭看著甜美的艾莉絲。日復一日，牠在蜂房裡嗡嗡細語，觀察我心愛的女孩在床上讀書，或整理頭髮，或對著窗隔玻璃大聲高歌。牠不製造蜂蜜，也不修築蜂窩，這隻黃蜂活在世上只有一項任務，就是惹她生氣。要是房東夠小心，牠早在幾個月前就會被殺死了。牠是隻微不足道的蟲子，卻深愛著她。牠活著就是爲了看她，而在牠的末日到來之前——黃蜂的壽命很短——牠關上家門，從點著燈的門廊上走出來，吸了兩口氣，一頭落進她的生命裡。當然，結果牠死了，只剩一抹棕色的血跡。把一輩子耗在愛情，是件勇敢又愚蠢，卻也很美的事。

§

所以，我全都說完了。沒有半點錯誤，但是當我重讀的時候，卻發現其實也不算完全正確。比如我沒說，我在艾莉絲的脖子上留下一個疤，說我曾經和妻子開著新的奧斯摩比，開過浪花四濺的海邊，笑聲不斷。還有休吉在肯塔基州去按農莊的門鈴，想買鄉下的火腿，他高興地站在那裡，聽門鈴聲在四周的山谷間迴盪。不過，就這樣吧。在我能夠承受的範圍裡，我已經盡可能寫下自己生命裡發生過的一切了。

於是，終於到了結束的時候了。我在他的墳前，潦草寫下最後幾句話。艾莉絲和山米在墓園的另一邊，現在只有草地、我，還有螞蟻和我殺了的那個人。照理說，他應該葬在科瑪，在他家人和兒子身邊。但我要他葬在這裡，跟自殺的人，跟異教徒和苜蓿花葬在一起。我敢說，他不會介意的。

我知道自己做了什麼。我每天晚上都會想到他——他是我遇見的第一個普通男孩，是我兒子、我父親，是我的老朋友，是愛我愛了一輩子的人——我每天晚上都會想到他。我想他的時候，身上的神經都會被抽走：就像根被拔掉的野草。

如果你想參觀他的墓碑，請便。就在左後方，穿過爲數衆多的本地人的墓碑，和一座黑色的花崗岩天使像。休吉・鄧西。美西戰爭時，官拜陸軍中尉。接下來是他的出生和死亡日期，再來是一句話：「好友安眠於此。」不過，墓碑上沒說，他小的時候喜歡吃紙。

該走了。哈波醫生的處方箋讓我拿到一堆藥，藍色的還有淡紫色的。現在還算我的生日，在我陷入詛咒的泥淖裡再也爬不出來之前，我想應該來個靛藍色的結尾。或許就是今天晚上，要是我能搞定的話。我打算把筆記本藏在閣樓，放在寫著「麥斯」的箱子裡。我打算溜出去到附近的溪邊，鑽進獨木舟裡。然後我會喝下琴酒和紫色的藥丸。這是我的生日願望。

我看見我的妻子和兒子這會兒正走來走去，尋找南北戰爭時期的墓碑。我可以想見，我母親要是還活著，會有多喜歡帶她孫子在這裡繞！蚱蜢在墓園的野草叢裡蹦蹦跳跳，楓樹的種子窸窸窣窣飄向河裡，最讓人驚訝的是，在燦爛的天空中我看到淡淡的月光。我似乎聽見鳥叫聲，我猜想應該是一群小孩子，正在附近玩捉迷藏。他們瘋狂的叫聲在風中變得非常輕柔，支離破碎。他們會這樣一直大吼大叫，讓風帶著他們的聲音，直到他們年紀大了，沒勁了爲止。但是到那時候，又會有新的小孩子，高興、天真、很野的小孩子出現，一代一代繼續下去。然而，他們當中不會有任何一個和我一樣。

山米正在對我揮手。他不知道在吼什麼，我聽不到。我猜，他可能找到一個老兵了吧。再見了，山米，還有艾莉絲。現在，妳用手遮住陽光看著我。請妳永遠記得：我這一生無時無刻都愛著妳。

明天，妳可能會被電話聲吵醒。天還太早，妳昏昏沈沈，四處摸索眼鏡，好像眼鏡可以幫助妳把話聽清楚似的。電話裡的男人會告訴妳，他們發現一具屍體。是妳剛領養的兒子，死在蘆葦叢中的小船上。妳會眼前一花，愣住片刻，之後才隨隨便便穿上衣服，套件毛衣，跌跌撞撞跑去開車。到了警察局，他們會給妳一杯咖啡，跟妳輕聲說話。在朦朧的晨光中，這一切彷彿都說不過去。警察會給妳一包我的東西，再帶妳去看蓋著白布的屍體。他們會把布掀開，我就躺在那裡，跟我們新婚之夜一樣一絲不掛，全身浮腫，身上的瘀青像一朵朵藍色的花。不要難過。生命苦短，而且充滿哀傷，但是我對生命依然充滿熱愛。誰知道爲什麼？別看我看得太久，那會讓妳想起休吉，這樣一切又會重來了：舊的悲痛，新的死亡。艾莉絲，把眼睛從我身上轉開，看看他們給妳的小袋子。裡頭應該有條墜飾。一九四一。到時候，妳就會明白了。別難過。

有一天，妳會發現這份告白。我猜妳一定不會徹底打掃閣樓，頂多只會挑一些早年留下的東西，給妳的新婚丈夫看。當妳挪開相簿的時候，就會看見一個箱子，上面有我孩子氣的筆跡，寫著：麥斯。妳會翻開本子，發現紙上都是雜草和沙子，心裡突然一陣激動——對我這個老頭產生強烈的恨意，或是生出一股柔情，或是其他的感覺。我猜，妳有一天會把這些筆記拿給山米，這樣，在他童年就會浮現一個謎團：那個當過他一陣子兄弟的怪小孩，妳爲什麼這麼快就把他埋了，而且從此絕口不提，就像妳從來都不提他父親一樣。要是筆記落在哈波醫生手上，我想應該是會，我相信他一定會把我看成瘋子，說這份告白不是小孩子寫的，是捏造的，肯定是妳前夫搞的鬼，而不是出自某個怪物之手。不可能。或許，他會和我之前待過的金林屋共同出版這份告白，當作幻覺的研究報告：對永恆之愛的幻覺。

我該走了。

親愛的，繼續變老，變聰明吧。好好教導我們的兒子，當個好童子軍，和忠實的愛人。教他明智地運用新增加的財富，成立個基金會，還有，別讓他參戰。讓妳的頭髮變白，臀部在椅子上越坐越寬，讓胸部下垂，讓愛著妳的現在這個丈夫，成爲妳最後一任老公吧。但不要孤獨一人，孤獨不好。

話說回來，我的屍體可能不會被發現。溪水是無法預測的。我可能喝下毒藥，把船踢離岸邊，再也不回岸上。我會躺在枕頭上，好看著天上的星星。我覺得應該會有星星。這一次，天空非聽我的話不可。我估計，毒藥要半個小時才會生效，要是我計算無誤，沒對著黝黑的河水嘔吐，星星會變得更亮，在夜空中滑行，而我不會哭泣，不會爲死去的人哭泣，但或許我會想念這個世界。幸運的話，我會像那首詩裡的夏洛特夫人一樣，在溪水裡載沈載浮，直到溪水流進河裡，可能很慢很慢，要幾星期的時間，而我會一直沈睡著，沒有斷氣，每過一小時就年輕一點，讓河水帶著我朝生命的核心流去。少年，小孩，越來越年輕，直到變成小嬰兒，漂浮在星空之下，渾身顫抖，心裡不再有夢想——直到回到陰暗幽微的大海子宮裡。

麥斯・提弗利

一九三〇年

關於本作品的注記

這作品在一九四七年被發現在某處閣樓時，便馬上重印。書裡一些拼音和標點之類的謬誤已經更正，一些難以辨識的字詞（好比提到暴風雨的那段）也從上下文推敲出來。然而關於歷史，地理以及醫學上的錯誤則予以保留。本作品經山謬・哈波基金會同意印製。

國家圖書館出版品預行編目資料

愛情的謎底／安德魯.西恩.格利爾
(Andrew Sean Greer) 作；穆卓芸譯. -- 初版--
臺北市：大塊文化，2004 [民 93]
面：　　公分. --(To : 27)
譯自：The confessions of max tivoli
ISBN 986-7600-51-7 (平裝)

874.57　　　　93008219

LOCUS

LOCUS

LOCUS

LOCUS